品读传世经典
提升文学素养

百年百部文学
经典导读

家　伟 \编著

前言

文学说到底是人的学问，其中蕴含了大量的美学和哲学宝藏，对培养心智和扩大视野有着非凡的意义。

本书选入的作品都是传世已久的佳作，是经过了时代的考验依然可以常读常新的经典。这些作品凝聚了几代文学大家的心血，同时也滋养了几代人的心田，具有重要的史学价值、文艺财富和现实意义。我们阅读和了解这些作品，实际上就是对中国文化的理解和传承。

本书参照1999年人民文学出版社和北京图书大厦评选的"百年百部优秀中国文学图书"，其中有《官场现形记》等小说作品、《南社丛刻》等诗歌作品、《寄小读者》等散文作品、《上海屋檐下》等戏剧作品和《包身工》等报告文学作品，被专家们推举为优秀代表作。这些作品旨在全面回顾中国文学的发展历程，展示近百年杰出文学成果，并为未来文学事业的发展提供参照。

为了帮助读者对这些作品进行系统和深入地阅读，在阅读体验中获取宝贵的文学素养，编者对作品进行了分版块导读，分别有"内容梗概"、"主题思想"、"艺术手法"、"文学地位"、"作者简介"和"名家点评"六大模块，力求为读者进行全面具体，深入浅出的分析说明。

目　录
Contents

卷一　小说作品

卷二 诗词作品

卷三　散文作品

卷四　戏剧作品

卷五　报告文学作品

卷一　小说作品

官场现形记

内容梗概

本书共分为五编（60回），由30多个相对独立的官场故事组成。内容涉及广泛，上至皇帝权臣，下到杂役小吏，无所不包，而且多根据真人真事改编。

作为一部专门揭示官场黑暗的小说，作者从整个晚清政府的运转体制出发，描绘了一幅无官不贪、无吏不污的官场群丑图。如当时实际的最高统治者慈禧，曾放言"天底下没有不贪的官"，等于默认了官员的贪污行径。在这种情况下，朝廷和地方官员大肆卖官鬻爵，甚至涌现出大量帮助权贵兜售官位的掮客，就连朝廷派遣钦差到地方办事，都是为了让他有机会去捞油水。可以说，整个大清王朝已经腐朽得发了霉，到了近乎覆灭的程度。

在结构上，本书继承并发展了《儒林外史》的叙事方法，由相对独立的短篇故事组合而成。从文字表面上看，作者的叙述有些漫不经心、天马行空，实际上却是有意为之，总体来讲就是以京城为中心，不断向四面八方辐射。在此过程中，作者选取的素材也极富层次，基本涵盖了各级官场的典型人物，达到了点、线、面的立体式展现。

此外，作者还在书中还埋了一条暗线——钱。在整部作品中，"钱"字一共出现了1723次，有时候在同一篇中就会出现数次，可谓放眼皆是"钱"字。实际上，这恰好映射了当时的官场充斥着铜臭，整个官场就是一个大卖场，官员们所做的事多是花钱买官，然后继续捞钱买更大的官，如此循环往复。

主题思想

本书塑造了一群见利忘义、蝇营狗苟的官僚形象，他们的职位高低不同，权势大小有别，但无一不干着鱼肉百姓的勾当，作者借此抨击晚清政府的腐朽和黑暗。书中曾有一幕，塾师王仁教导自己的学生，"只有好好读书将来才能做官，到时候要钱有钱，要势有势，想干什么就干什么"。如此偏激且赤裸地阐述读书目的的，竟是最应该清源净流的读书人，整个清朝廷的现状和未来也就可想而知了。一些官员为了迎合上司，奴颜媚骨已经司空见惯，有些人甚至把自己的女儿献出去，出卖朋友、兄弟，甚至父母，都不是新鲜事。背信弃义、以德报怨、口蜜腹剑之徒更是多如牛毛，有了这些人的"登台表演"，当时社会的黑暗与腐朽被淋漓尽致地展现出来。

与此同时，军人本该保家卫国，成为人民安居乐业的保护伞，而晚清的军人又是什么样子呢？作者在书中描写了一位剿匪将领，此人不向匪寇用兵，居然派人屠杀村民，然后用村民的尸首去邀功请赏。如此道德沦丧，良知泯灭，祸国殃民，如果官员和军人都成了屠杀百姓的刽子手，那么揭竿而起自然成了民众活下去的唯一希望。

纵观全书，人性的堕落和扭曲随处可见，并且达到了触目惊心的地步，以至于作者将整个晚清社会斥为"畜生的世界"。

艺术手法

本书的创作充满了现实主义色彩，其中的很多艺术形象都可以和现实人物对号入座，比如华中堂的原型是荣禄，黑大叔的原型是李莲英，周中堂的原型是翁同龢等。其余还有一些小角色，虽然无法找到具体的对应人物，却是晚清政府官员的典型嘴脸，读来每每给人似曾相识的感觉。

从文学手法上来讲，作者主要运用讽刺技巧，他寓庄于谐，嬉笑怒骂间已经细致入微地刻画出官场百态。而在讽刺之中，作者又加入了夸张和漫话的元素，往往三言两语就可以把人物形象饱满地勾勒出来。对于细节，作者同样下足了功夫，从而确保了本书的艺术渲染力，市场给读者身临其境的感觉。

比如军官屠杀良民冒领军功一篇，除了次要人物的精心雕琢，作者还对当时当地的自然风光进行了细致描绘。这一方面构建了生动逼真的社会画卷，同时也完成了自然美景和社会黑暗的对比，从而进一步突出人间惨剧的悲哀，以达到讽刺晚清朝廷的效果。

此外，本书在艺术手法上也存在一些缺陷，读者在阅览过程中同样需要注意，即情节冗长、反复，人物形象雷同、重叠。更重要的是，作者在书中没有提到一个好官，甚至没有提到一个好人，这样未免黑暗有余而光亮不足，读来往往给人绝望的感觉。有了这个立意上的限制，作者对人性的解读难免滑向偏激，引导读者走向积极方向的力度就有所欠缺，再加上幽默诙谐的程度不足，其文学价值自然有了一定程度的缩水。

文学地位

本书是我国近代第一部报刊连载章回体长篇小说，开创了我国近代小说批判社会现实的文化先河，与吴趼人的《二十年目睹之怪现状》、刘鹗的《老残游记》和曾朴的《孽海花》并称晚清四大谴责小说。

由于社会反响强烈，本书引领了一个文学潮流。自 1903 年在《世界繁华报》开始连载后，相继出现多本同类小说，如：《官场维新纪》、《新官场现形记》、《后官场现形记》和《官场笑话》等。1998 年，入选香港《亚洲周刊》的"20 世纪 100 部优秀文学作品"；1999 年，入选人民文学出版社的"20 世纪 100 部优秀小说"，可见其文学地位之崇高。

作者简介

李伯元（1867-1906），名宝嘉（又名宝凯），字伯元，号南亭亭长（又号游戏主人等），出身官宦世家。由于李伯元幼年亡父，因而跟随伯父长大，学成后高中秀才，接下来却屡试不第，只得花钱买了一个官职。

不过，李伯元无心做官，先后在上海创办《指南报》、《游戏报》和《繁华报》，1903 年进入商务印书馆任《绣像小说》主编。三年之后辞世，年仅四十。其余作品包括《文明小史》、《中国现在记》、《活地狱》、《海天鸿雪记》和《庚子国变弹词》等。

名家点评

鲁迅：《儒林外史》和《官场现形记》相比，各有所长，皆有风骨，但从广度和深度来看，还是后者居上。

胡适：《官场现形记》是一部社会史，虽然有一定的不足，但是能够清醒地认清社会现实，能够为社会改革造势，已经极为可贵。

郑振铎：《官场现形记》一方面维护封建道德，一方面又解释封建黑暗，描写了半封建半殖民地的民众生活，揭示了百姓和帝国主义、西方列强之间不可调和的矛盾。

孽海花

《孽海花》是一部历史小说，同时也是一部长篇谴责小说，全书共35回，由清人金松岑（前6回）和曾朴（后29回）共同完成，最早刊载于由江苏留日学生在东京主办的《江苏》杂志。

本书和传统的历史小说不同，具有鲜明的近现代色彩。作者将文艺手法和真实素材巧妙地结合在了一起，从而塑造了更加贴近历史命运的人物形象，同时揭示了历史的本来面目和发展规律。

事实上，此书的问世并非偶然，作者在进行创作之前已经接受了西方的文艺思想影响，尤其受到法国作家大仲马和雨果的影响。于是，作者每写到一次历史事件，必阐述其前因后果，以求道出历史发展的内在联系。

在此基础上，本书的容量也非常厚重，内容涵盖了中法战争、中日战争、清流党运动、公羊学运动、帝后失和、改良派和革命派的斗争，甚至融入了德国和俄国的政治风云，这就让本书脱离了说理性小说的繁复晦涩。同时，作者还运用了辛辣幽默的讽刺手法，取材侧重于一些有趣的历史事件，从而大幅增强了本书的趣味性。

再者，作者从我国19世纪后半叶的文化发展为总线，不仅揭示了西方文化冲击下中国学者的心态变化，而且说明了中国文化从自我封闭到博采众长的必然趋势，确保了本书在逻辑上的严谨性。

比如在本书开篇，作者描写了苏州雅聚园的一场茶话会，通过在座一些旧文人对科举功名的沉迷，表现了封闭文化的形态。在上海味莼园的一场议论，又道出了晚清先进知识分子向西方社会探求真理的主张。而对于那些抱残守缺的名利之徒，作者也用一场聚会上的议论进行描绘，这些都是本书文化和思想底蕴的有机组成部分。

总体来讲，本书以苏州状元金沟（jūn）和名妓傅彩云的人生经历为主线，描写了同治朝到甲午战争期间30年的历史风雨，通过对一群旧文人和旧官僚的描写，表现出了他们的昏聩无能和虚伪做作，从而揭示了晚清政府的黑暗统治。

本书抨击了晚清官僚的醉生梦死，批判了晚清制度的腐朽落后，表达了新兴资产阶级的革命思想和政治诉求，具有鲜明的时代色彩和文化意义。在历史由旧入新的转变过程中，知识分子清者上扬，浊者下沉，表现出了截然相反的政治历史观念和自我价值判断。

其中，清者顺应历史潮流，积极吸取先进文化，谋求自身的改变和发展；浊者则因循守旧，为图眼前利益不思进取，面对岌岌可危的处境仍旧浑然不察。与此同时，作者还描写了一批思想激烈的知识分子，他们不想改良更不愿守旧，而是以彻底推翻清政府统治的革命思想为主导，并且积极付诸实际行动。

可以说，本书创作于资产阶级革命运动高涨的年代，其强烈的爱国精神和昂扬的革命斗志，对国人起到了振聋发聩的作用，对具有民族危机感的先进知识分子敲响了警钟。比如在第4回中，作者借书中人物之口，直截了当地说："从前的革命，扑了专制政府，又添一个专制政府；现在的革命，要组织我黄帝子孙民族共和的政府。"

艺术手法

受《儒林外史》影响，本书作者采用了"秉持公心，指摘时弊"的讽刺技法，写实成了作者最重要的创作原则。比如在写到李鸿章时，作者并没有一概而论，而是在直言其谬误之处的同时，也道明了他的无奈之处，并且肯定了他的英明之处。这样一来，李鸿章便不再是一个脸谱式的反面形象，而是一个真实的、饱满的历史人物。

在谋篇布局上，作者采用"网状结构"，即多条线索同时进行，只是主线并没有脱离状元金汋和名妓傅彩云的悲欢离合。比如在第1回中，男女主人公虽然是故事发展的主题，但是其自身的角色具有必然的局限性，因而作者引入了"爱自由者"和"记者"两个角色，以他们的议论保障了小说思想的客观性。

在人物塑造上，由于本书描写了270多个人物，且涵盖晚清社会各个阶层，因而除了主人公之外，作者对其他人物的描写多采用侧影和剪影等白描手法。不过，作者的笔墨虽然简约，刻画的人物形象却丝毫未打折扣，这一点也说明作者的传统文化功底非同寻常。比如在描写马荣获和乌赤云在江苏会馆舌战群儒时，作者明显借鉴了《三国演义》中的手法，甚至还有些突破和发展的地方。

本书是晚清四大谴责小说之一，而且其变革意义成为我国古典小说和现代小说之间的桥梁，对"五四"文化运动更是形成了启蒙作用。自上世纪初出版以来，本书在我国文坛引起巨大轰动，并且在短期内再版 10 余次，不仅受到一般读者大力追捧，而且受到专业学者的普遍赞誉。

除了在国内影响深远，本书在国际上也有极高的知名度，早已被译成英、俄、日等多种版本发行。如唐纳德·威利斯翻译的英译本（24–26 回），于 1951 年发表于西雅图华盛顿大学；歇马诺夫翻译的俄文版，于 1960 年在莫斯科出版。此外，日本的目加田诚、鸟居久靖、相浦皋、安生登美江等，都曾翻译或为本书做分析注释。

作者简介

金松岑（1873–1947），原名懋基（又名金一、天翮等），字松岑，号壮游等，笔名天放楼主人、爱自由者等，江苏吴江人，清末国学大师。少年追随顾询愚、钱词锷学习诗文，"甲午战争"后到上海与陈去病创建"雪耻学会"，开始倾向于资产阶级革命。

1903 年，金松岑应邀写了《孽海花》的前 6 回，后交给曾朴修改并续写。此外，金松岑还有翻译作品《自由血》、《女界钟》、《三十三年之落花梦》和《天放楼诗文》等。

曾朴（1872–1935），字太朴（后改为孟朴），笔名东亚病夫等，江苏常熟人。曾朴少年聪颖，19 岁即考中秀才，并于次年考中举人，可惜此后屡试不第。1896 年，曾朴前往上海另谋出路，结识谭嗣同等维新派人士，受到革新思想的洗礼。"戊戌变法"失败后，曾朴回家乡躲避风头，后返回上海创办"小说林社"。

1908 年，曾朴进入两江总督府任职，国民革命时期他意识到历史大势，遂返回上海重操旧业，创办《真善美》杂志。因故停办后，曾朴返乡隐居，一边著书立说，一边从事学术研究，有大量文学作品和研究成果留存于世，尤以本书成就最高。

名家点评

林琴南：吾于《孽海花》叹观止矣。

鲁迅：结构工巧，文采斐然。

张中行：新撰小说，风起云涌，无虑千百种，因自不乏佳构。而才情纵逸，寓意深远者，以《孽海花》为巨擘。

卢卡契：《孽海花》将历史小说升华到了历史哲学的高度。

二十年目睹之怪现状

内容梗概

本书是晚清四大谴责小说之一，内容以主人公（即九死一生）的经历为主线，从为父奔丧开始记述，一直截止到最终的经商失败。在这 20 年当中，作者目睹了种种奇怪的现象，同时也屡屡给自己带来遭遇和磨难。由于内容涉及政治活动、道德面貌、社会风俗和世态人情，作者用"个人经历"勾勒了晚清社会日益殖民地化的悲惨现状，揭示了清政府无可救药、行将覆灭的必然命运。

从时间上来讲，本书取材的内容起始于光绪十年（1884 年），结束于光绪三十一年（1905 年）。可以说，这段时间是清朝历史上最黑暗的阶段，因而不仅有清政府统治者对人民的愚弄和压迫，西方列强也开始了疯狂的侵略和抢夺。在整本书中，作者通过 200 余件"怪事"，描绘出了一个充满"蛇鼠"、"豺虎"和"魑魅"的世界，正如作者在文中所说："在世上二十年中，我所遇见的只有三种东西：一是蛇虫鼠蚁；二是豺狼虎豹；三是魑魅魍魉。"

值得一提的是，本书作者记述的内容不仅限于官场，同时还涵盖了三教九流，从而全方位、立体式地描绘了当时的世间百态，本书也因此被誉为"社会小说"。当然，作者之所以会记述这些内容，目的完全是为了凸显晚清政府的政治无能，正是因为这一社会根本制度的腐化，才导致各个阶层的光怪陆离，从而让作者见到了各种各样的"怪现象"。

主题思想

19 世纪末期，满清政府的统治日趋没落，先进知识分子开始接受西方文化影响，同时对满清政府的丑恶嘴脸进行揭露和谴责。鲁迅在《中国小说史略》中，将这类小说归属为谴责小说，本书即是同批作品中的佼佼者。作者吴趼人作为一位有良知的知识分子，对清政府的朽败和黑暗痛心疾首，凭借着一颗拳拳报国之心，对满清政府进行了猛烈的抨击和讽刺。

不过，作者的创作目的虽然是为了谴责清政府，却并没有直接描写清政府，而是在贪官污吏、讼棍劣绅、奸商钱奴、江湖术士、洋场才子、娼妓娈童和流氓骗子等人物上下足了功夫，然后再以这些溃烂的国民形象反衬出清政府的腐朽无能。

在此基础上，作者也深入到了价值观念和人伦道德的层面，揭示了在拜金主义狂潮的冲击下，我国传统的文化观念开始瓦解和破碎。这样一来，人们要么变成真小人，要么变成伪君子，而后者显然比前者更可怕。比如"作者"的伯父，平日里满嘴的仁义道德，私底下却逼死胞弟，侵吞其财产，甚至将弟媳卖入妓院。

最后，本书也反映了作者的心路历程。在整部作品中，作者虽然描写了一众反面人物形象，但同时也塑造了一批正面人物形象。至于这些正面人物形象，实际上寄托着作者的希望和愿景，即资产阶级革命后的理想世界。只可惜作者的心态相对悲观，因为这些正面人物在小说中一一遭遇不幸，清官下狱，儒商破产，从而表现出作者无力回天之后衍生情结。

艺术手法

本书是一部带有自传性质的历史讽刺小说，文笔犀利，庄谐杂陈，往往寥寥数笔已将所思所想表达得淋漓尽致。作者采用第一人称进行叙述，以"九死一生"的20年经历贯穿全文，使整部作品浑然一体。作者在小说中多次提到"我"，实际上这个"我"也是一个局中人（即"九死一生"），带有必要且明显的小说属性。

此外，本书的内容虽然较为庞杂，但是作者在小说的完整性上做了精心处理。比如作者在开篇处讲到"自己"从家乡而来，结局处又讲到回家乡而去，且开篇时讲到的几个主要人物，结局时也做了一一回顾。

以"我"和剧中人吴继之的线索为例，介绍如下：

"我"初到南京时无依无靠，是吴继之收留了"我"，为表感激之情，"我"做了吴继之的幕宾，从而开始与之休戚与共。吴继之出身进士，又是藩台大人的世交好友，因而仕途平步青云。但是作者在写到吴继之登上仕途巅峰时，藩台大人又调离了本省，这间接引出了吴继之的丢官命运。不过，作者叙述到这里仍然只是铺垫，吴继之弃官从商，开始了新的人生旅程。可惜，吴继之最终破产倒闭，"我"也只能潜回家乡隐居，从此不问世事，本书情节也就此收尾，不再给后来者续写的切入口。

最后，由于本书收录的材料过于庞杂，内容当中不免有反复拖沓的地方，这是本书在艺术手法上的一点不足。

文学地位

本书以第一人称为叙事主线，增强了读者对文章的亲切感，这在我国小说史上属于一大创举。与此同时，作者所使用的倒叙和插叙等手法，同样在我国小说史上开了先河，从而为后世小说创作提供了典范。

作者简介

吴趼人（1866-1910），原名沃尧，字小允（又字茧人），广州佛山人，笔名有偈、佛、茧叟、茧翁、野史氏、岭南将叟、中国少年、我佛山人等，其中又以"我佛山人"最为世人熟知。吴趼人的曾祖吴荣光官至湖广总督，祖父吴莘畬（shē）官至工部员外郎，父亲吴允吉也担任过浙江候补巡检。

只可惜，吴趼人出生时已是家道中落，再加上父亲早亡，他在18岁时不得不前往上海谋生。还好，凭借深厚的家学功底，吴趼人写得一手优秀的小品文，向各家出版社投稿已经能够糊口。光绪二十九年（1903年），吴趼人开始在《新小说》杂志上发表小说，先后有《电数奇谈》、《恨海》、《九命奇冤》和《二十年目睹之怪现状》等作品问世，其中的《恨海》和《二十年目睹之怪现状》让吴趼人名噪一时，并且奠定了他在我国小说史上的重要地位。

名家点评

鲁迅：作者经历较多，故所叙之族类亦较多，官师士商，皆著于录……惜描写失之张皇，时或伤于溢恶，言违真实，则感人之力顿微，终不过连篇"话柄"，仅足供闲散者谈笑之资而已。

梁启超：《二十年目睹之怪现状》推动了小说界的革命。

李葭荣：吴趼人作《二十年目睹之怪现状》，足见其救世之情竭，而厌世之念生。

老残游记

内容梗概

　　本书是一部创作于清朝末年的中篇小说，内容以一位江湖郎中（即"老残"）的游历过程为主线，对清朝末年的社会矛盾进行了深入挖掘和剖析。值得一提的是，作者不仅对贪官误国进行了抨击，同时还认为部分清官（昏庸的酷吏）误国更甚。此外，本书在传统文化、生活哲学、女性审美和音乐元素方面，都有极高的造诣。

　　在小说中，"老残"浪迹天涯，以行医为生。他虽然不愿涉足官场，却对国家政治和民族命运深切关心，尤其当他看到底层民众深陷水深火热，陡然升起一副侠义心肠，总是竭尽所能去解除百姓的疾苦。由于"老残"游历的地方在山东境内，因而本书所描绘的社会现象和自然景象，再现了清朝末年山东人民的生活面貌。

　　从名目上看，本书共分为20回，最早刊载于光绪二十九年（1903年）的《绣像小说》半月刊。但连载到13回时因故中断，后重新刊载于《天津日日新闻》，全书20回才全部与读者见面。此外，作者在光绪三十一年（1905年）开始创作《老残游记续集》，全书共14回（现存9回）。随后，作者还著有《老残游记外编》，不过全文只有4700余字。

主题思想

　　作者将主人公"老残"的身份设定为郎中，同时又具有侠肝义胆，天然赋予了他治病救人的特点。同时，作者也在主人公身上寄托了自己对劳动大众的同情，以及对国家和民族命运的担忧，并且希望改变各种不合理的现状。

　　那么，如何进行才能改变呢？作者选用了文人作为创作载体。在本书创作之前，各种武侠小说早已风行于世，书中的主人公们要么武艺高强，要么文武双全，凭借一副侠义心肠和盖世武功除恶扬善。但是到了清朝末年，在西方列强的坚船利炮面前，武功显然已经没了用武之地，侠义精神只能寄托在文人身上，即所谓"文侠"。

这一点看似只是主人公身份的转变，实际上却表现了作者对社会发展的深刻认知，同时也反映了晚清社会正处在巨大的历史变革浪潮之中。而且这种变革不仅脱离了武侠，也脱离了官场，比如"老残"在小说中断案如神，却死活不愿意做官，表明了作者对清政府及其整个官僚机构的绝望。

此外，作者在小说中提到的"清官误国"，可谓巧妙之极。可以想见，在清朝末年这样一个暗无天日的时期，清官自然是少而又少，所谓"缺什么就会有什么"，一大批"清官"开始应运而生。实际上，这些"清官"都是装装样子，目的就是博取更多私利，其心思之龌龊，其手段之残忍，远甚于那些明面上的贪官，这也表明清政府的统治已经腐朽到极点，从而凸显了作者对清朝官僚政治的批判。

艺术手法

本书采用批判和反思相结合的艺术手法，批判的对象是清政府，反思的对象自然是文化心态，二者相辅相成，构成了小说的发展主线。难能可贵的是，作者不仅对清廷的腐朽做出批判，同时还将矛头直指宋儒理学，塑造了两个反理学、反禁欲的鲜活女性形象，即《初集》中的玙姑和《二集》中的逸云，这两个人物形象在我国古典文学史中被称为"空谷幽兰"。

此外，作者将自己的政治思想和人生哲学投入到了小说当中。如《危船一梦》篇，作者以象征手法将清末国势衰微、政治派系相残和自身立场主张做出图解，这显然是作者针对时局所做的寓言。当然，作者对国家未来和民族命运充满了绝望，其中甚至表现出了逃避现实的佛老意味。

文学地位

本书是晚清四大谴责小说之一，同时也是中国十大古典白话长篇小说之一，其内容之丰富，意味之深远，不仅在国内文学界产生重要影响，而且在国际上引起广泛关注，因此被联合国教科文组织认定为世界文学名著。从文学角度来看，本书具有明显的脱胎换骨气象，这不仅表现在叙事主体的转变上（由说书人叙事转变为作家叙事），而且表现在科学的心理分析上。

具体来讲，本书具有明显的主观色彩，叙事角度从传统的全知叙事转变为第三人称限制叙事，从而使作者的创作个性和主体意识得到充分展现。至于心理分析，作者在小说中采用了长篇的人物自白，从而将主线深入到了人物的心底，这种手法与今天的心理分析颇有异曲同工之妙。

最后，本书的艺术手法也在我国小说史上占有重要地位，因为它完成了中国小说从叙事型到描写型的转变。比如作者在文中加入了很多诗歌和散文的笔法，开拓了广阔的艺术空间和想象，运用了大量华美优雅的辞藻，同时也将小说的意境推到了极高地位。还有作者对音乐元素的运用（如"骊龙双珠光照琴瑟，犀牛一角声叶箜篌"），同样是我国小说史上的开创之举，为后世小说创作者提供了经典参照。

作者简介

刘鹗（1857—1909），原名梦鹏（又名孟鹏、振远），字云抟（又字铁云、公约），号洪都百炼生，江苏丹徒人。刘鹗出身封建官僚世家，从小得到名师指点，不仅打下了扎实的传统文学功底，而且在考古、算学、医学和水利等方面建树颇丰，这也为他带来了文学家、哲学家、音乐家、水利专家、医学家、企业家、数学家和收藏家等诸多称谓。

在性格方面，刘鹗潇洒不羁，不愿流于世俗，他早年在扬州行医，后改行从商，可惜都无疾而终。光绪十四年（1888 年），黄河郑州段忽然决口，刘鹗随即前往当地投入河督吴大澄门下效力，后因治河有功，被推举为知府。在职期间，曾上书朝廷铺设铁路，开采煤矿、兴办实业，并且颇有见地地提出引进外资。光绪二十六年（1900 年），刘鹗蒙冤被流放到新疆迪化（今乌鲁木齐），以为人治病度过了贫病交加的余生。

至于本书，刘鹗的创作目的只是为了帮助友人。当时，刘鹗的朋友沈虞希在朝为官，不慎犯了命案，并且牵扯到刘鹗的另一位朋友连梦青。所幸连梦青事先得到风声，被抓之前仓皇出逃，几经周转才投靠到身在上海的刘鹗门中。然而，刘鹗当时的日子也不好过，只好创作小说来赚取稿费，这才有了《老残游记》的问世。

虽然只是一本随机之作，但是刘鹗心怀天下，再加上他游历各地，见闻广博，本书一经出版便好评不断，以至于他又先后创作了"续集"和"外编"。与此同时，刘鹗的政治思想和人生哲学也有了寄托之处，其文学创作由此变得一发不可收拾。除本书之外，刘鹗还有《勾股天元草》、《孤三角术》、《历代黄河变迁图》、《治河七说》、《人命安和集》、《铁云藏陶》、《铁云泥封》、《铁云藏龟》和《铁云诗存》等作品传世。

严复：中国近一百年内无此小说。

王国维：不意中国亦有此人！可与英国最高小说平行。

鲁迅：摘发所谓清官之可恨，或尤甚于赃官，言人所未尝言，虽作者亦甚自喜。

李欧梵：文侠（指"老残"）用头脑与药草，而不是凭借刀剑，来洗雪社会的不公。

沉沦

内容梗概

本文是郁达夫早期的短篇小说（1921 年 5 月 9 日定稿），同时也是他的代表作，一经出版就得到广泛好评。小说讲述了一个留日学生的苦闷和悲哀，苦闷源于"性"的心理扭曲，如偷窥和手淫等情结；悲哀是因为清政府的腐朽懦弱，作为一名热爱祖国的热血青年，"我"看到日本带给中国的耻辱，内心当中生气的悲哀无以言说。

爱情的茫然、对日的愤怒，以及对祖国的热爱，构成整部小说的基本格局。同时，整部小说又可以分为两大主线：一条主线是"我"的爱情，大致分为偶遇—自戕—偷窥—野合—召妓，每个环节的推进和展示，都让其爱情观念堕落一次，以至于最终在强烈的精神困扰下溺海而亡；另一条主线是对祖国的热爱，这种期许几乎贯穿全文，并且以"祖国呀祖国！我的死是你害我的！你快富起来，强起来吧！你还有许多儿女在那里受苦呢"一句收尾，这痛彻心扉的呼喊，让爱国思想瞬间得到升华。

至于作者在文中所展示的"我"的苦闷和悲哀，虽然道出了种种原因，比如日本军国主义者的贪婪和残忍，清政府的腐朽无能，以及日本人对自己的轻慢等。但是从根本上来讲，他之所以被苦闷和悲哀困扰，却是因为自身的敏感、多疑和偏激。换句话说，当时和主人公处于同样遭遇的人并不在少数，而积极乐观者也有很多。

当然，作者借由主人公所讲述的困扰和抒发的感慨，也表现出他是一个性情中人，在其对困扰和悲哀的描述中，也表现出了一定的浪漫主义色彩。

主题思想

作者虽然在文中加入了一些性爱环节的描写，但是有别于那些单纯追求感官刺激的作品，他是通过对青年人正当却无法得到满足的生理描写，来表达希望国家富强却不可得的痛苦。而且在此过程中，作者始终不忘展现爱国情感的主线，这无疑让小说形成深刻的思想内涵和艺术质感。

小说之所以会有如此特点，还要从作者受到的实际影响说起，综合来讲有以下三点：

1. 生活的压抑。作者17岁以前一直接受传统文化教育，因而形成了深厚的中国伦理道德观念。17岁以后，作者前往日本留学，此时的日本已经全面接受西方文化洗礼，文化上的巨大差异立即让作者感到无所适从。这个时候，日本又给中国带来了前所未有的屈辱，作者难免产生悲哀甚至颓废的心情。

至于两国文化差异中最大的因素，莫过于两性关系，中国自古主张"男女授受不亲"，日本在西方文化的影响下则已然高度解放。明治维新之后，日本的民族尊严感陡升，对于愚昧落后的中国人自然产生歧视。作者身处如此环境之中，既不愿承认自己乃至整个民族的卑劣，又不得面对这样的事实，各种难以道清的复杂情感交织在了一起。

2. 文化的冲击。作者受到"五四"文化运动影响，在自身文化积淀中就埋下了苦闷的种子。正如茅盾先生所说，"现代青年的烦闷，已经到了极点"，只是因为"五四"时期的中国知识分子，都面临传统文化受西方文化冲击的局面，其心理状态也因此普遍处于苦闷当中，作者受这一大环境的影响，其心境不言而喻。

当然，任何一种文化的转变都会经历阵痛，这是文化向前发展的必然代价，同时也是"五四"青年需要担负起来的历史使命。只是从他们身临的环境来看，中国文化的出路在哪里可谓一片茫然，同时他们对于自己何去何从也是不知所措。

3. 日本的影响。作者留日期间，正值日本的"私小说"文化流行，这种小说主张以"我"为创作主体，排斥华美的辞藻和浮华的技巧，同时以灰色冷寂的私生活，挑战虚伪的道德嘴脸。

 艺术手法

本文采用第一人称"我"进行叙事，而这个"我"不仅在小说当中起到了勾连情节的作用，而且被塑造成了一定的人物形象，甚至成了主人公。这种方法不仅方便作者展露自己的心理世界，而且更容易拉近和读者之间的关系，同时还可以进行长篇独白，从而直接抒发自己内心当中的真实想法。

客观来讲，本书在情节的设置上并没有太多起伏，结构也不是很紧凑，叙述方面甚至有些拖沓。可以说，作者并不善于讲故事，这大概也是因为他刚刚开始创作小说的缘故。不过在抒情方面，作者的功底却不可谓不深厚，如第一节中写"我"的避世情节，作者融合了大自然的浪漫氛围，以"紫色的气息"加以比喻，读来立即给人诗情画意的感觉。

文学地位

本文是一部自传体抒情小说，是同类型小说的开山之作。内容取材于作者的亲身经历，以及有这些经历产生的心情和想法，过程贯穿了整个五四运动时期，以及"抗战"的几个重要时期。

由于在小说中加入了描写性爱的环节，而且是一些扭曲的性爱心理，本文在出版之初便受到传统文学界的极大排斥，纷纷认为作者是在挑战社会伦理道德。尤其是一些女学生，最初读到这部小说的时候，都未免脸红心跳。

时至今日，本文内容的敏感性，以及作者注重抒情，轻视情节，还是受到业界学者和广大读者的冷落。不过，本文凭借另辟蹊径的取材，以及抒情手法上的成功，还是为作者带来了较高的知名度，同时奠定了他在文学史上的重要地位。

作者简介

郁达夫（1896-1945），原名文，达夫是他的字，浙江富阳人，出身知识分子家庭。虽然父亲早亡，但是郁达夫坚持读完私塾，并且考入富阳县立高等小学。1910年，郁达夫又成功考入杭州府中学堂，成了徐志摩的同班同学。1912年，郁达夫因在学潮运动中批判校长而遭除名，后返回老家自修功课。

1913年，郁达夫随兄长赴日留学，顺利考入东京第一高等学校。1918年，郁达夫转入帝国大学经济科，期间与同在日本留学的郭沫若等人组建"创造社"，并发表包括《沉沦》在内的文学作品，得到广泛好评和关注。

1922年，郁达夫学成归国，先后执教于安庆法政专校、北京大学、国立武昌师范大学和广州中山大学。在此之后，郁达夫开始主持"创造社"的文学出版工作，并且在鲁迅的支持下主编《大众文艺》。

"抗战"爆发后，郁达夫积极参加救亡活动，出任"新加坡华侨抗敌动员总会"执行委员。新加坡被日寇攻占后，郁达夫随战友退至苏门答腊，从此隐姓埋名以开设酒厂谋生。日寇攻陷此地后，郁达夫主动找到日寇将领出任日文翻译，随后利用职务之便从事秘密抗日工作。

1945年，郁达夫的身份暴露，遭到日本宪兵的秘密逮捕杀害，壮烈牺牲。新中国成立后，追认郁达夫为革命烈士。2014年，民政部列出"第一批在抗日战争中顽强奋战、为国捐躯的300名抗日英烈和英雄群体"，郁达夫的名字赫然在列。

名家点评

沈从文：郁达夫，这个名字在《创造周报》上出现，不久以后，成为一切年轻人最熟悉的名字了。人人觉得郁达夫是个值得同情的人，是个朋友，因为人人皆可从他作品中发现自己的模样。

刘志荣：从文学史来看，郁达夫挖掘内心世界一直进入到私密领域，由此出发来表现自我与世界的分裂和对立，并追究其中的纠缠，在中国新文学中可谓开启了一种新的思路，由此以往被视为无意义的或理当压制的"黑暗"领域进入文学领域，并与一些宏大或"高尚"的话题发生种种纠葛，其后在文学史上产生的种种变化，则更是超出了最初《沉沦》式的朴陋尝试。不过，倘若在中国文学领域追根溯源，郁达夫的率先实践，可说是功不可没的。

刘海粟：达夫感情饱满细腻，观察深切，才思敏捷，古典文学、西洋文学根基都雄厚。从气质上来讲，他是个杰出的抒情诗人，散文和小说不过是诗歌的扩散。他的一生是一首风云变幻而又荡气回肠的长诗。这样的诗人，近代诗史上是屈指可数的。在新文艺作家的队伍中，鲁迅、田汉而外，抗衡者寥寥。沫若兄才高气壮，新诗是一代巨匠，但说到旧体诗词，就深情和熟练而言，应当退避达夫三舍。这话我当着沫若兄的面也讲过，他只是点头而笑，心悦诚服。

呐喊

本书是鲁迅的第一本短篇小说集，最早在 1923 年 8 月由北京新潮社出版，收录其创作于 1918 年至 1922 年的 14 篇作品，分别为：《狂人日记》、《孔乙己》、《药》、《明天》、《一件小事》、《风波》、《故乡》、《阿 Q 正传》、《端午节》、《白光》、《兔和猫》、《鸭的喜剧》和《社戏》。

内容真实反映了我国近代历史上从辛亥革命到五四运动时期的社会面貌。作者以民主主义为出发点，抱持启蒙主义思想和人道主义精神，对该时期内的社会矛盾进行深入剖析，同时道出了旧社会的制度腐朽和观念落后，表现出对强烈的民族忧患意识和社会变革希望。

主题思想

作者在本书序言中提到，他曾经在电影中看到一群中国人，一个五花大绑跪在中间，其余则事不关己地围成一圈，强健的体魄却露出麻木的表情。通过解说，作者知道被绑在核心的中国人是为俄国人刺探情报的间谍，马上就要被砍头示众，而围着他看的中国人则完全是在"看戏"。

由此，作者意识到学医只能改变国人的体质，唯有学文才能改变中国人的思想，让他们脱离昏聩愚昧，成为能够独立思考和拼命抗争的正常人。如果不能改变国人的思想，那么即使他们全部吃饱穿暖，身体强健，也是一件可悲的事情。

实际上，这正是作者的主题思想。至于实现的方法，首先是推动文艺运动，其次是将掀起文艺风潮，最后再以文载道，全面深入地改变国人精神风貌。本书收录的小说，描写了国人受压迫的痛苦和麻木，同时描绘了美好的社会愿景，从而激发人们奋起抗争的决心。

艺术手法

在艺术手法上，本书的叙述清新老道，逻辑缜密流畅，读来让人欲罢不能，思如泉涌。从某种程度上来讲，这种文风也体现了作者的独特性格，即纯粹、犀利、毫不妥协，这自然也让作者的小说充满艺术魅力。

文学地位

本书是我国现代白话小说的奠基之作和经典之作，出版之后便受到社会各界的广泛好评，至今仍然为人们津津乐道。尤其是《阿Q正传》一文，不仅是我国文学史上的明星级著作，而且在国际上享有盛誉。

作者简介

鲁迅（1881-1936），原名周樟寿，后改名周树人，字豫才，浙江绍兴人。鲁迅出身破落的旧官僚家族，少年受到良好的传统教育，青年则受到进化论（达尔文）、超人哲学（尼采）和博爱思想（托尔斯泰）的影响。

1902年，鲁迅前往日本公费留学，先就读于仙台医学院，后弃医学文，师从著名国学大师章太炎先生，期间翻译大量西方文学作品。回国之后，鲁迅一边在大学执教，一边从事文学创作，同时积极参与革命活动。"辛亥革命"后，鲁迅凭借在革命过程中的贡献，进入南京临时政府教育部门任职。

1918年5月，鲁迅发表我国现代文学史上第一篇白话文小说——《狂人日记》，为新文化运动拉开了序幕。"五四"运动期间，鲁迅加入《新青年》杂志社，创作了大量文艺作品为革命青年站脚助威，成为了"五四"运动的文化主将。

1927年，鲁迅到上海定居，同时和自己的学生许广平同居。在此之后，鲁迅更加积极参与革命活动，除了继续创作文艺作品，还创立和参与了中国自由运动大同盟、中国左翼作家联盟和中国民权保障同盟等组织，在反对国民党政府独裁统治的同时，利用自己在文学界的声望积极营救革命志士。

新中国成立后，其作品被编为《鲁迅全集》（十卷）、《鲁迅译文集》（十卷）、《鲁迅日记》（二卷）和《鲁迅书信集》等。随后，鲁迅足迹到达过的北京、上海、绍兴、广州和厦门等地，先后建立鲁迅博物馆和鲁迅纪念馆。同时，鲁迅的作品被选入中小学教科书，部分作品还被改编拍摄成电影。

金良守（韩国文学评论家）：20世纪东亚文化地图上占最大领土的作家。

法捷耶夫（苏联作家）：鲁迅是真正的中国作家，正因为如此，他才给全世界文学贡献了很多民族形式的，不可模仿的作品。他的语言是民间形式的。他的讽刺和幽默虽然具有人类共同的性格，但也带有不可模仿的民族特点。

郭沫若：鲁迅是革命的思想家，是划时代的文艺作家，是实事求是的历史学家，是以身作则的教育家，是渴望人类解放的国际主义者。

彷徨

内容梗概

本书是作者的第二部短篇小说集，共收录 11 部作品，从首部《祝福》的创作时间（1924 年 2 月 16 日）到末部《离婚》的创作时间（1925 年 11 月 6 日），可以看到其时间跨度在 1924 年到 1925 年。内容对生活在旧社会的农民和文人展开描写，表达了作者"哀其不幸，怒其不争"的复杂情怀。

除首末两部作品外，本书还收录以下 9 部作品，分别为：《在酒楼上》、《幸福的家庭》、《肥皂》、《长明灯》、《示众》、《高老夫子》、《孤独者》、《伤逝》和《弟兄》。本书最早由北京北新书局于 1926 年 8 月出版，当时收录在作者自己编排的《乌合丛书》中，截止到作者离世共发行 15 个版本。

主题思想

作者通过对旧社会底层农民和文人的生活再现，既表达了对他们的怜悯，同时也痛恨他们的懦弱和无知，以此引发读者的思考和改变。应该说，每个人都有彷徨的时候，可谓孤独无依，进退无措，呼天不应，叫地不灵。

然而，陷入这样的困境就可以一蹶不振、自暴自弃吗？也许每一个深陷困境的人都很难突破，抽身事外的人也不能进行指责。作者正是从这一心境出发，在笔触深入其中的同时，又选用抽身事外的视角，以便客观呈现困境中的人和事，以便读者自行思考。

当然，作者是有思想倾向的，其"哀其不幸，怒其不争"的情怀贯穿全文，就是希望读者能够通过思考让自己成长，然后通过团结抗争改变自己的悲惨命运。可以说，作者虽然描绘了 20 世纪 20 年代的社会苦闷，却始终奔走呼喊在探究真理和寻找希望的道路上。

艺术手法

作者从反对满清政府的鲜明立场出发，深入刻画了人民大众的疾苦，同时开辟了全新的农村题材（包括农民和底层知识分子），形成了独特的现实主义色彩。此外，作者在小说中借鉴了西方艺术手法，语言简朴凝练，寓意深刻鲜明，创造了具有民族特点的小说形式，这也为作者赢得了民族文学家的美誉。

文学地位

本书开创了我国现代文学中的革命现实主义流派，以"直面惨淡人生，正视残酷现实"的手法，对社会的丑恶、罪孽和病根进行直接描写。由于作者宣扬革命民主主义，其作品对旧社会的批判深入骨髓，从而达到空前的思想高度，同时也对处于"昏睡状态"中的国人起到了一定的警醒作用。

其中，最重要的一点是作者在革命思想中提到的民族劣根性，这一说法在此之前还从未出现过。而所谓民族劣根性，就是我国数千年以来形成的文化痼疾，比如由于长期接受奴化教育，几乎所有国人都存在依赖性，以至于对"青天大老爷"的祈盼，以及"为我做主"的声音，从来没有断绝过。

此外，本书在艺术手法上也取得了一定的文学地位。作者深深扎根于民族文化土壤，却积极汲取西方先进文化知识，以博采众长和融会贯通之势，创造了丰富多彩且独树一帜的文学表现形式，从而为我国的短篇小说树立了典范。

作者简介

鲁迅（1881-1936），原名周樟寿，后改名周树人，字豫才，浙江绍兴人。鲁迅出身破落的旧官僚家族，少年受到良好的传统教育，青年则受到进化论（达尔文）、超人哲学（尼采）和博爱思想（托尔斯泰）的影响。

1902 年，鲁迅前往日本公费留学，先就读于仙台医学院，后弃医学文，师从著名国学大师章太炎先生，期间翻译大量西方文学作品。回国之后，鲁迅一边在大学执教，一边从事文学创作，同时积极参与革命活动。"辛亥革命"后，鲁迅凭借在革命过程中的贡献，进入南京临时政府教育部门任职。

1918 年 5 月，鲁迅发表我国现代文学史上第一篇白话文小说——《狂人日记》，为新文化运动拉开了序幕。"五四"运动期间，鲁迅加入《新青年》杂志社，创作了大量文艺作品为革命青年站脚助威，成为了"五四"运动的文化主将。

1927年，鲁迅到上海定居，同时和自己的学生许广平同居。在此之后，鲁迅更加积极参与革命活动，除了继续创作文艺作品，还创立和参与了中国自由运动大同盟、中国左翼作家联盟和中国民权保障同盟等组织，在反对国民党政府独裁统治的同时，利用自己在文学界的声望积极营救革命志士。

新中国成立后，其作品被编为《鲁迅全集》（十卷）、《鲁迅译文集》（十卷）、《鲁迅日记》（二卷）和《鲁迅书信集》等。随后，鲁迅足迹到达过的北京、上海、绍兴、广州和厦门等地，先后建立鲁迅博物馆和鲁迅纪念馆。同时，鲁迅的作品被选入中小学教科书，部分作品还被改编拍摄成电影。

张宗刚（评《彷徨》）：色貌如冰，肝肠似火。

从嘉：《彷徨》中的人物走的是一条明显的下行路线，人物的悲剧性借由其命运的恶化或曾经纯真美好信念的消亡而呈现。

竹内好（日本文学评论家）：鲁迅是现代中国国民文化之父。

在黑暗中

内容梗概

本书是作者的第一部文学作品集,最早由上海开明书店出版于 1928 年 10 月,共收录了《梦珂》、《莎菲女士的日记》、《暑假中》和《阿毛姑娘》四部短篇小说,以及后记——《最后一页》。

《梦珂》叙述了一名青年女学生的故事,她从学校寄居到姑母家中的同时,也从一个纯洁朴实的可爱少女,变成了一个世故圆滑的富家千金。她喜欢上了浮夸的表哥,希望通过他得到精神和物质上的双重满足,结果却因为发现表哥与其他女人厮混而陷入绝望,并且从此开始滑向堕落的深渊。作者如此安排小说情节,意在表达时代女性的悲哀,同时对时代的罪恶发出控诉,为世人敲响了警钟。

《莎菲女士的日记》描写了一位患有肺病的知识女性,她为了得到自己的爱情而四处奔波,甚至被爱情冲昏了头脑。对于真心求爱的苇弟,她不理不睬,对于徒有其表的凌吉士却如痴如狂,结果在认清凌吉士的真面目后,同样陷入无法自拔的绝望之中。

《暑假中》描写了武陵县一所小学的几个青年女教师,她们在暑假期间陷入无聊和争斗中,靠一些毫无意义的事情消磨时间。实际上,这却是一群不安分的女青年,她们不满足眼下的现状,却又找不到自己的出路,即使做出一些尝试也都无功而返。作者以此寓意整个社会的死寂,映射了民众想要挣脱却无力作为的无奈,同时也表达了对美好未来的期许。

《阿毛姑娘》的主人公是一位名叫阿毛的农家少女,在嫁给憨厚朴实的陆小二后,她开始对物质生活展开向往和追求,尤其羡慕城里人富足的生活。丈夫陆小二无法满足她的欲求,同时不允许她抛头露面去做模特儿,因此让她陷入无尽的痛苦之中。然而,在强烈的欲求面前,平淡的生活就像压在身上的一座大山,随时随地让她透不过气,于是她最终选择自杀结束了自己的生命。

应该说，本书所收录的所有小说，其主人公虽然都深处困境甚至绝境中，但内心无不对光明充满祈盼和追求。正如作者自己所说："我这本集子里的主人公，都是在黑暗中追求着光明的女性，所以书名定为《在黑暗中》。"

主题思想

作者描写了形形色色的社会女性，她们都身处困境甚至绝境当中，在进行抗争之后又只能回归困境和绝境当中。作者以此映射出旧社会的扭曲和变态，人们（尤其是女性）身处其中，即便想要抗争并且付诸行动，也注定无济于事，从而道出了旧社会的黑暗和罪恶。

艺术手法

作者在本书收录的小说中，表现出娴熟的艺术手法，尤其是对人物的心理描写，向来受到后世学者推崇。比如作者对旧时代女性的心理描写，表现了她们对封建礼教的深恶痛绝，以及对个性解放的炽热追求，虽然最终都是以悲剧结局，却迸发出强大精神力量。

文学地位

作为我国优秀的无产阶级革命战士，作者始终坚守在文艺战线的最前沿，她不仅加入了"左翼作家联盟"，还在白色恐惧最严重的时候加入了中国共产党。与此同时，作者运用文艺武器为革命保驾护航，并且沉重打击敌人的文化阵地，从而在革命文学史上赢得了崇高的荣誉和地位。

作者简介

丁玲（1904-1986），原名蒋冰之，湖南临澧人，中学时代开始接触民主革命思想。1927 年 12 月，丁玲在《小说月刊》发表处女短篇小说《梦珂》，次年又出版短篇小说集《在黑暗中》，引起文学界的广泛好评。

1930 年，丁玲加入"左联"，并且在两年之后加入中国共产党。由于和国民党反动派公开决裂，丁玲在 1933 年 5 月遭到国民党当局软禁，在中共地下党和鲁迅的努力下，才辗转逃到了位于陕北的中央苏区革命根据地。

在这里，她的生活发生了翻天覆地的改变。很快，丁玲发起组织了苏区文艺家协会，不久之后又被委任为中央警卫团政治处副主任。"抗战"爆发后，丁玲与西北战地服务团奔赴前线慰问，并且深入到各解放区的根据地展开考察和调研工作。

1941年，丁玲出任《解放日报》主编，从此进入创作高峰。在1946年的"土改"运动中，丁玲的代表作《太阳照在桑干河上》问世，不仅在国内取得了重要的文学地位，而且在国际上也形成了深远影响。

新中国成立后，丁玲分别出任过全国人大代表、全国政协常委、中国作家协会副主席等职，并且先后主编《文艺报》和《人民文学》等重要刊物。在错误的政治运动中，丁玲也受到了冲击。平反之后，丁玲的党籍和工作得到恢复，由此开始了新一轮的创作，并且先后代表国家出访西方各国，还曾得到美国文学艺术院的名誉院士称号。

费正清：历史上所有的革命形态，在现代中国都发生了。而丁玲，是（这些）革命的一个活的化身：她是革命的肉身形态。

张永泉：她（指丁玲）的一生凝聚了太多中国现、当代文学史乃至思想史的内涵。

贺桂梅：丁玲的逻辑，就是革命的逻辑。

倪焕之

本文是叶圣陶唯一的长篇小说作品，创作于 1928 年，早期连载于《教育杂志》。内容反映了从辛亥革命到第一次国内革命战争时期，小资产阶级知识分子的生活经历和精神风貌，同时描写了"五四"和"五卅"等革命运动在他们身上留下的深远烙印。

小说名《倪焕之》就是主人公的名字，这是一个热烈追求新事物的青年，他和当时大多数知识分子一样，把救国救民的希望寄托在教育上，并且希望通过投身教育来改变黑暗污浊的社会现状。同时，倪焕之还希望找到一个志同道合的爱人，并且将这份希望具体到了年轻漂亮的金佩章身上。

然而，现实和理想是存在差距的，倪焕之在教育工作中屡屡碰壁，与自己的理想渐行渐远。爱情同样不尽人意，婚后的金佩章深陷琐碎的家务，曾经的理想和抱负全部抛到了九霄云外，倪焕之的世界由此陷入灰暗。

在革命者王乐山的帮助下，倪焕之开始放弃教育事业，转而投入到社会改革运动的洪流当中。于是，在"五四"和"五卅"等革命活动中，都留下了倪焕之的身影，其思想主张也由此彻底转向革命。不过，在"四一二"反革命政变后，倪焕之表现出了知识分子懦弱的一面，开始自暴自弃地认为革命无望，从而变得像行尸走肉一样。

作者以此收尾，看似传递出一种负面能量，实际上却是对这类知识分子的一种鞭挞，希望借此激起他们抗争命运的决心，同时指出了必须结合民众的革命道路。

主题思想

作者通过对倪焕之的人物塑造和际遇描写，反映了中国社会从辛亥革命到大革命时期的急转直下，同时道出了知识分子的实际遭遇和理想破灭。以主人公倪焕之为例，其心理状态有三个阶段的变化：

1.高涨的救国救民思想。我国有着灿烂悠久的历史文化，近现代以来却备受西方列强欺辱，知识分子无不陷入怀念过去美好的心绪中，这就促生了他们通过恢复民族文化来强国强民的想法。可惜，在实际的行动过程中，他们发现民族的耻辱正是来自民族的文化。学生们在学校经过理想教育，步入社会后要么被迅速淘汰，要么被迅速同化，所谓通过教育来改造社会的构想根本就是蚍蜉撼树，这就不免让他们陷入到了空前的迷茫和绝望之中。

2. 高涨的革命运动思想。在教育救国的理想破灭之后，倪焕之面临高涨的革命运动，因而自然过渡到革命救国的思想，这也是当时整整一代知识分子面临的思想转变。可以说，革命对于改造社会来讲是最简单有效的方法，其作用也是立竿见影的，但是由于利益牵连的关系，其受到的抵制也是最为激烈和顽强的。因此，如果革命不能一举成功，在反革命势力重新站稳脚跟后，革命运动的失败将基本不可逆转，这也为时代和被时代裹挟的进步知识分子埋下了悲壮的伏笔。

3. 革命失败后的绝望。知识分子的思想总是过于前瞻和理想，因而在面对现实的时候总是处在痛苦和挫折之中，尤其是与理想成功擦肩而过之后，这种内心世界的巨大起伏，往往比长期陷于痛苦和挫折更容易让人崩溃。因此，在大革命失败之后，时代造成了大量知识分子的绝望和堕落。一些人可能选择投向反动阵营，一些人则可能偏激地选择自杀，还有一些人陷入忧愤和颓靡中一蹶不振，实际上等于慢性自杀。

作者通过对倪焕之的际遇描写，阐明了教育救国和个人奋斗的无济于事，同时指出了集体主义和群众运动的光明路线，这是本文的核心思想。

艺术手法

作者运用现实主义创作手法，真实自然、生动鲜明和细致入微地刻画了一批进步知识分子的形象，并且通过冷静客观地思考，道出了社会问题所在，以及根本解决之道，同时不露声色地表现出对时代悲剧人物的怜悯。

此外，作者对时代悲剧人物隐隐表示怜悯的同时，也不忘讽刺他们的懦弱、愚昧和自私等性格缺陷。只是这种讽刺的意味要远远低于怜悯，因而讽刺的言辞并不激烈，可以说带有温情的鞭策。

最后，作者虽然接受了西方先进文化的影响，但用词比较贴近传统文化，并没有其他作家那些带有明显的欧化风格。这在"五四"时期是非常少见和难得的，他不仅在新文化运动中为传统文学保留了一块阵地，同时也为我国现代汉语的规范和发展做出巨大贡献，对后世汉学文化的发展更是影响深远。

文学地位

"五四"时期的各类文体发展迅猛，唯有长篇小说的发展停滞不前（当时的一些所谓新文体长篇小说实际为中篇小说），这是因为旧的小说文体（章回体）已被知识分子抛弃，新的小说文体（欧美长篇）尚处在摸索阶段。《倪焕之》的问世打破了这一现状，它让我国现代文学史上的长篇小说空白得到填补，因而产生了极大的社会影响，在我国现代文学史上留下了光辉的一页。

事实上，每逢一个重大的历史时期之后，身处其中的现实主义作家，都会静下心来仔细观察、体验、分析和阐述相关经历，并且运用他们熟悉的艺术手法，从历史的、真实的和具体的角度进行反映，同时提出并回答人们普遍关心的社会问题，所谓"以史为鉴"。《倪焕之》就是这样一类著作，作者严格遵守现实主义创作手法，真实反映了辛亥革命至大革命时期的中国社会生活，成为一面反射旧社会 20 年重大历史的"镜子"。

作者简介

叶圣陶（1894-1988），原名叶绍钧，圣陶是他的字（又字秉臣），江苏苏州人。1907 年，叶圣陶考入苏州草桥中学，开始接受现代教育。1916 年，叶圣陶进入上海商务印书馆附属尚公学校任教，期间推出处女座《稻草人》（童话故事）。1918 年，发表第一篇白话小说《春宴琐谭》。1928 年，发表长篇小说《倪焕之》。

"抗战"时期，叶圣陶积极参加革命活动，在文艺战线上做出巨大贡献。新中国成立之后，他先后出任教育部副部长、人民教育出版社社长和总编、中华全国文学艺术界联合委员会委员、中国作家协会顾问、中央文史研究馆馆长、中国民主促进会主席、中华人民共和国全国政协副主席、第一届至第五届全国人民代表大会常务委员会委员、第六届全国政协副主席等职。

名家点评

茅盾：《倪焕之》是中国现代文学史上的扛鼎之作。

夏丏尊：在这样的国内文艺界里，突然见了全力描写时代的《倪焕之》，真是使之眼光为之一新。故《倪焕之》不但在作者的文艺生活上是划一时代的东西，在国内的文坛上也可说是划一时代的东西。

啼笑因缘

本书是一本章回体小说，共 22 回，是作者的代表作。内容以一男三女的爱情故事为主线，描写了北洋军阀统治时期的社会黑暗和动荡，它不仅是传统章回体小说的佼佼者，而且在新文艺领域引起强烈反响。

主人公樊家树出身官宦世家，此时家族转做银行业，仍属于富家子弟。樊家树先后结识卖唱姑娘沈凤喜、富家千金何丽娜、侠客之女关秀姑，虽然三位女主人公都对他情真意切，樊家树却钟情于沈凤喜，并且直言爱情与金钱无关，同时积极帮助沈凤喜脱离贫苦和卑贱的生活。不料沈凤喜被军阀刘国柱霸占，当刘国柱发现沈凤喜和樊家树的关系后，残忍地将其迫害成了精神病。侠客关秀姑与其父受樊家树所托，设计杀死了刘国柱，然后逃亡东北参加义勇军，樊家树则与何丽娜终成眷属。

1930 年 3 月至 11 月，本书连载于上海的《新闻报·快活林》，次年 12 月又由上海三友书社出版单行本。由于本书通俗易懂，趣味十足，在连载过程中已经引起广泛社会关注，曾经打破当时的发行纪录，并且被改编成戏曲、电影和话剧等多种文艺形式。

由于太受欢迎，在全书 22 回全部连载完成之后，大量读者写信到报社，要求作者继续写下去，单行本出版之后这种呼声日益高涨。作者认为本书的情节已然续无可续，但耐不住读者和报社的一再请求，终于在 1933 年续写了 10 回，这样就有了后来流传于世的 32 回版本（最早由上海三友书社出版于 1935 年）。

本书的主题思想带有一定的资产阶级色彩，他虽然极力推崇平民思想，但即便在恋爱中仍旧表现出一种居高临下的姿态，同时表现出对平民生活的好奇和怜悯。在与平民朋友关寿峰（关秀姑之父）的交往中，作者更是把他塑造成了忠于樊家树的草莽形象，这无疑将资产阶级的本体思想推到了极致。

在具体的恋爱过程中，作者以樊家树为中心，描写了一场多角恋感情。其中，沈凤喜被樊家树所拯救，最终沦为军阀的泄欲工具；何丽娜为樊家树改变自己的观念；关秀姑更是默默为之奉献，实际上违背了男女平等的恋爱观念，没有尊重女主人公的完整性格。

至于樊家树所体现出来的恋爱至上观念，更是脱离了现实社会的根基，包括樊家树对沈凤喜的救赎、何丽娜的改变和关秀姑的奉献，都只能停留在戏剧的层面。换句话说，以樊家树的价值观念和精神状态，断无在军阀统治时期生存下去的可能。这一点，大概与作者深受《红楼梦》影响有关，如贾宝玉和林黛玉等人物形象，放在小说中自然是可爱可亲的，可放在现实生活中恐一刻也难以存活下去，其作者曹雪芹的个人命运就是一个佐证。

此外，作者对于大反派刘国柱的人物处理，也表现出一定的局限性。在当时，军阀混战是主要的社会问题，作者居然以复仇式、个人式和武侠式的方式应对，让关寿峰父女设计将刘国柱杀死。由此可见，作者对社会问题并未进行足够的关注和思考，这也是本书始终未能进入主流文学领域原因所在。

总而言之，本书在趣味性上可谓集众家之所长，成就了我国现代文学上的一个高峰。同时，本书也表现出当时社会的黑暗面，具有一定的写实色彩和价值。但是在思想性方面，本书却表现出了一定的匮乏，对于启蒙民众思想，解决民族问题，解救百姓疾苦和冲击社会黑暗等问题，却并未产生足够的影响。

 艺术手法

本书描写了一男三女的情感纠葛，其间又加入了强抢民女、兄弟结交和锄强扶弱等精彩环节，读来曲折离奇，内容丰富多彩，且融合了武侠和言情等传统技法，是通俗小说领域难得的佳作。作者曾经表示："我写《啼笑因缘》的时候，已经有了赶上时代的想法。"这一点让作者脱离了上流社会的、才子佳人的、缠绵悱恻的陈旧套路，角色开始走向平民化和亲民化，从而满足了底层民众的阅读需求，在反礼教和反封建方面也有了一定的意识觉醒。

而能够在出版界刷新纪录，作者也是下了一番功夫的。首先，故事情节设计巧妙，比如作者通过一张照片引发连串的误会，打造了热闹非凡的故事场景，让读者既猜到了结局又希望看到作者所写的结局，可谓匠心独运；其次，作者不仅在小说中加入了言情和武侠元素，还结合了西方小说的工笔技法，成就了本书雅俗共赏的特性；最后，本书在立意上即确定了"消遣"的特性，书名中的"啼笑"二字更是一语道破玄机。可以说，本书所专注的戏剧性，既是传统文学角度的失败之处，也是通俗文学角度的成功之处。

此外，作者在人物的个性塑造上大胆创新，为人物间的感情推进也勾勒了背景图画，从而构建了一幅鲜活的社会图景。在人物语言的运用上，作者不仅加入了地方特色，而且注重贴近现实，避免堆砌华丽辞藻，这无疑让习惯了阅读传统小说的读者眼前一亮，同时更让底层民众喜闻乐见。

本书面世之初，便受到广大读者的热捧，并且至今仍然是很多文学爱好者的必读之作，其艺术魅力和文学成就由此可见一斑。按照常理来讲，这样一部小说必然跻身现代经典名著之列，但长久以来其文学地位并不高，这一点还要归咎于它的通俗性。

客观来讲，文学作品在雅俗之间并没有绝对的界限，何况就算是绝对的通俗文学，也有其必然的存世价值，只是主流文学对思想性的关注程度始终不减。因此，通俗作品虽然不能进入主流文学，但是并不影响其成为经典作品，《啼笑因缘》显然正是通俗文学领域的经典作品之一。

作者简介

张恨水（1895-1967），原名心远，恨水是他的笔名，取义南唐李后主所作《相见欢》一词中的"自是人生长恨水长东"。作为"鸳鸯蝴蝶派①"的代表作家，张恨水将我国传统的章回体小说和西方小说的技法融为一体，作品多情节曲折，布局严谨，注重语言的通俗流畅和读者的审美特点，尤其以《啼笑因缘》一书最为人们追捧。

---

① 发源于20世纪初叶上海"十里洋场"的一个文学流派。他们热衷的题材是言情小说，写才子佳人"相悦相恋，分拆不开，柳荫花下，像一对蝴蝶，一双鸳鸯"，因此得名鸳鸯蝴蝶派。

此外，张恨水一生著述颇丰，仅中长篇小说（多为章回体）就达 120 余部，总字数将近 4000 万，被誉为"中国大仲马"、"民国第一写手"，另有"章回体小说大家"、"通俗文学大师"、"通俗文学第一人"等美誉。除本书之外，张恨水还有《春明外史》、《金粉世家》和《八十一梦》等小说传世，都是我国现代文学史上难得一见的佳作。

名家点评

张恨水（作者本人）：上至党国名流，下至风尘少女，一见着面，便问《啼笑因缘》，这不能不使我受宠若惊了。

茅盾：近三十年来，运用章回体而善为扬弃，使章回体延续了新生命的，应当首推张恨水先生。

老舍：（张恨水）是国内唯一的妇孺皆知的老作家。

孔庆东：二十世纪我国产生了很多名家名作，但是最轰动的一部作品，它不是鲁迅的《阿 Q 正传》，不是矛盾的《子夜》，不是曹禺的《雷雨》，不是郭沫若的《女神蔡文姬》，而是张恨水的《啼笑因缘》。

子夜

内容梗概

本书原名《夕阳》，创作于 1931 年至 1932 年间，共 19 章，是一部多达 30 万字的长篇小说。内容以上世纪 30 年代的旧上海为背景，描写了半殖民地、半封建社会的矛盾和斗争，主人公是民族资本家吴荪甫。自出版以来，本书不仅在国内受到广泛关注，而且在国际上声名远播，目前已经有英、德、俄、日等十几种译文版。

主题思想

本文的创作主题思想，是作者对社会性质的认知和宣扬。当时，知识分子对于中国社会的性质有三大观点：首先是半殖民地半封建社会的社会性质，认为工人和农民是革命主体，领导权应该握在共产党手里；其次是资本主义性质，认为资产阶级是新兴革命主体，领导权应该握在国民党手里；最后是普遍落后性质，认为工人、农民和新兴资产阶级都是革命主体，大家一起学习西方先进文化，领导权由包括"国共"在内的联合政府掌握。

作者以文载道，通过对主人公的际遇描写，表述了自己的政治立场和革命观点。主人公吴荪甫作为新兴资产阶级代表，建立了庞大的企业帝国，结果却因为受到封建势力和列强势力的联合压迫，同时又得不到广大工农阶层的支持，而走向了必然的失败。

作者借此表明，资产阶级依靠压榨工农阶层获取和巩固自身利益，他们和工农阶层存在根本矛盾，不可能得到工农阶层的真正支持。既然资产阶级得不到工农阶层的支持，就会成为无本之木和无源之水，根本不可能带领工农阶层战胜封建势力和列强势力。相比之下，无产阶级植根于工农阶层，代表广大工农的根本利益，能够得到工农阶层的大力支持，从而得到强大的、不断的力量供给，无论面对封建势力还是列强势力，都能够战无不胜。

总结来讲，中国只有在共产党的领导下，通过工农群众的集体革命方式，才能实现社会的发展和历史的进步，最终使人民过上安居乐业的幸福理想生活。

作者取材于 20 世纪 30 年代的大上海，目光并没有局限于某街某巷，而是以居高临下的视角俯瞰整座城市，将资本家的豪华客厅、夜总会的灯光酒影、工厂中的革命斗争、证券场里的人声鼎沸，以及知识分子的高谈阔论、太太小姐的儿女情长、农村景象的破败不堪、战场硝烟的四散弥补等各类场景，全部收入到了小说当中。

以如此恢宏的艺术场面为基调，作者还掺杂了一些细节描写，极大地扩充了小说的艺术容量。同时，作者并非将多幅社会场景勉强拼接在一起，而是通过精心布局，缜密叙述，将全部场景融合成了一个浑然天成的世界。作者借此表现出了主人公吴荪甫的人生悲剧，并且以他的人生悲剧衬托出整个资产阶级的集体悲剧和整个中国的社会悲剧，即中国社会在资产阶级的领导下，因为受到帝国主义的压迫，而进一步走向了殖民地化。

总而言之，本文虽然包罗万象，情节起伏，场面交错，人物飘忽，但是其主线的发展井然有序，作者想要表达的立场和观点也是层层推进，不仅清晰明朗，而且极具说服力，表现了作者在艺术手法上的娴熟和老道。

在人物塑造方面，作者运用的艺术手法被称为"典型环境"中的"典型性格"，即不仅关注人物的性格、命运和精神面貌等，同时赋予他时代特色和政治倾向。以主人公吴荪甫为例，他雄心勃勃地想要发展民族工业，虽然首要目的是维护自身阶级的利益，但是在帝国主义的威逼面前表现软弱，在封建主义的利诱面前又发生动摇，这就让他们极易沦为封建主义的帮凶和帝国主义的爪牙。

此外，作者虽然极力追求小说的趣味性，却始终保持在现实主义的范畴内。在作者看来，充实的生活比真理和技巧更重要，因而他极力捍卫现实主义和自然主义，反对一切机械的、空泛的和想当然的文艺创作。比如为了塑造真实的主人公形象，作者阅读了大量金融方面的书籍，确保对相关知识了然于胸，并且在创作过程中信手拈来，据此创作出真实、生动和细致的艺术作品。

再者，中国小说历来注重史学价值和诗歌美感，作者在本书的创作过程中同样遵循这一传统。一方面，作者深入到了 20 世纪 30 年代的社会角落，描绘了波澜壮阔的历史图景，同时做出了历史分析和结论；另一方面，作者也没有忘记抒情言志，在人物的塑造过程中，作者屡屡加入自己对历史和政治的见解，这也让其史诗般的现实主义手法更加鲜活。

文学地位

本书是"五四"文化运动中最早的一部长篇小说，作者遵循马克思主义文学思想，放眼整个社会和时代，运用现实主义手法，全面深刻地展现了 20 世纪 30 年代的中国社会。可以说，本书的问世不仅标志着作者文学地位的确立，同时也让无产阶级革命文学掀开了全新的一页。在本书之后，出现了大量相同类型的文艺作品，由于其最大特点是关注社会现实，因而被统称为社会剖析小说。

作者简介

茅盾（1896-1981），原名沈德鸿，字雁冰，茅盾是他的笔名（另有笔名郎损、玄珠、方璧、止敬、蒲牢、微明、沈仲方、沈明等），浙江桐乡人。茅盾出生在一个具有新观念的传统知识分子家庭，从小接受新式教育。1913 年，茅盾考入北京大学预科，毕业后进入商务印书馆工作，从此成为文艺革命战线上的一名斗士，为我国革命文学的奠基和发展做出卓越贡献。

新中国成立后，茅盾先后出任中国作家协会主席、中央文化部部长和《人民文学》杂志主编等职，将自己的毕生精力奉献给了文艺事业。弥留之际，茅盾拿出自己的全部积蓄，设立茅盾文学奖，以鼓励当代优秀长篇小说的创作。1984 年至 1997 年，人民文学出版社出版了 38 卷版的《茅盾全集》，算是为其一生画上了圆满的句号。

名家点评

瞿秋白：这是中国第一部写实主义的成功的长篇小说……应用真正的社会科学，在文艺上表现中国的社会关系和阶级关系，《子夜》不能不说是很大的成绩。

吴宓：笔势具如火如荼之美，酣姿喷薄，不可控搏。而其细微之处复能婉委多姿，殊为难能可贵。

叶圣陶：我有这么个感觉，他（茅盾）写《子夜》，是兼具文艺家写作品与科学家写论文的精神的。

筱田一士（日本文学家）：《子夜》是 20 世纪世界文学巨著中，可以和《追忆似水年华》、《百年孤独》相媲美的杰作。

家

本书是作者的代表作，《激流三部曲》（《家》、《春》、《秋》）中的第一部，最早由《时报》连载于 1931 年，最初的名字是《激流》，开明书局于 1933 年 5 月出版单行本。内容描述了 20 世纪 20 年代四川成都的一个封建家庭，通过对老少两代之间的矛盾描写，展现了整个旧社会的黑暗与腐朽，控诉了封建制度对生命的亵渎，同时歌颂了年轻一代的进步精神。

主题思想

本书以四川成都的社会生活为背景，通过对高家的深入描写，映射了整个时代的溃烂与没落。作者所描写的高家，表面上荣华无限，书香萦绕，实际上却矛盾重重，荒淫无度，实际上代表了整个封建社会。

在小说中，以高老太爷为代表的守旧势力，为了维护自身权力，秉持传统礼教，抵制一切新生事物，甚至不惜将子孙推入"火坑"。而作为年轻一代的觉新、觉民和觉慧，不甘忍受巨大痛苦，他们奋起抗争，却加重了自己的悲惨遭遇。

通过这些描写，作者将批判的矛头直指封建礼教，尤其对旧社会的专制提出抗议。作者虽然在年轻人的恋爱问题上耗费大量笔墨，但实际上却是为了突出年轻人所受的压迫，以及在受压迫过程中自由意识的觉醒。在作者看来，年青一代对幸福的追求，与封建礼教形成了不可调和的矛盾，从而启发和号召年轻人与行将就木的封建制度决裂，只有这样才能得到拥抱幸福的机会。

艺术手法

本书描写了高家人的生活故事，将所有人物设置为新旧两大阵营，一方是以高老太爷为代表的守旧派，一方是以觉新、觉民、觉慧为代表的新锐派。两派人物的成长经历和价值观念完全相悖，形成不可调和的矛盾，以至于祖孙两代不像是亲人，反倒像是敌人。

此外，作者赋予年轻一代鲜明的正义和良知色彩，对年老一代蒙上浓重的虚伪和凶残面纱。这些观点表明作者受到"五四"文化运动影响，对于封建礼教和封建制度提出否定和批判，希望通过革命方式挣脱古老的、腐朽的和罪恶的文化禁锢。

在语言方面，作者注重感情化和色彩化，常常直抒胸臆地让人物说出"我痛苦……""我控诉……"等内容，这种情节的设置，正是现实生活中的矛盾在文学作品中最简单和直接的反映，也是作者对旧社会最有力的控诉。

最后，这种以家族悲剧控诉时代罪恶的艺术手法，也成为启蒙主义文学的经典模式，对后来的同类小说创作起到典范作品。比如在端木蕻（hòng）良的《科尔沁旗草原》、路翎的《财主底儿女们》、茅盾的《霜叶红似二月花》和老舍的《茶馆》中，都不同程度采用了同一家族中两代人对立的模式。

文学地位

新文化运动以来，出现了大量揭露封建礼教罪恶的文学作品，其中以家族为主要对象的作品亦不在少数。但是，以长篇小说的形势进行创作，从而全面深入地描写封建家族逐步走向崩溃的过程，作者的《激流三部曲》是开了先河，其中又以《家》的文学成就最高，这也让作者在现代文学史上占据重要地位。

作者简介

巴金（1904–2005），原名李尧棠，字李芾甘，巴金是他的笔名，四川成都人。巴金出身封建官僚家庭，"五四"运动时期受到新文化影响，并且迅速成长为一名坚定的反封建主义文学斗士。1923年，巴金前往上海、南京等地求学，期间参加无政府主义组织"上海民众社"，主持其刊物《民众》半月刊的出版工作，从此开启了他的文学创作生涯。

"抗战"爆发后，巴金辗转全国各地，一边躲避日寇的铁蹄，一边从事抗日宣传工作。新中国成立后，巴金先后出任"文联"委员、中国作家协会上海分会主席和中国作家协会主席等职。2003年11月，国务院授予巴金"人民作家"称号，对其一生所做的文艺贡献做出极高的肯定。

名家点评

贾平凹：巴老是我国当代文学巨匠，他的道德和文章，都是当代作家的一面旗帜。

罗成琰、阎真：从情绪上来说，这部小说是一张控诉状，写出了旧家庭制度的一切罪恶，如爱情的不自由、个性的压抑、礼教的残忍、长者的绝对权威和卫道者的无耻。

许子东：从历史角度来看，这一种情感化、色彩化的语言形态，是在激进的反传统、反专制的 30 年代文化心态下形成的，但同时它又成为这一种文化心态能够延续和发展的基本载体。

边城

内容梗概

本书是作者的代表作，入选"20世纪中文小说100强"，且高居榜单第二位，仅次于鲁迅的《呐喊》。内容以20世纪30年川湘交界的小镇茶峒为背景，使用抒情诗和小品文相结合的艺术笔法，对湘西地区独特的风土人情进行描写，尤其展现出女主人公翠翠纯真美好的爱情观念。

作者创作本书的时间在1931年，当时的中国社会虽然动荡不安，但基本上已经趋于平和，这就让知识分子有时间来思考一下人性的问题。作为其中的代表人物，本书作者结合湘西的世外桃源风光，同时安插美好纯真的爱情故事，为处于都市迷宫中的人们指明了一条通向自然美好的人生道路。

主题思想

在物欲横流和金钱至上的旧社会，几乎全民滑向腐化堕落，就连人世间本应最美好的爱情同样充满铜臭味。在这样的时代背景下，作者另辟蹊径，既不剖析和抨击旧社会的种种罪恶，也不阐述和宣扬新时代的各类思想，而是处变不惊地展开一幅纯美的爱情画卷，以便让所有的丑陋和龌龊自惭形秽，据此形成一种没有主题胜似主题的绝妙效果。

可以说，本书是作者关于人性美的集中诠释，同时也是体现其关于"美"和"爱"的文艺思想的代表作品，其独特的选材和优雅的笔触更是其主题思想的坚定基石。作者越是在小说中展现美好，读者就越是在现实面前感到痛心疾首，从而激起人们对旧社会的批判，以及对自然美德和古老价值的向往。

艺术手法

本书最明显的艺术手法是融入了抒情诗和小品文形式，具体表现在以下两个方面：

第一方面，细致入微的心理描写。作者以细腻的笔触深入主人公内心，以极其不易察觉的小事，不露声色地表现出主人公的心理活动，给人一种以小见大的灵动感，同时也让人物形象更加饱满。比如描写翠翠的孤单和寂寞心理，作者为其安排了一系列的幻想和梦境，这种看似荒诞的胡思乱想，却突出了翠翠天真可爱的性格。

第二方面，唯美动人的环境描写。环境描写对于人物塑造的重要性不言而喻，如果前者所做功课到位，后者将事半功倍。作者正是意识到了这一点，才将人物故事背景设置为诗情画意般的自然风光，并且随着人物的心理变化而变化。比如人物的心理状态一片大好，会伴随莺歌燕舞的自然风光；而如果人物的心理状态有所欠佳，则会伴随相对阴郁低沉的自然风光，这些都让人物性格塑造和故事情节推进收到了更理想的效果。

文学地位

本书是我国现代文学史上抒发乡土情怀的代表作品，其独特的艺术魅力吸引了众多海内外读者，从而奠定了作者在文学史上的崇高地位。众所周知，沈从文一生著述颇丰，但是几乎没有哪部作品能够与本书相提并论。

1999 年 6 月，《亚洲周刊》推出"20 世纪中文小说 100 强"排行榜，收录了鲁迅、郭沫若、巴金和老舍等诸多名家的作品，而本书则荣登排行榜第二名，其受到的关注和追捧可见一斑。目前，本书已经有英文、俄文和日本等多种译文版本传世，并且被美国、英国、日本和韩国等多个国家和地区选入教科书。

作者简介

沈从文（1902-1988），原名沈岳焕，字崇文，笔名休芸芸、甲辰、上官碧和璇若等，湖南凤凰人。沈从文 14 岁投身行伍，在湘川黔地区漂泊多年，虽然经历了难以想象的艰难困苦，却也见识了大量无限美好的自然风光。1922 年，沈从文离开军队，到北京报考燕京大学，落榜后开始了旁听自学和文艺创作的双重生活，表现出极高的文学天赋。

截止到 1924 年，沈从文已经在各大报刊上发表过作品，名声传遍大江南北，因而受邀到上海参与筹办《红黑》杂志和出版社。随后，沈从文开始出任教职，先后在吴淞中国公学、国立青岛大学和西南联合大学开堂授课。新中国成立之后，沈从文开始从事文物研究工作，供职于中国历史博物馆和中国社会科学院历史研究所，晚年著成《中国古代服饰研究》一书，填补了我国物质文化史上的一大空白。

汪曾祺：《边城》的语言是沈从文盛年的语言，是最好的语言。既不似初期那样的放笔横扫，不加节制；也不似后期那样过事雕琢，流于晦涩。这时期的语言，每一句都"鼓立"饱满，充满水分，酸甜合度，像一篮新摘的烟台玛瑙樱桃。

潘旭澜：《边城》的诗意首先来自浓郁的湘西乡土气息……那清澈见底的河流，那凭水依山的小城，那河街上的吊脚楼，那攀引缆索的渡船，那关系茶峒"风水"的白塔，那深翠逼人的竹篁中鸟雀的婉转鸣叫……无不自然而又清丽，优美而不加浓涂艳沫。

刘洪涛：《边城》的艺术独创性主要在两个方面：第一，巩固、发展和深化了乡土抒情模式；第二，继鲁迅的《阿Q正传》之后，重塑了中国的民众形象。

南行记

本书是作者的处女作，同时也是他的成名作和代表作，共收录了8篇小说。首次出版之后，作者又创作了一些同类型的小说，截止到新中国成立，此类零散小说的数量已经达到20篇。目前流传于世的版本，多将这些小说收录其中，同时沿用《南行记》为书名。

内容以作者在西南边区的流浪生涯为素材，采用小说的文学形式，用第一人称进行记述和描写，展现了我国西南边区绮丽的自然风光和独特的异域文化。当然，在当时的整个大时代背景下，作者所描写多为悲剧，并且着重刻画底层民众的受压迫。与此同时，作者也深入挖掘了他们身上关于真、善、美的可贵品质，以及表现出他们的反抗意识正在觉醒。

凭借独特的艺术感染力，本书被翻译成英、俄、日、德、法、韩等多种译本，在国际上有很高的知名度和文学地位。

作者以"我"为作品中的主线人物，同时赋予了"我"不畏磨难和顽强抗争的人物性格，在一次次辛酸的经历中，仍然要发出生命的怒吼声，以此焕发人们对青春、生命和生活的激情。

同时，作者以西南边区的自然风光为背景，以自己在流浪过程中遇到的每个真实人物为素材，塑造了一批鲜为人知的文艺形象，比如滑竿夫、马头哥、流浪汉、强盗、小偷、商贾和小贩等。

这些人有着野兽般的外表，但无一例外流露出人性的美好，表达了作者身处逆境却心向美好的坚忍性格和乐观精神。正如作者在文中自述的那样——就是整个社会不容我立足的时候，我也要钢铁一般顽强地生存下去！

艺术手法

作者在艺术手法上有三大特点：其一，以早年在西南地区的流浪生涯为蓝本，描写了西南边区的自然风光和人性之美，同时讲述了一些鲜为人知的故事；其二，作者虽然以第一人称"我"作为小说的主人公，并且赋予了一定的文艺色彩，从而将自己全面打造成为剧中人，实际上等于塑造了一个第三方人物形象；其三，作者的描写主体是一群流浪汉，拓展了现代文学的选材范围，并且树立了"流浪汉小说"的范文。

文学地位

本书描写了一群充满野性的流浪汉，在社会的黑暗和罪恶面前，他们的性格和心灵遭到扭曲，却对美好生活充满向往，因而表现出不屈不挠和乐观向上的积极心态。作者据此塑造的典型人物夜猫子，不仅是小说中的代表人物，而且是整个新文化运动中的精神领袖，同时也是为世界人民所熟知的艺术形象。

此外，作者将叙事、写景和写人融为一体，既不失社会现实感，又具有强烈的浪漫主义色彩。尤其是其乐观向上和积极进取的心态，让《南行记》成为20世纪30年代左翼文坛代表作品的同时，也让作者跻身20世纪的优秀作家之列。

作者简介

艾芜（1904-1992），原名汤道耕，艾芜是他的笔名，另有笔名刘明、吴岩、汤爱吾、魏良和乔诚等，四川新繁人。艾芜受"五四"文化运动影响，于1925年于四川省立一师肄业，前往云南、缅甸和新加坡等地流浪，意欲体验无产阶级的生活。每天过着底层民众的悲苦生活，甚至几度面临性命不保的险境，但他的革命主张和生命意志从未改变。

1930年，艾芜因发文同情缅甸的农民暴动，而遭到该国当局的驱逐，由此被迫回到国内。两年之后，艾芜在上海加入"左联"，开始在文艺革命战线上工作，相继发表多部优秀的文艺作品（包括《南行记》在内）。

"抗战"爆发后，艾芜出任"中华全国文艺界抗敌协会"桂林分会理事，同时开始担任大学教职，在教育和文艺战线上对抗击日寇做出重要贡献。新中国成立后，艾芜先后出任重庆市文化局长、四川省文联名誉主席、中国作家协会理事、全国文联委员等职，并且保持着到社会底层体验生活作为创作素材的习惯。

郭沫若：我读过艾芜的《南行记》，这是一部满有将来的书。我最喜欢《松岭上》那篇中的一句名言：同情和助力是应该放在年轻的一代身上的。这句话深切地打动着我，使我始终不能忘记。

死水微澜

本书是李劼人的代表作，描写了 1894 年到 1901 年（即从甲午战争爆发到《辛丑条约》签订）间中国四川的乡土风情和社会现象，主要对象是教会和帮会两大势力。而实际上，这两大势力又映射着当时的国际势力，并且通过对这两股势力的消长映射国际势力的变化。作者以死水喻义旧社会，以新思想喻义微澜，表明沉寂的死水已经泛起一丝微澜。

从当时的社会背景来看，帝国主义正在加紧瓜分中国的步伐，腐朽的清王朝已经到了土崩瓦解的临界点。但是，旧社会长期以来积累的痼疾，却以强大的惯性向前延续，这就不可避免地与进步文化发生矛盾，以至于新势力发起了一波高过一波的革命浪潮。

在四川，教会作为帝国主义侵略势力的先锋，经过数十年的经营和发展，已经深入到各个社会角落，建立其庞大的宗教文化网络。凭借在不平等条约中获取的特权，教会对四川的官民财产大肆掠夺，造成大量居民家破人亡。而在中国人中，自古就不缺少奴颜媚骨的投机者，他们主动投靠教会，帮助教会剥削和压榨普通民众，进一步加重了百姓的疾苦。

作为敌对势力，哥老会（帮会）是一个历史久远的地下反清组织。由于在反清的同时奉行团结互助和济困扶危宗旨，帮会拥有强大的群众基础，因而敢于和势力强大的教会一争长短。再加上清政府的妥协退让，帮会成为抵制教会文化侵略的主要力量，对教会势力形成了沉重的打击。

不过很可惜，正如山东的义和团那样，袍哥（教民）的反帝意识是自发的和强烈的，但同时也是脆弱的。尤其是随着自身势力的增长，地主和豪绅等民族资产阶级渗入帮会，这些人和底层民众之间存在矛盾，因而他们的立场并不坚定，这就注定了袍哥的失败命运，其抵制侵略的行为，也只不过是在"死水"中激起几朵"微澜"。

 主题思想

作者以成都北郊的一个小乡镇（天回镇）为背景，描写了如同死水一般沉寂的中国社会。帝国主义入侵之后，教会势力长驱直入到了四川，底层民众开始受到帝国主义和封建主义的双重压迫，其生活疾苦进一步加深，天回镇自然也不能幸免。哥老会对其发起的抵制，体现了底层民众近乎天性的反帝、反封建意识，以及强烈的对自由和幸福的向往，表明了当时的四川以及整个中国，已经形成了良好的革命土壤。

 艺术手法

在我国的文学史上，传统历史小说往往聚焦上层社会的政治、军事和外交事件，主人公也基本局限在显赫一时的大人物身上。本书打破了这一创作惯例，不仅描写了上层社会的人物和事件，同时也描写底层社会的人物和事件，并且主要是想通过上层社会的动荡，体现底层民众受到的巨大影响，从而构建了一幅多层次、全方位和大容量的历史图景。

比如，文中写到袍哥罗歪嘴和教民顾天成因蔡大嫂争风吃醋，作者的主要笔墨虽然在三个人物的恩怨纠葛上，却时时不忘与北京的义和团、红灯教联系在一起。实际上，罗歪嘴和顾天成之间的争斗，就是帮会和教会，乃至义和团和西洋人争斗的一个缩影。推而广之，小小的天回镇也就成了整个中国，作者看似地方化的选材也就有了国际化色彩。这种以小事件和小人物反映大事件和大主张的艺术手法，自然更加通俗易懂，也更容易让普通民众理解和接受。

 文学地位

本书描写了我国社会典型区域中的典型生活，以成都金角的天回镇为北京，以杂货铺老板娘蔡大嫂（邓幺姑）的感情经历为主线，通过对教会和帮会两股势力的斗争，表现出当时成都平原的社会状况和民众生活的变迁，填补了该地区的文化历史空白。

此外，对人性的关注和关怀，也是本书最大的亮点之一。作者从解放人性的角度出发，肯定了人的主观价值，反对旧社会的礼教束缚，同时赋予主人公标志性的巴蜀野性魅力。由此闪现出的人性温度和魅力，在此之后成为我国现当代文学的重要组成部分，对后来的文学创作者形成了深远的影响。

最后，本书的语言风格自然纯朴，白描中又不失韵美，这在现当代文学领域是极为罕见的，因而受到广泛追捧和效仿。同时，作者对景和物的描写巨细无遗又巧夺天工，表现出了极高的艺术造诣，为我国现代文学创作者树立了典范。

作者简介

李劼人（1891-1962），原名李家祥，劼人是他的笔名，另有笔名老懒、吐鲁、云云和抄公等，四川成都人。17 岁时，李劼人考入四川高等学堂分设中学，期间加入"保路同志会"，参加了著名的"辛亥革命"运动。高中毕业后，李劼人在舅舅帮助下做了泸县（今四川泸县）府衙的一个小官，但很快辞职回到成都，开始文学创作。

1919 年，李劼人赴法国留学，靠翻译文学作品维持学习生活。学成回国后，李劼人出任《川报》主编，后进入成都大学执教，再后来还曾投身实业救国，但他始终笔耕不辍，创作了大量优秀的文艺作品。1935 年，作者开始全身心投入文学创作，"大河三部曲"逐一问世，即《死水微澜》、《暴风雨前》和《大波》，达到其人生文艺巅峰。

"抗战"爆发后，李劼人中断文学创作，积极投身抗日救亡活动。新中国建立后，李劼人先后出任全国人民代表大会代表、成都市副市长、中国文联委员、四川省文联副主席和"作协"四川省分会副主席等职。

名家点评

刘再复：《死水微澜》是中国现代小说史上最精致、最完美的长篇，文学价值在《子夜》、《骆驼祥子》和《家》之上，其语言的精致、成熟和非欧化倾向也是个奇观。

司马长风：李氏的风格沉实，规模宏大，长于结构，而个别人物与景物的描写又极细致生动，有直迫福楼拜、托尔斯泰的气魄。

杨义：李劼人的成功，正在于把外国近代的小说意识，不着痕迹地融解在东方文学的趣味和手法之中，从而形成一种开放的而且又具有民族特色的创作性。

骆驼祥子

内 容 梗 概

本书讲述了在旧社会的北平（今北京）城，有一个名叫祥子的人力车夫。他来自乡下，向往美好幸福的新生活，并且希望通过自己的努力达成所愿。自从进城以来，他从事过各种各样的底层工作，最终选择了做人力车夫。

这个时候的祥子，仍然具有农民式思维。为了获取内心的安全感，他像曾经想要拥有自己的土地那样，希望得到一辆属于自己的人力车。于是，攒钱买车成了祥子的精神寄托，甚至成了他的个人信仰。

任劳任怨地工作三年之后，祥子终于如愿以偿，买了自己的人力车，可惜他还没从美梦成真的激动中平复下来，人力车就被抢走了。不过，祥子相信这只是偶然事件，因而他决定继续努力，重新开始了任劳任怨的工作，争取有一天再次买上自己的人力车。

不幸的是，祥子对社会的认识过于天真，其黑暗程度根本就不允许他正常地生活。随着现实一次次让祥子陷入绝望，他的性格也在悄然发生变化，逐渐从一个憨厚朴实的农民小伙变成了阴险狡诈的城市流氓。他自私自利，为求私立不择手段，甚至出卖最好的朋友，买车的梦想也抛弃了，以至于最终走向彻底的绝望。

主 题 思 想

作者通过描写祥子悲惨的人生经历，揭示了旧社会吃人的本质，无德之人对于善良民众的压迫，足以把他们从人变成"鬼"。表达了作者对劳苦大众的同情，对自私狭隘的个人主义的批判，也阐明了个人奋斗无法改变命运的悲剧主题。

同时，作者也把人性的脆弱展现出来，无论一个人最初多么善良朴实，只要他们长期受到负面因素影响，最终就会滑向堕落和罪恶。由此可见，作者的主要思想还是批判旧社会的黑暗，它不允许好人有好的出路和下场。

本书的深刻性向来为人们称道，他不仅描写了祥子遭到现实打击，而且进一步描写了祥子在绝望后的堕落。如此一来，作者不仅批判了旧社会的黑暗残酷，同时也批判了民族文化的劣根性，其中包括对城市病和人性关系的思考，这在 20 世纪 30 年代的文学创作浪潮中具有鲜明特色。

艺术手法

作者以现实主义的笔法与悲天悯人的情怀，塑造了祥子、虎妞等一批令人难忘的艺术形象，在中国现代文学史上留下了宝贵的财富。

具体来讲，本书的艺术手法有以下三点：

1. 以人物展开故事情节。在本书中，祥子的个人命运就是作者的行文主线，然后再通过祥子的命运发展引出其他人物和故事，如此串珠式地安排情节，不仅让小说结构紧凑完整，而且让人物的性格有一个发展过程，同时预示了最终的悲剧结局。

2. 人物的心理活动丰富、细腻、个性。作者在刻画祥子的性格时，运用了大量的静态心理描写，这种沉默的、木讷的、不善言辞的表现方法，具有十足的"祥子风格"。换句话说，作者并不是从第三者的角度直接描写，而是从祥子的内心出发，以他的习惯和视角展开描写。

3. 语言风格独特。作者是土生土长的北平人，本书描写的故事又发生在北京城，因而让剧中人物说北京土话就变得得心应手和理所当然。于是，作者通过对北京土话的收集和提炼，创造出亲切、新鲜、恰当和活泼的文学语言，生动活泼地表现出北平的自然景观和社会场景，同时塑造出一群逼真传神的北平底层民众形象。

文学地位

"五四"文化运动以来，知识分子和工农大众成为主要描写对象，城市贫民成为被文学界忽略的群体。本书突破了这一局限，拓展了文艺创作的空间，为新文化运动的进一步发展做出重要贡献。

作者简介

老舍（1899-1966），原名舒庆春，字舍予，老舍是他的笔名，另有笔名絜青、鸿来和非我等，北京人。老舍是清朝遗贵，属正红旗人，原姓舒舒觉罗。由于父亲早亡，家境陷入贫寒，母亲靠做零活维持生计。

1908 年，老舍得族人资助进入私塾就读，后考入京师第三中学（今北京三中），开始接受新式教育。大学毕业后，老舍进入教育系统工作，同时开始发表文学作品，逐渐积累起一些名气。1924 年，老舍前往英国，任伦敦大学亚非学院讲师，五年之后又前往新加坡执教，但半年后即回国任齐鲁大学教授，同时继续文学创作。

"抗战"爆发后，老舍出任中华全国文艺界抗敌协会常务理事兼总务部主任，全面主持"文协"工作，同时对外代表"文协"。1946 年，老舍应邀赴美讲学，新中国建立后又应邀回国，出任中国民间文学研究会副理事长。1951 年，老舍获得文化部授予的"人民艺术家"称号，同时他也是获得此称号的首位作家。

1966 年 8 月 24 日深夜，因无法忍受来自各方面的压力，老舍在北京的太平湖自沉谢世。

名家点评

夏志清：认为它可以说是到那时候为止的最佳现代中国长篇小说。作为这样一部重要作品，《骆驼祥子》的思想内容是丰富而深刻的。

朱光潜：我接触到的世界文学情报，全世界得到公认的中国新文学家也只有沈从文与老舍。

舒乙（老舍之子）：生活中的父亲完全是矛盾的。他一天到晚大部分时间不说话，在闷着头构思写作。很严肃、很封闭。但是只要有人来，一听见朋友的声音。他马上很活跃了，平易近人，热情周到，很谈得来。仔细想来，父亲也矛盾。因为他对生活、对写作极认真勤奋；另一方面，他又特别有情趣，爱生活。

樊俊：《骆驼祥子》不只是作家本人，也是中国现代文学史上一部优秀的现实主义作品。它很有代表性地表现出老舍为提高反映城市贫民生活的作品的水平所取得的成就和所做出的贡献，也很有代表性地反映出他的创作中曾经相当长期地存在着的弱点对于这些成就和贡献的限制。

速写三篇

内容梗概

本书创作于"抗战"时期,内容深刻揭露了国民党统治区消极抗战的阴暗,在当时引起强烈的社会反响。同时,作者高超的文学造诣,也让本书成为传世佳作,在我国现代文学史上留下了浓墨重彩。

作为一本小说集,本书由三部短篇小说组成——《谭九先生的工作》、《华威先生》和《新生》。

《谭九先生的工作》主人公为谭九先生,他是一个旧社会遗留下来的知识分子,对于封建思想几乎迷信,尤其推崇曾国藩的思想,因而也想在国家危亡之际做出一点贡献。不过很可惜,他的家国意识受到阶级思想局限,认为个人的利益在国家和民族之上,因而绝大部分时间都是在为自己的利益和面子奔波。比如在革命面前,谭九先生想要得到领导权,不惜采取破坏行动,遭到抗战人士的集体排斥,注定了最终的失败。

《华威先生》是作者的名篇,主人公即华威先生,他积极参加各种抗战组织,并且每天忙于各个组织的烦琐事务。在华威先生自己看来,自己为革命工作兢兢业业,应该得到人们的尊重。但是在别人看来,他只是为了革命而革命,或者说是为了得到别人的尊重而参加革命工作,因而实际上并未对革命做出贡献。作者借此讽刺了那些人浮于事的抗战者,他们表面上忙着抗战,却因为不切实际的思想和做法,与真正的抗战渐行渐远。

《新生》的主人公李逸漠也是一个旧知识分子,有着与时代和现实脱节的自我定位,生活并不如意。"抗战"爆发后,李逸漠的家乡杭州被日寇攻占,这激起了他心中微弱的家国意识,因而进入中学做老师,希望通过教育为"抗战"做贡献,并由此获得自己的新生。然而,李逸漠的想法和现实差距太大,以至于他对眼前的一切都产生了质疑,抱怨和唠叨开始越来越多,其人生也再度陷入了不受人尊重的灰暗境遇。

主题思想

本书由 3 部短篇组合而成，作者通过对国民党统治区的社会描写，集中表达了对其抗战情况的失望。同时，作者也描写了一些发战争财的民族败类，他们以神圣的民族抗战为幌子，暗地里却干一些中饱私囊的勾当，表达了对他们的极大愤慨。

艺术手法

本书着重描写居于社会中下层的小人物，通过发生在他们身上的一些迂腐可笑的故事，来揭露和讽刺当时的社会问题。作者讽刺手法老道，同时不乏幽默诙谐，精心安排的故事情节总是能够出人意料，又发人深省。

此外，作者以小说中的主人公展开情节，又以全知的视角描写主人公可笑可叹的行为，往往在不甚经意间美丑自现。比如《华威先生》一文，全篇只有五六千字，却描写了 5 个故事情节，将华威先生的旧官僚主义形象淋漓尽致地描绘出来，并且表现出人民群众的革命智慧和革命力量。

文学地位

上世纪初兴起的"五四"文化运动，为我国带来了文艺复兴，大批在思想、语言和体裁上得到创新的文学作品，千帆竞技般涌现出来，小说、诗词、散文、戏剧等传统体裁都得到长足发展，从而掀起了一次新文学浪潮。

进入 20 世纪 30 年代以后，民族危机急速加剧，进一步刺激了文学艺术的发展，随之形成了新一轮的文化发展浪潮。尤其是左翼作家联盟成立后，与国家和民族同呼吸、共命运的进步作家，创作了大量极富感染力的文学作品。在这一文化洪流中，张天翼以其独特的戏谑风格，成了能够与鲁迅（深刻风格）、老舍（温婉风格）和钱钟书（智慧风格）比肩的文学巨匠。

作者简介

张天翼（1906–1985），原名张元定，字汉弟，号一之，笔名张天净、铁池翰等。他祖籍湖南湘乡，出生于江苏南京，后全家迁往杭州定居。在杭州宗文中学毕业后，张天翼成功考入北京大学，期间加入中国共产党，并且正式开始文学创作。

不过，由于对课程不满，张天翼退学回到杭州，开始一边执教一边进行文学创作。由于受到鲁迅的赏识和帮助，张天翼得以发表执教的第一部小说，并且参加"左联"。20世纪30年代中期，张天翼在儿童文学方面表现出极高造诣，从而为自己也为中国文学界开辟了新的道路。

"抗战"期间，张天翼被派往湖南老家从事革命活动。由于目睹了一些旧官僚的丑态，奋笔著成《华威先生》，由此名声大震。湖南沦陷后，身患重病的张天翼辗转撤往西南大后方，但逃亡途中仍然不忘文学创作。新中国建立后，已经逃至澳门的张天翼回到北京定居，先后出任中央文学研究所副主任和《人民文学》主编等职，同时创作了大量优秀的儿童文学作品。

名家点评

夏志清：张天翼的讽刺天才高于鲁迅。

刘东方：在20世纪30年代被誉为"左翼新人"的张天翼，是一个多面手，既以讽刺小说家著称，又以童话作家闻名。

汪青梅：在群星闪耀、名家辈出的中国现代文学30年中，可以开列出一串长长的名单来表彰他们，张天翼无疑是其中一位应当引起我们足够重视的作家。

白洋淀纪事

内容梗概

本书是作者第一部完整的文学作品合集，基本收录了作者从 1939 年到 1950 年间创作的所有短篇小说、散文、特写和通讯等，作品数量将近 100 篇。总体来讲，作品以创作时间为顺序进行编排，其中最负盛名的是《荷花淀》和《芦花荡》两篇，内容截取"抗战"时期到新中国建立为时间背景，以冀中平原和冀西山区为空间背景，描写了广大人民群众的生活和战争场景。

主题思想

本书是作者最具代表的作品集，它反映抗日战争时期、解放战争时期和新中国成立初期，冀中平原和冀西山区的广大人民群众，在中国共产党的英明领导下，积极开展武装斗争、土地改革、劳动生产、互助合作和移风易俗等生活画面。

艺术手法

在全民族抗战的大背景下，作者采取以小见大的艺术手法，选取河北白洋淀为背景，塑造了一群温柔多情和勇敢坚毅的农村妇女形象。她们的夫妻爱情、家国感情、淳朴性格和崇高品格在战火硝烟中表现出来，就像白洋淀里盛开的荷花一样圣洁。

具体来讲，本书的艺术手法有三个特点：

1. 坚定的革命现实主义。小说中虽然随处可见浪漫主义情怀，但是作为一位革命文学作家，作者从未脱离过革命现实的土壤。无论是人物的塑造还是情节的安排，作者都深深扎根于社会现实，从而塑造了一个个鲜活而真实的人物形象，同时构建了引人入胜和逻辑严谨的故事主线。

2. 浓郁的乡土革命气息。作者所选取的冀中平原和冀西山区，实际上是作者现实生活中的故土，因而作者在小说中寄托了浓郁的思乡情节，这就让他包含对家乡的热恋，书写了一部带有泥土芳香的农村革命史诗。此外，作者在推进小说情节的同时，也不忘揉入故乡的优美风景和淳朴人情，从而形成了独特的行文风格。

3. 女性的描写生动活泼。作者尤其善于描写农村女性青年，无论是对于她们美丽的容貌刻画，还是对于她们美好的性格塑造，其功力都得到了文学界的认可。在此基础上，作者还能够通过农村女性青年的容貌和心理，反映时代风云的变幻，这同样是作者的一个独特创作风格。

由于创作风格独树一帜，作者建立了独立的文学流派——荷花淀派，本书就是"荷花淀派"的代表作品。受作者影响，大批同类型的作品纷纷问世，并且被归入"荷花淀派"，其共同特点有以下 5 个方面：

1. 关注河北农村。对河北的农村生活进行高度艺术化处理，为其赋予诗情画意般的地方色彩，从而全面展现了冀中平原和冀西山区的农民生活，同时塑造鲜活的、具有地方特色的人物形象，以求突出鲜活的革命主题。

2. 关注人情和人性，铸造和宣扬了河北人民的精神风貌，同时赋予人物鲜明的政治意识形态。通常来讲，这些人物既有传统美德，又与时俱进，在思想深处埋藏着一定的复杂性和矛盾性。

3. 关注女性青年。一直以来，女性在我国传统文化中属于附属地位，但是在"五四"新文化运动之后，女性文学得到长足发展。本书正是继承了这一文化潮流，在女性青年的身上耗费了大量笔墨，将时代作用在她们身上的印记，以及她们反映出来的时代气息，淋漓尽致地表现了出来。

4. 现实与浪漫相结合。从艺术手法上来看，单纯的现实主义描写，会让作品的趣味性大打折扣；单纯的浪漫主义描写，又会让作品华而不实，在真实感上也会大幅缩水。本书将两者进行有机结合，让原本单调原始的农村革命变得激情四射和情趣四溢，可谓匠心独运又功底深厚。

5. 继承沈从文乡土抒情的文学特点。沈从文的乡土抒情风格，是高度艺术化和理想化的，本书则在此基础上有所发展，结合了现实主义手法，让作品在充满诗意的同时，更加接地气，也更赋思想性、哲理性和说服性。

总结来说，本书的写景不是为了写景，而是用来烘托人性特色。时人评价本书是

"诗中的小说，小说中的诗"，就是对其朴实、清新、柔美和婉约语言风格的最好特色，也是作品中景色和人性的艺术写照。

文学地位

本书是"荷花淀派"的代表作品，作者从多个方面描绘了时代和社会风情，以明丽流畅的语言，写实真切的风格，塑造了一群勤劳勇敢的劳动女性形象。其中，《荷花淀》一文成为我国文学史上的名篇，同时也是"荷花淀派"的文学旗帜，受到广大海内外文学从业者和爱好者的关注。

与此同时，小说热情讴歌了人民战争的伟大，在充分展示人性美和人情美的同时，也开创了抗日文学中"诗意小说"的新领域。凭借艺术性和思想性的完美结合，本书极大鼓舞了抗日军民的决心，在我国的"抗战"史上亦留下了浓重的一笔。

作者简介

孙犁（1913-2002），原名孙树勋，笔名孙芸夫、林东苹、土豹等，河北安平人。孙犁从小体弱多病，却勤奋好学，于1924年进入安国县高级小学就读，期间接触到"五四"新文化和新思想，为日后的文学创作打下坚实基础。

1926年，孙犁考入保定育德中学，期间开始发表文学作品，并且开始关注文艺理论方面的著作。高中毕业后，孙犁受经济条件所限，到北平市政府做了一个小职员，业余时间到图书馆看书或大学课堂旁听，终因学习分心而丢掉工作。

"抗战"爆发后，孙犁积极参加救亡活动，在文艺战线上做出重要贡献。1944年，孙犁赴延安学习工作，发表了著名的《荷花淀》和《芦花荡》等著名短篇小说。新中国成立以后，孙犁历任《天津日报》主编、《文艺周刊》主编、中国作家协会理事和"作协"天津分会副主席等职，同时创作了大量优秀的文艺作品。

名家点评

茅盾：孙犁的创作有一贯的风格，他的散文富于抒情味，他的小说好像不讲究篇章结构，然而决不枝蔓；他是用谈笑从容的态度来描摹风云变幻的，好处在于虽多风趣而不落轻佻。

魏巍：他是把他的思想性、倾向性，或者说共产党人的党性，深深地包容在优美之中了，或者说是融化在优美之中了。可以说他是把真善美不露痕迹地融合为一了。

丛维熙：尽管中国文学百家，状若天穹星空，但是在杂色斑斑的文苑里，永远闪耀着独特梦幻之光的星座，只有孙犁一个。

铁凝：孙犁先生对当代文学语言的不凡贡献，他那高尚、清明的文学品貌对几辈作家的直接影响，从未经过"炒作"，却定会长久不衰地渗透在我的文学生活中。

贾平凹：孙犁在中国文坛上是独特的。他的文字从年轻到晚年都会堂皇行世。他曾经影响过几代文学青年。……我更坚信，孙犁这个名字是不朽的，他留下的丰厚遗产将永存于中国现当代文学宝库。

莫言：按照孙犁的革命资历，他如果稍能入世一点，早就是个大文官了；不，他后半生偏偏远离官场，恪守文人的清高与清贫。这是文坛上的一声绝响，让我们后来人高山仰止。

呼兰河传

内容梗概

本书是作者的一部自传体小说,于 1940 年作于香港,次年由桂林河山出版社出版。全书共分为 7 章,著名文学家茅盾为本书作序,同时作者著有尾声。内容以东北边陲的一个小镇(呼兰河)为背景,描述了小镇上的风土人情,具有女性作家特有的艺术特色。

主题思想

作者以回忆童年故事的方式,通过对家乡各色人物及其生活场面的详细描述,揭示了旧社会扭曲人性和损害人格的罪恶本质,同时进行了否定和批判。由于作者将女性的柔和情怀和委婉风格注入其中,本书在主题思想上色彩鲜明,曾经在文学界引起强烈反响,并且得到广泛好评。

艺术手法

作者以娴熟的文学技巧,以抒情诗的散文风格,通过浑厚而轻盈的笔法,成为了"回忆"类小说的巅峰之作。著名文学家茅盾曾评价本书:它是一篇叙事诗,一片多彩的风土画,一串凄婉的歌谣,后世学者据此对本书的艺术风格进行总结,做出了"孤寂与苦闷"的艺术风格的评价。

文学地位

20 世纪在中国文坛的整个 30 年代,作者以清新自然的笔触,描绘了东北边陲小镇的风土人情,在地域文化方面丰富了我国的文学艺术。闻名于世的《亚洲周刊》曾经评选出"20 世纪中文小说 100 强",本书名列其中,并且位居第九的高度。

作者简介

萧红(1911-1942),原名张乃莹,萧红是她的笔名,另有笔名悄吟等,生于黑龙江呼兰县。由于幼年丧母，父亲又性格暴戾，她只能在年迈的祖母那里得到亲情的温暖，这样的童年经历也造就了萧红孤僻、敏感和倔强的性格。

1927年，萧红前往哈尔滨读中学，期间接触到"五四"进步思想，同期开始学习中外文学，并且在绘画方面表现出一定天赋。为了抵抗封建家庭的包办婚姻，萧红在1930年脱离家庭关系，漂泊两年后与萧军同居，从此进入文化圈，并开始进行文学创作。

1934年，萧红得到鲁迅的认可和支持，创作并出版了著名的中篇小说《生死场》，据此在文学界占据一席之地。"抗战"爆发后，萧红与萧军离婚，与日本人端木蕻良结合，并于1940年抵达香港定居。

名家点评

钱理群等：《呼兰河传》以更加成熟的艺术笔触，写出作者记忆中的家乡，一个北方小城镇的单调的美丽、人民的善良与愚昧。萧红小说的风俗画面并不仅仅为了增加一点地方色彩，它本身包含着巨大的文化含量与深刻的生命体验。

茅盾：有讽刺，也有幽默。开始读时有轻松之感，然而愈读下去心头就会一点一点沉重起来。可是，仍然有美，即使这美有点病态，也仍然不能不使你炫惑。

胡风：她写的都是生活，她的人物是从生活中提炼出来的，活的。不管是喜是悲都能使我们产生共鸣，好像我们都很熟悉似的……她是凭个人的天才和感觉在创作。

小城风波

内容梗概

本书是作者的一部短篇小说集，共收录了 7 部小说，分别为：《防空——在"堪察加"的一角》、《联保主任的消遣》、《在其香居茶馆里》、《公道》、《三斗小麦》、《没有演出的戏》和《小城风波》。

内容详细记述了在民族危难、政局动荡的国民党统治区，官员的凶残狡诈和民众的麻木不仁，以及知识分子"有心杀贼，无力回天"的愤懑。借此，作者描绘了一幅丑陋荒诞和愚昧落后的社会场景，表达了自己对政治现状的不满，以及对美好希望的渴求。

主题思想

作者继承了"五四"文化运动以来的批判精神，将社会和人性剖析得体无完肤，其讽刺手法也可谓十分巧妙。不过，作者和当时的大多数知识分子一样，只是发现了问题所在，并未提出有效的解决方法，也没有安抚民众遭受的精神创伤。换句话说，作者只是在愚昧无知的民众面前表现出痛心疾首，至于希望则寄托给了未来的年轻一代。

艺术手法

本书以直接、辛辣的讽刺手法著称，描写事物和表达思想往往一针见血。如《防空——在"勘察加"的一角》中，作者描写"防空主任"看到未爆炸的旧炸弹，直言其吓得屁滚尿流，从而将国民党官吏蝇营狗苟和昏庸无能的嘴脸揭露出来，讽刺效果堪称绝妙。

文学地位

本书是我国现代文学史上最早揭露国民党虚假抗战的作品之一。

沙汀（1904-1992），原名杨朝熙，四川安县人。沙汀出生在一个没落的封建家庭，7岁开始接受传统教育，由于学习间歇经常随舅父到各地经商，他对于国民党政府的腐败统治深有体会。1927年，沙汀加入中国共产党，从事革命活动受挫后转入文艺战线，并于1932年加入"左联"，受到鲁迅的赏识。

"抗战"爆发后，沙汀前往革命圣地延安，任鲁迅艺术文学院文学系代主任，后随贺龙转战晋西北和冀中等地，创作了大量革命文艺作品。新中国成立后，沙汀长期领导全国和四川省的文学革命工作，同时创作了很多脍炙人口的作品。

茅盾：沙汀的作品寄沉痛于幽默，越咀嚼越觉得味苦。

果园城记

内容梗概

本书是作者历时8年创作的短篇小说集，内容描写了诸多人物，同时反映了日益凋敝的封建乡村景象，时间定格在上世纪初到"抗战"爆发前。作者通过阴郁复杂和悲痛哀婉的乡土笔韵，描写了表面宁静祥和，实际却没落封闭的小城，揭露了社会的黑暗，同时表现了人民的痛苦和绝望。

在整部小说中，作者共塑造了近百个人物形象，他们身份不同，性格迥异，每个人都具有鲜明特色。比如握有全城人生死大权的魁爷，被爱情困扰的素姑和大刘姐，郁郁不得志的知识青年贺文龙和葛天民，卑微却坚韧的小人物说书人和卖灯油人等。

此外，本书共收录了17部短篇小说，分别为：《果园城》、《鬼爷》、《葛天民》、《桃红》、《贺文龙的文稿》、《颜料盒》、《傲骨》、《阿嚏》、《塔》、《期待》、《说书人》、《灯》、《邮差先生》、《狩猎》、《一吻》、《三个小人物》、《北门街的好汉》。

主题思想

作者以包含诗意的笔法，塑造了一群最普通也是最熟悉的人物形象，表现了果园城人的悲剧命运。而且由于全社会范围的普遍罪恶，就连处于统治地位的大人物，也终究逃不出悲惨黯淡的个人命运。

作者虽然通篇未提政治和革命，但是他对于一个个悲剧人物地展现，已经暴露出旧社会的罪恶和旧文化的腐朽。因此，每个人物的悲剧命运都是注定的，都是时代的悲剧和社会的悲剧，由此形成"未言主题，更显主题"的效果。

艺术手法

作者以自己的家乡为创作背景，全文的展开可以说是一种精神回归，也可以说是一种自我心理慰藉。不过，作者的感情又很复杂，因为"家乡"固然是他的精神归宿，却因为笼罩在旧社会的阴影下，而处处让作者感到厌烦。

具体来看，作者所运用的艺术手法有以下四个特点：

1. 改戏剧化为散文化。戏剧化是作者一贯使用的艺术手法，但是在本书当中，作者却从普通和琐屑的小事着笔，在人们司空见惯的事物中发觉美，从而形成一种散文化的独特韵味，将一个真实的中国乡镇不加修饰地展现出来。至于这种韵味给人带来的感觉，则是充满枯燥、乏味、沉闷、平庸和呆滞，这就让潜藏在社会表面之下的文化痼疾显露了出来。

2. 采用第一人称叙述。作者在小说中重回果园城，以自己的见闻和思考展开全文，显得无比自由和从容。与此同时，"我"成为全文的主线，将整座城里零散的人物形象集中到一起，并且揉入我的感情起伏变化，最终全面表现出小说的创作主题。即通过美好的回忆和残酷的现实对比，表现出民众的悲惨境遇，从而揭露社会的黑暗与罪恶。

3. 力求还原真实。作者对"家乡"的描写，主要集中在人物和事件上，这一点在当时非常普遍。但不同的是，作者并没有描绘"乌托邦"式的理想世界，而是将全部笔墨用在了描写现实社会上，包括刻画人物形象和构建故事情节。这种贯穿全文的哀婉笔调，透露着作者强烈的批判意识和个体意识，标志着20世纪40年代的作家已经开始面对现实问题。

4. 和风细雨地讽刺。作为一位以抒情见长的作家，本书作者对社会问题的讽刺并不那么辛辣，而是大幅加入了传奇和寓意的成分。应该说，果园城里的人虽然愚昧落后，但作者毕竟对他们抱有最基本的温情，所以作者的讽刺并非针对他们，而恰恰是为了安抚和拯救他们。

此外，作者对于社会问题的双重批判，也隐含着对重建人类文化和寻找永恒价值的殷切希望，他所描绘的果园城也就成了所有中国乡镇的缩影。从某种程度上来讲，果园城就是微缩版的中国社会，而整个中国社会则是扩大版的果园城，这种艺术手法显然更容易传递作者的思想，同时也更容易让普通民众理解和接受。

文学地位

作者的创作风格充满个性化，在现代文坛上可谓独树一帜，而这一点在本书中得到了集中体现。凭借对"爱乡心"和"厌乡心"这对矛盾体的成功处理，作者在文中轻松营造出悲剧意识，从而完成了一次重要的艺术蜕变。可以说，无论是在思想高度上，还是在艺术特征上，本书都标志着作者的文学生涯达到了巅峰，同时也标志着中国的乡土小说发展形成了新一轮高潮，而这无疑奠定了作者在我国文学史上不可替代的地位。

师陀（1910-1988），原名王长简，师陀是他的笔名，另有笔名芦焚、君西和康了斋等，河南杞县人。1921年，师陀高中毕业即前往北平谋生，"九一八"事变爆发后开始参加革命宣传工作，期间在《北斗》杂志上发表处女作《请愿正篇》。

1932年，师陀和汪金丁等人创办《尖锐》杂志，创作了大量优秀的文学作品，曾得到《大公报》文艺奖金。"抗战"爆发后，师陀长期蛰居上海，期间出任苏联上海广播电台文学编辑、上海戏剧学校教员和上海文化电影制片公司特约编辑，并创作了《果园城记》的大部分内容。

新中国成立后，师陀历任上海出版公司总编、上海电影剧本创作所编剧和"作协"上海分会专业作家等职。20世纪60年代初，师陀的文学创作开始向历史小说和历史剧本集中，先后创作了《西门豹》、《伐竹记》和《大马戏团》等优秀作品。

钱理群：《果园城记》不仅因为果园城中的人物是"习知（熟悉）的人物"，时间是"习知的事件"，其中还是渗透着作者的理想追求，他的哲学感悟，他的审美情感和他的性格力量。

孔朝蓬：《果园城记》是中国20世纪三四十年代沦陷区乡土小说的代表作品。

刑洁：《果园城记》是战争时期作家在极端的生存体验中，以独特的审美方式对战争与时代的回应。《果园城记》在回归民间，从深厚、辽阔的民间土地上汲取生命的气息与生存的力量的同时，又带着思想审视民间，进行民族文化的反省与批判。

张仲慧：《果园城记》反映了20世纪初期到抗战前日益凋敝的封建乡村的生活场景。其中，让读者体味最深的是弥散在作品中沉郁、复杂的乡土情结。

解放区短篇创作选

内容梗概

本书收录了解放区的优秀短篇文学作品，时间在 1942 年延安文艺座谈会之后，主要分为小说和散文报告两种文体。由于当时受多种因素限制，本书收录的作品基本都发表在延安报刊上，其他解放区发表的作品则较少收录。

最初，本书准备以"新文艺丛刊"的形式陆续编选和出版。但实际上只出版了两辑，第一辑为短篇小说，第二辑为散文报告，最早由东北书店于 1946 年 11 月出版。新中国成立之后，新华书店将两辑合为一册出版，同时在篇目上做了一些修改。

主题思想

1942 年的延安文艺座谈会后，解放区内的文学创作在内容和形式上有了长足进步，涌现了一批真实反映抗日战争、农村改革、群众斗争和群众生活的文学作品。本书选编了其中具有代表性的作家，如丁玲、孔阙、康濯、刘白羽和周而复等，共计 20 余位，其作品全面反映了 1942 年延安文艺座谈会对解放区文学创作的深远影响。

艺术手法

本书收录的作品极富真实性和生动性，作者以抗日战争和农村改革为背景，全面展现了工农兵的斗争和生活，从而体现了 1942 年延安文艺座谈会的具体实践成果。同时，为了让解放区的军民理解和接受此次座谈会的主旨，作者们在创作过程中还注重作品的民族化和大众化，这也成就了本书最鲜明和最统一的艺术手法。

文学地位

本书主要收录了小说和散文报告两种题材的文学作品，如丁玲的《我在霞村的时候》、孔阙的《一个女人翻身的故事》、康濯的《我的两家房东》、邵子南的《地雷阵》和孙犁的《荷花淀》等，这些作品在当时社会尤其是解放区都产生过深远影响。

周扬（1908-1989），本书编者，原名周运宜，字起应，笔名绮影、谷扬、周苋等，湖南益阳人。周扬出生在没落的地主家庭，幼年接受私塾教育，到长沙读中学时接触"五四"思想，阅读了大量新文学书刊，并开始进行文学创作。

1928年，周扬毕业于上海大夏大学（华东师范大学前身），同年冬前往日本留学。1930年，周扬学成归国，开始投身文化活动，参加左翼作家联盟。"抗战"爆发后，周扬赶赴延安，先后出任陕甘宁边区教育厅厅长、鲁迅艺术文学院副院长、延安大学校长等职。新中国成立后，周扬又出任中共中央宣传部副部长、文化部副部长、中国社会科学院副院长兼研究生院院长、中国文联副主席、主席、党组书记和中国作协副主席等职。

张炯：周扬来讲过一次文艺与政治的关系问题，讲文艺为政治服务。但他把文艺为政治服务理解得比较宽泛，而不是直接地服务，他反对过于狭隘的理解。

小二黑结婚

本书是作者的成名作，同时也是我国现代文学中的名作，属于中篇小说。内容讲述了边区青年农民小二黑和小芹争取婚姻自由的故事，凸显了农村新生力量和守旧势力之间的尖锐矛盾和斗争，批判了守旧势力的抱残守缺，肯定了新生力量的积极进步。最终，主人公小二黑在新政权的帮助下，冲破重重阻挠，得到了幸福美满的婚姻，表达了作者对民主政权和自由思想的向往和颂扬。

作者通过描写小二黑和小芹坚决斗争并最终胜利的故事，表达了民众对自由民主的追求和向往，同时表明人民政府是获得幸福生活的最大保障。事实上，帮助民众挣脱旧社会的各种枷锁，正是人民政府进行民主改革的任务，也是宣扬进步的婚姻观念，消除封建思想的有效手段。

此外，作者也在文中表现出一定的隐忧，即人民政府的权力推行到基层，很可能会被封建恶势力窃取利用，同时说明了人民政府的权力只有真正掌握在人民手里，才能切实造福于人民。这一点不难理解，作者之所以创作《小二黑结婚》，就是因为在现实工作中处理了一个典型的案子，其中的男女当事人就是被封建恶势力摧残致死。

艺术手法

小说中，作者采用了传统的说唱艺术和古典的小说技法，具体表现为：

1. 故事情节单线发展。这样的结构有助于情节连贯，逻辑严谨，前后照应，从而让故事的发展环环相扣，引人入胜。作者这样做不仅是为了继承传统文化，而且考虑到普通百姓对文艺形式的接受能力有限，如果手法太过复杂或华丽，反而会收到适得其反的效果。

2. 通过人物言行展现其心理。作者在人物的群众化和口语化上下足了功夫，他不仅为人物对白安排了口语，而且在叙述上也加入了大量口语。这样塑造出来的艺术形象，就好像普通百姓身边的人物，自然方便他们理解，同时也容易受到他们的欢迎。

3. 人物的类型划分。通常来讲，文艺形象都是以个体为单位进行塑造，尤其是主要人物更是如此，至于那些无关痛痒的人物则一带而过。但本书作者为了突出阶级立场和群众特性，将小说中的人物统统进行分类处理，同时赋予其鲜明的类型特色。

4. 地方性色彩浓郁。小说中的故事发生在山西，作者为了尽可能地贴近现实，在作品中加入了大量的山西文化元素，就连人物的淳朴和幽默性格也带有鲜明的山西风味。如此一来，小说就扎扎实实地接了地气，山西人民感到亲切自然，外省人又觉得好奇有趣。

作者在人物形象的刻画上取得较高成就，其塑造的小二黑成为我国妇孺皆知的艺术形象，更成为农村进步青年争相效仿的对象。在小说中，男女主人公不仅要面对封建恶势力的进攻，还要面对来自家人的阻挠（因其脑中的封建思想）。作者对于这一情节描写，也是对新一代的进步农民寄予了厚望，这一非凡意义也为作者赢得了崇高的文学地位。

此外，作者对反面人物的描写与众不同，他并没有采取完全否定的态度，而是以客观的视角进行描写，力求展现他们的不合时宜。即便是对反面人物发起的调侃和讽刺，作者也加入了十足的幽默成分，从而达到一种温情和善意的效果，如此自然也让人物的形象更加饱满和丰富。除主人公小二黑和小芹外，作者在小说中塑造的二诸葛、三仙姑和金旺、兴旺等人物形象，都是现代文学中影响深远的艺术典型。

赵树理（1906-1970），原名赵树礼，山西沁水人。1925年，赵树理考入山西省立第四师范，期间开始创作新式诗歌和小说。1937年，赵树理加入中国共产党，从此开始革命文艺工作，有大量反映农村社会生活的小说问世，受到广大人民群众欢迎。

抗战爆发后，赵树理积极参加救亡运动，在革命文艺战线上做出重要贡献。新中国建立后，赵树理先后出任文化部戏曲改进局曲艺处处长、北京市文联副主席、阳城县委书记处书记和晋城县委副书记等职。

与此同时，赵树理从未间断文学创作，并且由于其作品多反映农村问题而自成一派（山药蛋派），这也是我国文学史上最有影响力的文学流派之一。

 名家点评

周扬：他（赵树理）是一个新人，但是一个在创作、生活、思想各方面都有准备的作者，一位在成名之前就相当成熟了的作家，一位具有新颖独创的大众风格的人民艺术家。

传奇

本书收录了张爱玲在 1943 年至 1944 年间创作的中、短篇小说，分别为：《沉香屑·第一炉香》、《沉香屑·第二炉香》、《茉莉香片》、《心经》、《花凋》、《年轻的时候》、《倾城之恋》、《金锁记》、《封锁》、《琉璃瓦》，再版时加入了一篇《再版的话》。

1947 年，出版《传奇》（增订本）又增加 5 部短篇，分别为：《红玫瑰与白玫瑰》、《留情》、《鸿鸾禧》、《桂花蒸·阿小悲秋》、《等》，另有前言《有几句话与读者说》和跋语《中国的日夜》。

主题思想

西方社会的现代文明和中国社会的封建腐朽相结合，形成了被畸形文化笼罩的上海滩的十里洋场。作者以此为小说背景，选用两性、婚姻和亲情视角，展现了畸形文化下丑陋的民众形象，同时揭示了人性的卑劣一面。作者借此传递的信息是，人世间没有真爱，最多不过是一些别有目的的真爱骗局。

此外，作者还在小说中展现了现代人的疲惫。这些疲惫感或者来自不合理的制度，或者来自人性本身的堕落，总之呈现出一幅价值观混乱且愈演愈烈的社会场景。借此，作者反映出人们对传统价值的抛弃，以及在西方价值观念冲击下，尚未形成新的、成熟的价值观念的悲哀，从而将 20 世纪 40 年代特有的畸形文化展现出来。人们生活在这种文化中，普遍具有迷惘、失落和疯狂的精神状态，总之一切都处在病态当中。

艺术手法

本书所描绘的是抗战时期上海中上层社会人士和香港人的生活，作者采用"冷眼旁观"的视角进行叙述，将"抗战"时期不同的社会场景和人物生活描绘出来。由于作者出身上层社会，却在生活中接连遭遇不幸，因而她的行文风格和义学情怀略显冰冷，甚至有不同程度的负面倾向。

文学地位

本书是作者的第一部小说集，同时也代表其最高文学造诣和成就，出版之初就轰动了整个上海文坛，此后更是长期受到国人推崇。可以说，作者正是凭借此书的成功，才成为 1943 年至 1945 年上海最著名的作家，并由此引发了那句世人皆知的感叹——"出名要趁早"。

作者简介

张爱玲（1920-1995），原名张煐，生于上海，原籍河北丰润（今河北唐山），李鸿章曾外孙女。由于出身名门世家（其祖父张佩纶也是清末名臣），张爱玲虽然是女儿身，却从小受到良好的教育。可惜她的家庭生活不幸，成年后感情之路也不畅，但这些反而成就了张爱玲的文学奇才。

新中国成立后，张爱玲去往美国。在美国，张爱玲继续从事文学创作，并结识剧作家赖亚（Fedinand Reyher），半年之后与其结婚。赖亚去世之后，张爱玲孤身一人在美国各地旅居，直到 1995 年 9 月 8 日因病离世。

名家点评

夏志清：张爱玲的《金锁记》是中国从古以来最伟大的中篇小说。

白先勇：张爱玲当然是不世出的天才，她的文字风格很有趣，像是绕过了"五四"时期的文学，直接从《红楼梦》、《金瓶梅》那一脉下来的，张爱玲的小说语言更纯粹，是正宗的中文，她的中国传统文化造诣其实很深。

王安忆：唯有小说才是张爱玲的意义。所以，认识的结果就是，将张爱玲从小说中攫出来，然后再还给小说。

四世同堂

本书是一部长篇抗战小说，全书共有三部，字数合计超过百万。内容描述了北平沦陷区内一群底层民众的生活，通过家族与家族、人物与人物之间复杂的矛盾纠葛，塑造了众多社会底层民众的人物形象。借此，作者揭示了大时代背景下普通人的命运崎岖和艰难抉择，并且对人性和民族性进行深入的批判。

主题思想

本书以深重的民族灾难为背景，字里行间流露出作者的痛心疾首，被称为"笔尖上能滴出血与泪"的艺术风格。作者采用写实主义手法，对中国传统文化家庭进行全景展示，深入剖析和批判了国民的劣根性。

众所周知，四世同堂是传统中国人的家族理想。小说中的祁老人，就是这样一个传统的中国人，他竭尽全力维护家族的四世同堂，享受着难得的天伦之乐，同时这也是他仅有的可以向人炫耀的资本，甚至可以称之为一种信仰。

因此，任何违背四世同堂的事情，都是祁老人不能接受的，哪怕是面对穷凶极恶的日本人也毫不退缩。但令人扼腕叹息的是，任何超出四世同堂范畴的事情，祁老人又是毫不关心的。比如他对自己的重孙说："只要咱俩能活下去，打仗不打仗的，有什么要紧！即使我死了，你也得活到我这把年纪，当你那个四世同堂的老宗。"

作者由此揭示出小说的主题思想，即一个国家和民族的兴衰存亡，其经济、军事和政治状态居于次要地位，民众心态和社会文化才是最重要的因素。中国拥有幅员辽阔的领土，却要遭受弹丸之地的日本欺辱，其根本原因就在于以家族文化为主要载体的民族文化，实际上促生了无数个只顾一家之私的利益集团，并且不可避免地造成了一个可悲的结果，即每个利益集团内部的成员都只顾一己之私。

总而言之，如果不改变这种落后的文化心态，不突破这种腐朽的家族理念，不管中国人再怎么多，再怎么强壮，甚至再怎么强大，都只能是一些装着旧思想的新皮囊，在人性面前也只能是一些麻木不仁的行尸走肉。退一步讲，即便没有外族侵略一类的巨大民族劫难，由中国人自己组成的各个利益集团之间，以及每个利益集团内部的成员之间，也会不断地相互倾轧，而且其残酷程度比外族入侵有过之而无不及。

艺术手法

本书作者是我国文学史上著名的批判大家，他的这一艺术手法在本书里更是得到了集中体现，而且其批判的焦点深入到了民族文化的深度。同时，作者的批判不失理性，因而在他进行批判的同时，还对民族文化进行了一定的继承和宣扬。

此外，本书最显著的艺术手法是对宏大主题的微观处理，即通过对小人物的塑造和解读，来透视战争的残酷和罪恶，进而引出民族文化和民族命运的问题。具体到小说中，这种微观处理主要表现在两个方面：

1. 对北平底层民众的生活描写。本书选取八年抗战为时代背景，主题是民族文化在战争面前的优劣表现，但描写内容却是北平胡同中几户普通人家的日常生活，以及这几户人家中的几十个人物。其中，大致可以分为老派人物、新派人物、洋派人物和贫民人物，同时他们又分属于社会的各个阶层，可谓三教九流无所不包。

在此基础上，作者又为每个人物编写了成长史，包括他们的情感史和生活史。而所有这些人物的个人成长史组合起来，其实就是整个中华民族的发展史。因此，这些看似微不足道的小人物身上的优点和缺点，实际上就是整个中华民族的优点和缺点。也就是说，作者对于小人物的刻画越是细致入微，对民族文化的解读和批判就越是气势恢宏。

2. 对战争和历史的模糊处理。虽然战争是本书的大背景，但这也仅仅是本书的背景而已，小说以"七七事变"开端，以"抗战"胜利结尾，记述了中间的淞沪会战、太原会战、台儿庄大捷、汪伪政权建立、珍珠港事件和日本投降等。然而，对于所有这些事件的描写，都是通过剧中小人物的所见所闻来呈现，同时反映这些小人物的思想活动和精神反应，从而将人性和整个民族性展现出来。

此外，作者从文学和文化的角度对历史进行审视，做出自己的理性解读和批判，基本点都是人类生存的现实需求。这样一来，小说的视角被抬升到了俯瞰历史的高度，气势上也变得波澜壮阔，却能够给人以身临其境的真实感。而从整体氛围来说，这种力避激荡而力求凝重的手法，也给人带来一种窒息的感觉，这就极大渲染了作者批判人性的文化环境。

本书是作者耗时最久、篇幅最长和自认最好的作品，是我国抗战文学史上，现代文学史上，乃至整个民族主义文学史上的一座丰碑，曾经被香港的《亚洲周刊》评选为"20世纪中文小说100强"。同时，本书也是唯一正面描写抗战时期普通民众生活的作品，这一另辟蹊径的描写视角，也是作者获得崇高文学地位的重要原因。

作者简介

老舍（1899-1966），原名舒庆春，字舍予，老舍是他的笔名，另有笔名絜青、鸿来和非我等，北京人。老舍是清朝遗贵，属正红旗人，原姓舒舒觉罗。由于父亲早亡，家境陷入贫寒，母亲靠零活维持生计。

1908年，老舍得族人资助进入私塾就读，后考入京师第三中学（今北京三中），开始接受新式教育。大学毕业后，老舍进入教育系统工作，同时开始发表文学作品，逐渐积累起一些名气。1924年，老舍前往英国，任伦敦大学亚非学院讲师，5年之后又前往新加坡执教，但半年后即回国任齐鲁大学教授，同时继续文学创作。

"抗战"爆发后，老舍出任中华全国文艺界抗敌协会常务理事兼总务部主任，全面主持"文协"工作，同时对外代表"文协"。1946年，老舍应邀赴美讲学，新中国建立后又应邀回国，出任中国民间文学研究会副理事长。1951年，老舍获得文化部授予的"人民艺术家"称号，同时他也是获得此称号的首位作家。

1966年8月24日深夜，因无法忍受来自各方面的压力，老舍在北京的太平湖自溺而亡。

朱栋霖：好评最多的小说之一，也是美国同一时期所出版的最优秀的小说之一。

老舍（作者本人）：我自己非常喜欢这部小说，因为它是我从事写作以来最长的，可能也是最好的一本书。

孔庆东：老舍《四世同堂》最难能可贵之处在于，能在平和的自然状态中，呈现出正的力量，表现出了柴米油盐的日常生活中人的不屈，由此突出了邪不压正的观念。

克莱齐奥（法国作家）：我发现老舍小说中的深度、激情和幽默都是世界性的，超越国界的。……老舍以大师的眼光，给我以启迪。

财主底儿女们（上下）

内容梗概

本书创作于 1945 年，是作者的代表作，同时也是"七月派"小说的代表作。内容叙述了一家江南大地主的家庭故事，反映了中国在"一·二八"事变之后 10 年间的社会风貌，对整个时代做出了知识分子的思考。同时，作者还在文中揭示了知识分子的思想发展和生活轨迹，尤其对于新一代资产阶级的形成和发展做出介绍。

创作方面，作者在 1940 年到 1941 年之间，曾写下 20 万字的初稿，结果在太平洋战争期间不幸遗失。从 1942 年开始，作者开始重新创作，并最终完成了 80 万字的篇幅，分为上部和下部，分别于 1945 年和 1948 年出版。

主题思想

作者少年成名，本书又是他的第一部长篇小说，因而在创作的过程中灵感由于却节制不足。洋洋洒洒 80 万字的浩大规模，事和事连接在一起，人和人拥挤在一起，思想和思想交汇在一起，言语和言语叠加在一起，不免显得有些零散和混乱。

可以说，本书的上部没有统一全文的主题思想，作者只是在肆意挥洒自己的青春和才华，通篇给人一种躁动不安的感觉。当然，就每个故事和人物而言，又有其主题思想，其情节的一跌一宕和猛收猛转，也都表现出贴近生活和生命的原始状态。下部的行文主线开始趋于严谨，在主题思想的表达上也比较突出，内容集中描写了"蒋纯祖"的曲折生活，表现出他的觉醒和其他蒋家子弟的麻木。

艺术手法

本书主观色彩强烈，人物心理的刻画细腻而深刻，拥有十分灵动和真实的艺术韵味。上部虽然结构凌乱，但主要的几条线索尚且明显，时间上大致划定在"一·二八"事变和"七·七"事变之间，内容以蒋捷三　家的分崩离析为主，同时穿插了散落在各地的蒋家子弟。下部结构严谨，时间划定在"七·七"事变和苏德战争之间，内容描写了"蒋纯祖"和其他蒋家子弟的生活和思想状态。

本书是我国新文学运动以来篇幅最长的小说，因而有小说界"史诗"的美誉，它的出版在我国文学史上也是一大轰动事件。当然，作者追求的绝非篇幅长度，而是力求书写历史事变下人们思想变化的来龙去脉。

因此，本书也被誉为"心灵史"，它改变了我国文学史上"非善即恶"的传统理念，同时注入了"是真是假"的全新观点。正如胡风在本书的《序》中所说，《财主底儿女们》的出版，是中国文学史上一个的重大胜利。

作者简介

路翎（1923-1994），原名徐嗣兴，原籍安徽无为，生于江苏苏州，两岁时全家迁往江苏南京。由于父亲早亡，路翎寄居在舅父家中，期间接受传统教育，很早就表现出文学方面的天赋。

"抗战"爆发后，路翎在随校逃难途中受到苏联文化影响，开始进行文学创作，很快以《〈要塞〉退出以后》一文轰动文坛，而当时的他不过只有17岁。由于受到胡风的赏识，路翎在文学创作的道路上顺风顺水，1940年创作的《卸煤台下》更是奠定了他"七月派"主将的文学地位。

新中国成立后，路翎历任中国青年艺术剧院创作组组长、中国"剧协"剧本创作室专业作家、中国戏剧出版社编审和中国作家协会第二届、第四届理事等职。期间，由于受到政治运动的冲击，路翎一度中断文学创作达20年之久。

不过，通过坚持不懈的努力，路翎还是创作了中篇小说《饥饿的郭素娥》，短篇小说集《朱桂花的故事》、《初雪》、《求爱》，话剧剧本《英雄母亲》、《祖国在前进》等，为我国的文化事业做出重要贡献。

名家点评

胡风：路翎成功于不落入任何窠臼，成功于没有现成的思想框范他的人物，人物是鲜活的，这段历史因而也是鲜活的，把每一个人物当作一个独特的世界。大概这正是年轻的好处：他忙着倾吐，忙着展呈，还来不及判断，也顾不上（或者是没有学会）下结论。

　　石志浩：《财主底儿女们》是我国现代文学史上著名的长篇小说，有着非常重要的意义和价值。

围城

 内容梗概

本书是一部长篇小说，总共分为9章，具体内容如下：

方鸿渐（小说男主人公）上高中时便定亲了，但是未过门的妻子忽然离世，名义上的岳父用筹办婚礼的钱资助他去欧洲留学。小说开头即写方鸿渐从欧洲归来，轮船漂泊在大海之上，方鸿渐还和同船的鲍小姐发生一段短暂恋情。

回到上海之后，方鸿渐到名义岳父的银行里兼职，无聊之余去苏小姐家中做客，认识了她的表妹唐晓芙。方鸿渐热烈地爱上了唐晓芙，可惜"落花有情，流水无意"，他只好和朋友远走湖南去大学里执教。

辗转到达目的地以后，方鸿渐目睹并经历了一系列明争暗斗，令他渐渐生出厌烦之心。最终离开之后，方鸿渐和同事孙柔嘉前往香港结婚，然后回到上海生活。方鸿渐找了一份报馆资料室主任的工作，孙柔嘉则到姑妈的厂里上班。

然而，报馆的工作同样充满明争暗斗，这让方鸿渐备感失望。这个时候，战乱的阴影笼罩了方鸿渐的生活，他希望能够去重庆谋求发展。可惜孙柔嘉的想法与他产生分歧，二人相持不下，最终导致婚姻走向破灭。

主题思想

本书对20世纪三四十年代国统区的政治弊端进行了批判，同时描写了一些丑陋的人物嘴脸，对于大都市上海的奢侈堕落，以及内地农村的封闭落后，还有教育界和知识界的颓败腐败等，也有赤裸裸的讽刺。

其中，作者对于人物的批判，主要针对以方鸿渐为代表的高级知识分子群体，他们大多崇洋媚外，骨子里却仍有"天朝大国"的陈旧思想作祟，表现了他们的懦弱性格，同时也预示了他们的悲剧结局。

此外，作者在小说中表达了深刻的哲学思想，也就是著名的"围城"理论，即

"外面的人想进去，里面的人想出来"。当然，这一理论不仅蕴藏在小说当中，也绝不局限于现实中的某个领域，而是普遍适用于每个人所面临的每件事，这就将小说的思想层次升华到了思考社会和人性问题的高度。

事实上，本书的创作背景虽然是"抗战"时期，但是其思想源头却要追溯到以鸦片战争为标识的中国近代史的开端。在帝国主义的坚船利炮下，中国被迫历史性地与世界接触，中华民族的古老文明与西方文明发生前所未有的碰撞，并且在留学生群体的身上得到了集中的体现。

换句话说，作者选择留学生群体为描写对象，是具有深层考虑和意义的，其本身的留学生身份，也提供了一定程度的便利。因此，作者是从全文高度构建的哲学体系，方鸿渐所经历的教育、爱情、事业和家庭，无一不是"围城"哲学的完美阐释。

在小说的结尾，作者写到了方鸿渐家那只祖传的钟表。它每小时只慢7分钟，却被认为"很准"，这无疑是对整个旧社会的影射，表现了作者对旧社会的讽刺，从而将所有问题置于啼笑皆非中。这或许是一种无奈，抑或是一种解脱，但更多的却是一种现实，人们身处其中，想逃避又逃避不掉，想面对也面对不了，真真像极了作者的"围城"比喻。

目前，西方文学界普遍认为本书描写了中国知识分子在西方文明影响下的心理危机，而中国文学界则认为本书描写了西方文明在中国的衰败，并且说明了资本主义文明无法满足中国社会的发展需求。但作者本人显然并未明确自己的立场，他只是在认认真真地嘲讽伪文化人，本本分分地描写中西文化冲突，其境界远远超过了狭隘的个人主义、民族界限和时代划分，它体现的是作者对整个现代社会和人类文明的思考。

艺术手法

本书在行文上没有明确的主线，作者只是将琐碎的思想和故事拼凑起来，属于一种"锱铢积累"的方式。通常来讲，对于一部情节零散的文学作品而言，只有在语言表达上登峰造极，才有可能成为伟大作品，而本书恰恰做到了这一点。

总结来讲，本书在语言风格上有两大特色：

1. 比喻使用精妙。在整部小说中，虽然充满了各种各样的比喻，但是在类型上可以概括为三大类：其一是形象比喻，只是最常见的，也是最令人感觉舒畅的；其二是抽象比喻，通常在于思维和感觉之间，读来有一种新奇和玄妙的感觉；其三是喻体和本体的逻辑转换，基本用语嘲讽贬抑，目的是增强诙谐和幽默感

其中，第一类比喻开篇即现，"夜仿佛纸浸了油，变成半透明体，它给太阳拥抱住了"，此处比喻和拟人同用，自然流畅不显一点矫饰；第二类比喻如"（女生）涨红脸停笔不写，仿佛听了鸿渐的最后一句，处女的耳朵已经当众丧失贞操"，此时变抽象为具体，虚实之间水乳交融；第三类比喻如"（李梅亭）本来像冬蛰的冷血动物，给顾先生当众恭维的春气入耳，蠕蠕欲活"，此处以喻体将本体的形象体现出来，同时加入了作者的思想感情。

2. 心理描写到位。成功的心理描写，是一部佳作的重要保障，而作者的心理描写又与众不同，精妙之处就在于一个"未吐露"上。在具体的表达方法上可以分为两大类：其一是藏于情节之中，即利用情节营造人物心理，却不道明具体的情节内容；其二是通过比喻表现人物心理，或者说通过比喻的内容间接反映人物心理。

其中，第一类比喻如孙柔嘉和方鸿渐吵架后，跑到姑妈家倒苦水，方鸿渐本来已经准备向她道歉了，却看到她一脸心虚的表情，使诈之下果然验证了她在背后说了不该说的话，从而表现出孙柔嘉既痛恨方鸿渐，又担心他责怪自己的心理，说明她心里在乎方鸿渐；第二类比喻如赵辛楣初次见到方鸿渐，把他当成"一览而尽的大字幼稚园读本"，充分表达了赵辛楣对方鸿渐故作姿态的轻视。

本书常被后世学者誉为现代版的《儒林外史》，足以表明其讽刺手法之高明，而这种讽刺的高明又包含着时代背景、人性问题和作者的个人原因。

其中，时代背景是指中西方文化的冲突，作者不仅反对传统文化的狗尾续貂，同时也反对西方文化的生搬硬套，更加反对曲解吸收西方文化；人性问题是指作者通过小说中的人物，一一展现了阴险、虚荣、软弱、贪婪和自私等各类人性弊病，从而让读者"对号入座"，戒除自己的性格缺陷；个人原因是指作者是一位不世出的文学奇才，同时又对自己有极高的定位和要求，他在进行文学创作的时候自然不容半点马虎，这当然也是保障本书文艺价值的关键因素。

本书描写的故事发生在动荡的"抗战"时期，主题鲜明且笔触写实，真切反映了一个社会群体的生存状态；其次，作者运用连珠炮式的比喻，让自己的想象力得到充分发挥，同时也为读者奉上了精彩纷呈的视听盛宴；最后，作为不世出的文学大师，作者还在小说中融入了深刻的哲学思考，这些都让本书成为"浅读有趣，深读有味"的旷世之作。

钱锺书（1910-1998），原名钱仰先，字哲良（又字默存），号槐聚，笔名中书君，江苏无锡人。钱锺书出身文学世家，其父钱基博是著名的国学大师，因而他从小就受到良好的传统教育，并表现出极高的文艺天赋。1929年，钱锺书从无锡辅仁中学考入清华，毕业后赴英国牛津大学深造。

1938年，钱锺书学成归国，被清华大学破格聘为教授，同时开始文学创作。太平洋战争爆发后，钱锺书被困在上海，继续一边教书一边创作，期间完成本书的创作。新中国成立后，钱锺书返回清华大学任教，后转入文学研究所工作。

与此同时，钱锺书笔耕不辍，创作了大量优秀文学作品，为我国的文化事业创造了宝贵财富。1998年12月19日，钱锺书因病于北京辞世，享年88岁。

夏志清：《围城》比任何中国古典讽刺小说都要优秀，是20世纪最伟大的小说。

余杰：钱锺书的记忆能力无疑是超凡的，他精通多种语言，能背诵无数的诗词和文献，能将经史子集随手拈来、头头是道，比起今天电视上外强中干的学术超女超男来判若云泥。

徐文波：钱锺书学富五车、才高八斗，被誉为"博学鸿儒"、"文化昆仑"。

孔庆东：钱锺书还是个幽默大师，他健谈善辩，口若悬河，舌灿莲花，隽思妙语，常常令人捧腹。钱氏的健谈雄辩大有孟子、韩愈遗风，在中国社会科学院几乎无人不晓。

汪曾祺短篇小说选

内容梗概

本书选录作者 20 世纪 40 年代至 90 年代的短篇作品，共计 16 篇，内容多为作者的童年和故乡事物，通过回忆的方式展开故事情节。其风格淳朴自然，清新淡雅，这一点与作者师承沈从文有很大的关系。

收录的具体书目为：《老鲁》、《落魄》、《鸡鸭名家》、《王全》、《骑兵列传》、《塞下人物记》、《七里茶坊》、《复仇》、《羊舍一夕》、《春水》、《黄油烙饼》、《异秉》、《受戒》、《寂寞和温暖》、《岁寒三友》、《大淖（nào）记事》。

主题思想

本书的主题思想以 1966 年至 1976 年为分水岭，1966 年前的作品追求唯美主义，即便是普通事物同样被作者赋予艺术美感，力求达到沁人心脾的效果；1976 年后的作品以反思错误为主，但仍旧保持一定的唯美色彩，而且有别于同类作品的凝重抑郁，充满轻快和明朗的韵味。

具体来讲，又可以根据不同的历史时期总结本书主题思想。其中，《老鲁》和《落魄》记述作者在昆明西南联大时期的见闻，主要描写对象为普通劳动者；《羊舍一夕》、《春水》和《王全》记述作者在新中国成立后至 1966 年之间的时代变迁，主要描写对象为农业合作化中的工农群体；《黄油烙饼》、《寂寞和温暖》和《七里茶坊》记述 1976 年以后的事件，地点锁定在张家口的一个农业研究所；《岁寒三友》、《异秉》、《鸡鸭名家》和《大淖记事》记述民国时期的事件，以作者的童年生活和见闻为叙事主体。

而对于所有作品，作者的描写对象都是劳动者，并且是各行各业中的劳动模范，从而塑造了大批劳动一线的楷模人物，以此展现特定历史时期的社会场景，以及表现相应的社会主题思想。

艺术手法

作者的文学风格自成一体，他早年追求唯美主义，以诗化的手法处理各种文体；中年以后，作者开始关注地方语言，尤其在人物对话中加以体现；晚年则趋于平淡，开始追求语言的返璞归真，这些都表现在其不同时期的作品当中。

此外，作者在创作过程中习惯于就近取材，并不追求情节的艺术性，而是不加任何修饰地平铺直叙，具有强烈的现实主义色彩。这一点，正如作者自己在序言中所说："我的一些小说，不大像小说，或者根本就不是小说。有些只是人物的素描。……我的初期小说，只是相当客观地记录对一些人的印象……"

最后，作者在训诂学方面具有高超造诣，通过他的不懈努力，很多已经早在文学史上失传的文字，都被挖掘和考证了出来，并且被他赋予了鲜活的使用价值。比如《大淖记事》中的"淖"字，即是通过作者的使用，才得以在历史的尘封中重见天日。

文学地位

作者在小说中揉入了民间用语和行业术语，具有丰富的文化元素，仅凭这一点就为现代汉语做出了重要贡献。可以说，作者凭借在语言方面的天赋，创造了别具一格的语法结构，为我国文学注入了新鲜血液，也拓展了我国文学语言的表意范畴。

作者简介

汪曾祺（1920-1997），江苏高邮，被誉为"抒情的人道主义者"、"中国最后一个纯粹的文人"、"中国最后一个士大夫"。1939 年，汪曾祺毕业于江阴县南菁中学，顺利考入西南联合大学，期间和同学创办校内刊物《文聚》，开始发表文学作品。

"抗战"期间，汪曾祺辗转各地执教，同时创作了大量优秀文学作品。解放前夕，汪曾祺参加"四野"的南下工作团，中途留在武汉参加接管文教局的工作，后被派到武汉第二女子中学工作。新中国成立后，汪曾祺回到北京，进入《北京文艺》工作，后调往中国民间文艺研究会工作。1985 年，当选为中国作协第四届全国代表大会理事。1996 年，当选为中国作协第五次全国代表大会顾问。

名家点评

　　贾平凹：汪曾祺一生经历了无数苦难和挫折，受过各种不公正待遇，尽管如此，他始终保持平静旷达的心态，并且创造了积极乐观诗意的文学人生。贾平凹在一首诗中这样评价汪曾祺："（汪曾祺）是一文狐，修炼成老精。"

保卫延安

1947年3月，国民党军队进攻当时的中共中央所在地——延安，正在山西驻扎的我军某部奉命赶往延安参加保卫任务。但是，由于军队人数和装备等方面不及国民党，中共中央决定主动撤出延安，在运动当中消灭敌人。

接下来作者着重描写了青化砭伏击战和蟠龙镇攻坚战，表现了我军的英勇作战，同时塑造了一群英雄形象。主人公周大勇是一位连长，当国民党军队在青化砭和蟠龙镇受挫后，妄图增兵扭转败局。周大勇奉命率部阻击，干净利索地完成了任务，并顺势扩大战果，随后返回战争前线。

在攻打榆林的战斗中，周大勇奉命掩护主力部队撤退，结果所部被围困在狭小的四处院落里。周大勇拼死突围，带领残部艰难逃回根据地，被打散的战友团聚在一起，战败的阴云很快就一扫而光了。

同年8月，西北战场的主动权发生逆转，我军从战略防御转入反攻。在这种形式下，国民党军队决定增援榆林，在我军纵深安插力量。彭德怀总司令根据党中央的部署，在沙家店一带成功击退国民党援军，地方开始交替掩护撤回延安。

彭德怀随即率大军压上，周大勇被任命为代营长，率领三个精锐连队疾驰迂回到九里山伏击敌军，阻止他们逃回延安。在成功迟滞敌人的撤退脚步后，周大勇营等来了大部队的支援，敌人有组织地撤退被打乱，开始潮水般向延安溃逃。

一番简单的整顿之后，周大勇又马不停蹄地随纵队出发，疾驰到岔口一带围歼残敌。在此之后，国民党军队龟缩到了延安城内，周大勇奉命攻击延安门户——崂山，开始了光复革命圣地延安的伟大使命。

光荣而美好的日子到来了！

主题思想

作者以主人公所在连队经历的青化砭、蟠龙镇、榆林和沙家店等战役为主线，描述了我国从战略防御转入战略反攻的历史转折。全文以恢宏的战争场面，系统的人物安排，大大小小的战斗描写，谱写了人民战争的历史赞歌。同时，作者的笔触不失真实，毫不掩饰在敌强我弱形势下战斗的残酷和激烈，以无数英烈的悲壮牺牲，阐明了胜利代价之巨大。

此外，作者对于战争胜利的原因也做了概括，首先是党中央的英明决策，其次是彭德怀的正确指挥，最后是我国各级指战员的拼死作战和地方群众的大力支持。可以说，本文通篇洋溢着一种战斗激情，表现了人民战争无攻不克、无坚不摧的强大力量。

主人公周大勇是作者着力塑造的人物，通过一系列战争描写，表现了他对国家和人民的无限热爱和忠诚。当听说党中央撤出延安时，当看到陕北民众遭受劫难时，周大勇的心都受到痛苦和愤怒地煎熬。在战争中，他总是主动承担最危险和最艰巨的任务，就算是陷入绝境也从未动摇过自己的新年。

总结来讲，本文的主题思想就是突出周大勇的英雄主义精神，他坚强、勇猛、机智、沉着、灵活、善战，好像有用不完的力量和智慧。在青化砭战役中，他带头冲锋陷阵，完全将生死置之度外；在长城防线，他的连队陷入重围，却能够沉着应对；在蟠龙镇攻坚战中，他又用计诱击敌军，以此表现周大勇在党的教育下，迅速成长为一名坚定的革命战士，从而塑造了饱满的英雄人物形象。

艺术手法

本书在艺术手法上融合了澎湃的激情、浓郁的诗意和深刻的哲理，并且以严酷的战争环境为背景，用恢宏豪放的笔调和朴实生动的语言，描绘了一群坚定顽强的战士和群众形象。不过，如果单纯从艺术手法来讲，本书所反映的社会面较为有限，比如对民众生活的描写，对敌人形象的刻画，以及对英雄人物的心理解读，都有一定的欠缺，当然这只是一块白玉上的一点微瑕。

本书是一部大规模正面描写解放战争的作品，作者以写实的手法描写了延安保卫战的几大战役，塑造了彭德怀和普通指战员的英雄形象，同时描绘了人民战争的历史画卷，被誉为"英雄史诗"。在我国当代文学史上，这也是首部描写解放战争的长篇历史小说，它代表着我国 20 世纪 50 年代小说创作的巅峰水准，是我国当代文学宝库中不可多得的精神宝藏。

作者简介

杜鹏程（1921-1991），原名杜红喜，笔名司马君，陕西韩城人。杜鹏程幼年丧父，家境贫寒，却并未放弃接受私塾教育，后来还曾在基督教学校就读，终因经济问题到韩城的一家当铺做学徒。

1934 年，仍未放弃学业的杜鹏程得到一个半工半读的机会，从此完成了他的人生转折。"抗战"爆发后，16 岁的杜鹏程参加"中华民族解放先锋队"，赶赴延安"抗大"和鲁迅师范学院就读。完成学业后，杜鹏程先被派到工厂工作，后来又成为西北野战军新华社随军记者，从此开始进行文艺革命工作。

新中国成立后，杜鹏程先后出任新华社新疆分社社长、陕西作家协会副主席和陕西"文联"副主席等职。1955 年，杜鹏程加入中国作家协会，并出任第二届、第三届、第四界理事，及中国"文联"第四届委员。1982 年，杜鹏程还当选为中共"十二大"代表，及全国第二届、第三届"政协"委员。

除本书外，杜鹏程还创作了中篇小说《在和平的日子里》、《历史的脚步声》，短篇小说《工地之夜》、《夜走灵官峡》、《第一天》、《延安人》，小说集《年轻的朋友》、《平凡的女人》、《杜鹏程小说选》，散文集《杜鹏程散文选》、《杜鹏程散文特写选》，评论集《我与文学》等作品，塑造了大批优秀人物形象，同时也揭示了一些社会问题。

名家点评

路遥：在和他同时代的作家中，杜鹏程是少数属于敢踏入"无人区"的勇士，并敢在文学的荒原上树起自己标帜的人物。他是我们行业的斯巴达克斯。这一切首先体现在他的史诗《保卫延安》之中。这部书使他声名远播，也给他带来过无穷的灾难。而属于巨人的灾难不也是另是一种勋章吗？

冯雪峰：真正可以称得上英雄史诗的，这（指《保卫延安》）还是第一部，它为中国新文学带来了不可忽视的、有价值的元素。

王仲生：杜鹏程是我国当代文学的开拓者之一。对于当代文学，特别是军事题材文学发展，他做出了自己独特的贡献。

陈思广：杜鹏程是当代著名作家，他的作品曾影响了一个时代，开拓了一个视角。

重放的鲜花——多人合集

内容梗概

1956 年，我国的社会主义改造基本完成，党和国家的工作重心转向社会主义建设，在这一新形势之下，毛主席提出了"百花齐放，百家争鸣"的政治方针，得到文学界人士的积极响应。在 1956 年至 1957 年间，进步作家们响应毛主席的号召，以张扬个性和揭露时弊为主旨，创作了一批反映人民内部矛盾的优秀作品，并且以其题材的丰富性和风格的多样性形成巨大影响。

但是，在随后的政治运动中，这本书被封杀了 20 年之久，直到 1979 年才由上海文艺出版社重新选编出版，并且取名《重放的鲜花》。具体收录的书目为（括号中的名字为作者姓名或笔名）：

《在桥梁工地上》（刘宾雁）、《爬在旗杆上的人》（耿简）、《本报内部消息》（刘宾雁）、《本报内部消息（续篇）》（刘宾雁）、《在悬崖上》（邓友梅）、《组织部新来的青年人》（王蒙）、《小巷深处》（陆文夫）、《平原的颂歌》（陆文夫）、《太阳的家乡》（公刘）、《沉默》（何又化）、《草木篇》（流沙河）、《科长》（南丁）、《寒夜的别离》（阿章）、《西苑草》（刘绍棠）、《被围困的农庄主席》（白危）、《入党》（耿龙祥）、《杨妇道》（方之）、《改选》（李国文）、《红豆》（宗璞）、《美丽》（丰村）。

主题思想

本书收录的作品具有浓郁的时代气息和现实意义，因而塑造了一批鲜明的人物形象，并且产生了深远而巨大的影响。比如《在桥梁工地上》、《本报内部消息》、《组织部来的青年人》和《改选》中塑造的罗立正、陈立栋、刘世吾等官僚主义者，至今仍然是党在进行自身教育建设时的反面典型，而曾刚、黄佳英、林震等革命主义者，也极大鼓舞了人民群众的革命意志。《小巷深处》、《在悬崖上》和《红豆》等作品，则聚焦爱情题材，通过对"家务事"和"儿女情"的描写，歌颂新社会带来的高尚革命情操，同时鞭挞了自私自利的丑恶思想。

艺术手法

本书大胆揭露了社会的阴暗面，一改回避现实矛盾冲突的做法，向人为设置的创作禁区发起了勇猛冲击，突破了时代所带来的文学枷锁。具体来讲，本书主要以批判官僚主义者蛮横干预人们的生活和爱情为视角，揭示了在这一时代洪流下的社会矛盾冲突，塑造了一批形象鲜明的正面和反面人物形象。

文学地位

本书的出版，标志着十一届三中全会之后，党和国家对文艺界的拨乱反正，这也是在用事实告诉我们：只要坚持马克思列宁主义，坚持走社会主义道路，始终站在人民的立场上进行思考，从而创作出表达人民意志、推动历史发展的作品，就一定会在历史上留下公正的评价，并且永远被人民记在心里。

作者简介

刘宾雁（1925-2005），吉林长春人。1944 年加入中国共产党，曾任中国作家协会副主席和人民日报社记者等职，鼓吹资产阶级自由化，1987 年被开除党籍。1956 年，刘宾雁发表《在桥梁工地上》和《本报内部消息》，开创了我国纪实文学的先河。改革开放之后，更是创作了大量揭露社会黑暗的文学作品，比如《第二种忠诚》和《人妖之间》都是横跨时代的经典之作。

耿简（1924-2014），原名纪清偬，耿简是她的笔名，另有笔名柳溪，我国现当代著名女作家，河北献县人。耿简曾就读于北平师范大学，后因参与"学潮"运动被除名，开始正式投身革命，并加入中国共产党。新中国成立后，耿简曾任天津市作家协会副主席，除本书之外，还有《刘寡妇结婚》和《战争启示录》等著名作品，获得多项殊荣。

邓友梅（1931-），笔名右枚、方文、锦直等，祖籍山东平原，出生于天津。1942 年，邓友梅投身"抗战"，曾任新四军文工团成员和见习记者。新中国成立后进入北京"文联"工作,后被推选为中国"作协"名誉副主席,成名作《在悬崖上》曾轰动一时,另有作品《我们的军长》、《话说陶然亭》和《追赶队伍的女兵们》等作品。

王蒙(1934-),河北南皮人,生于北京。王蒙出身教师家庭,1940年进入北京师范学校附属小学就读,毕业后进入私立平民中学,期间参加中共领导的地下工作。1948年,王蒙加入中国共产党,成为共青团北京市市工委干事,从此开始进行文学创作。1956年,王蒙发表小说《组织部新来的青年人》,成为第一个描写共产党干部阴暗面的作家,因而被定性为"右派分子",下放到农场劳动改造。

十一届三中全会以后,王蒙得到平反,历任北京市文联专业作家,中国作协北京分会副主席、分党组成员、副秘书长,中共中央委员,中国作协副主席、书记处书记,文化部部长,中国海洋大学文学院院长,全国政协文史和学习委员会主任,中国传媒大学名誉教授,武汉大学文学院名誉院长和讲座教授,东北师范大学客座教授,三沙市政府顾问等职。

陆文夫(1928-2005),江苏泰兴人,曾任苏州文联副主席和中国作协副主席等职。陆文夫从事文学创作50余年,有大量小说、散文、评论等作品,如《献身》、《小贩世家》、《围墙》、《清高》、《美食家》等,受到国内外读者的广泛推崇。

公刘(1927-2003),原名刘耿直,江西南昌人,中共党员。1942年,公刘毕业于中正大学(南昌大学前身),积极投身抗日救亡运动。1948年,公刘参加全国"学联",历任《中国学生报》和《文汇报》编辑,及香港中国新文学学会宣传干事。新中国成立后,公刘加入中国作家协会,并进入解放军总政治部工作,有大量优秀文学作品传世。

何又化(1916-1994),即秦兆阳,河北黄冈人。1938年,何又化来到延安,先后就读于陕北公学和"延安鲁艺",期间加入中国共产党。毕业后,何又化历任华北联合大学文艺学院讲师、冀中第十分区黎明社社长、冀中军区前线报社副社长和《华北文艺》编辑。新中国成立后,又先后出任《文艺报》党务编委、《人民文学》副主编、人民文学出版社副总编辑和《当代》主编等职。

流沙河(1931-),原名余勋坦,四川金堂人。流沙河出身地主家庭,中学时期接受革命思想，前往边远地区支援小学教育。新中国成立后，流沙河进入四川大学就读，毕业后历任《四川群众》和《星星》编辑。在"文革"中，被下放到全国各地进行劳动改造。1979年，流沙河被调回四川文联工作，从此开始专职文学创作，有大量优秀作品传世。

南丁（1931–），原名何南丁，安徽蚌埠人。1949年，南丁毕业于华东新闻学院，先后出任河南省"文联"顾问、河南省"作协"顾问、河南省文艺家著作权保护委员会主任文员、中国"文联"第五届全委和河南省第七届和第八届人大常委。著名作品有短篇小说集《检验工叶英》、《在海上》、《被告》，中短篇小说集《尾巴》，散文集《水印》、《南丁文选》和《南丁文集》等。

阿章（1927–），原名郑春辉，曾用名郑秀章，浙江衢州人，中共党员。1951年，阿章毕业于浙江大学，先后在《劳动报》、《解放日报》、《宁夏日报》、《上海小说》和《大江南北》工作，有大量优秀文学作品传世，如长篇小说《三少校》，短篇小说集《大革命的小火花》，报告特写集《擦亮了的眼睛》，中篇小说《红旗飘扬在黄浦江上》，系列小说《女房东与活武松》等。

刘绍棠（1936–1997），河北通县（今北京通州）人。我国著名乡土作家，著名文学流派"荷花淀派"代表人物，并且创作了"大运河乡土文学体系"。刘绍棠13岁即发表作品，加入作协时亦为最年轻者，作品在国内外形成广泛影响，有"大运河之子"的称谓。

白危（1911–1984），原名吴渤，广东兴宁人。白危在青少年时代加入"共青团"，20世纪30年代加入"左联"，曾接受鲁迅的亲自教导。"抗战"时期积极参加救亡活动，新中国成立后深入河南黄泛区工作生活，以现实经历为素材创作了大量优秀文学作品。

耿龙祥（1930–2007），江苏沭阳人。1945年，耿龙祥进入淮海报社工作，1946年加入中国共产党，负责过排字、译电、记者和编辑工作。后历任安徽怀宁圣埠区委书记、县宣传部长、安徽省文联作家、安庆市宣传部副部长和安庆市文联主席等职。

方之（1930–1979），原名韩建国，湖南湘潭人，生于南京。解放战争时期，方之投身学生运动，并凭借积极表现加入中国共产党。高中毕业时，方之恰好赶上南京解放，他放弃上大学的机会，前往南京市郊参加农村土改运动。同时，方之有大量优秀作品传世，如短篇小说集《在泉边》，中篇小说《浪头与石头》，短篇小说《内奸》等。

李国文（1930-），原籍江苏盐城，生于上海，中共党员。1949年，李国文毕业于南京戏剧专科学校，童年进入北京华北革命大学，从此开始走上革命道路。新中国成立后，李国文进入天津铁路文工团，曾随志愿军入朝作战，主要负责文化宣传工作。1954年，李国文进入中国铁路总工会宣传部任文艺编辑，创作了大量优秀的文学作品。

宗璞（1928-），原名冯钟璞，宗璞是她的笔名，另有笔名绿繁、任小哲等，河南唐河人，生于北京，我国当代著名哲学家冯友兰之女。宗璞最早就读于清华大学附属成志小学，"抗战"爆发后，随父亲冯友兰辗转来到云南昆明，后考入西南联大附属中学。"抗战"胜利后，宗璞考入南开大学外文系，两年后转入清华大学外文系，期间开始文学创作。

大学毕业后，宗璞分配到政务院宗教事务委员会工作，后调入中国文联研究部。反"右"斗争中，宗璞受到冲击，被下放到河北农村劳动改造。十一届三中全会后，宗璞得到平反，进入北京外国文学研究所工作，有大量优秀文学作品传世。如小说和散文合集《宗璞散文小说选》，散文集《丁香结》，翻译作品《缪塞诗选》（合译）、《拉帕其尼的女儿》等。

丰村（1917-1989），原名冯叶莘，曾用名冯夺、丰大克、冯维典、丰乃天等，笔名冰块、望辽、杯野、鲁冀良等，中共党员。1940年，丰村参加中华全国文艺界抗敌协会，先后在成都的适存女中、重庆的明诚中学、重庆中正中学、上海中正中学、江苏吴淞女中和丰县上海江湾中学执教。后出任上海军管会新闻出版处审查科长、上海市文教委员会办公室副主任、市文联秘书长兼办公室主任和上海群众艺术馆副馆长等职。

巴陇锋、王晨爽：《重放的鲜花》的结集出版，是"百花时代"的"毒草"以此散发芳香，然而，"明日黄花"、"隔代的春色"不免给人迟暮之感，它在给人忧伤的同时，也给当代人多方面的启示。

江曾培：《重放的鲜花》中选录的作品，在 1957 年反右时期都被批判为"毒草"。但是，这些作品实际上是"鲜花"，在发表时产生过很大的影响，后来的二十多年里却不允许出版流传。

伍旭升：在 1976 年后的文学荒原上，面对百废待兴，正处于五十多岁的创作黄金期的他们复活了"五四"知识分子的现实战斗精神。

红旗谱

内容梗概

本书以"大革命"失败后的 10 年革命斗争为背景，描写了冀中平原的民众生活，以"反割头税"和"二师学潮"为中心事件，通过对两家农民和一家地主的矛盾描写，展示了农村和城市斗争的革命过程。

书中的恶霸冯兰池要霸占百姓的 48 亩良田，农民朱老巩领导大家与之斗争，结果被冯兰池活活气死。其子小虎子为了躲避冯兰池迫害，只身逃亡关东，一直到 30 年后才回到家乡，发誓为自己的家人报仇。

此时，冯兰池已经 60 多岁，朱老忠（即小虎子）和当年的玩伴严志和联手，一起对付仍在压榨百姓的冯兰池。他们联合被压榨的百姓，一起到北京状告冯兰池，可惜冯兰池手眼通天，朱老忠和严志和等穷苦百姓输掉官司，反而赔给冯兰池不少财产。

这个时候，共产党领导民主革命已经发展到冀中平原，严志和的儿子严运涛首先走上革命道路，成了革命军的一名连长。不料，好日子没过多久，严运涛忽然在"四一二"反革命政变中被关进监狱，朱老忠等穷苦百姓的希望破灭。

同年秋天，接过哥哥革命事业的严江涛回到家乡，按照党组织的指示领导民众反"割头税"，很快得到朱老忠等穷苦民众的支持，并最终取得了宝贵的胜利。然而，此次运动侵犯了冯兰池的利益，他立即对朱老忠等穷苦民众发起反扑，严江涛等革命青年逃往保定，进入第二师范学校就读。

"抗战"爆发后，严江涛等革命青年以第二师范学校为堡垒，积极开展救亡运动，结果遭到反动军队包围。于是，革命青年和反动军队展开了一系列斗争，最后还是朱老忠闻讯赶来，帮助革命青年解了燃眉之急。

不过，一番斗争下来，严江涛等革命青年认识到，硬碰硬的革命斗争不是长远之计，因而他决定带领同学们冲出包围圈，到广大农村开展革命活动。可惜反动军队已经决定痛下杀手，严江涛等革命青年死伤惨重，在朱老忠和进步军人冯大狗的帮助下，才勉强逃出了保定城。

 主题思想

本书是一部反映农民革命斗争的经典著作，对农民和地主之间的矛盾展现，以及革命青年和反动军队之间的斗争描写，揭示了广大农民对自由的渴望。为了解除压迫和剥削，他们前赴后继，不屈不挠，表现出了强大的斗争精神。不过，作者在描写和颂扬农民革命的同时，也说明了农民革命的局限性，从而表达了只有在无产阶级领导下，农民战争才能取得胜利的主题思想。

艺术手法

本书从历史高度展示了农村和城市的革命斗争，描写了农民在党的领导下，寻求解放过程中的心路成长，成功塑造了三代农民的英雄形象，尤其是横跨两个时代的朱老忠。具体来讲，本书在艺术手法上有以下四个方面的特点：

1. 浓郁的地方色彩。无论是在背景的构造上，还是事件的选择上，抑或是在人物的塑造上，本书都深深植根于广袤的冀中大地，宣扬了"慷慨悲歌"的燕赵精神。可以说，作者就是在展示一幅冀中大地革命画卷，无论是谋篇布局还是细节描写，处处都洋溢着鲜明的燕赵风采。

2. 中西结合。一方面，作者继承了我国古典小说的手法，以人物的言行等外在来刻画其形象；另一方面，作者又通过西方小说的透视法，对人物心理进行描写，从而形成了中西结合的精妙手法。当然，从整体比例来讲，作者还是主要运用古典小说的手法，这也表明了我国传统文化的兼容并蓄。

3. 布局巧妙。本文的布局可分可合，疏密相间，似断非断，似连非连。微观上，每个章节都可以独立成书；宏观上，又以三个人物和两大事件覆盖全文。这样的布局继承了传统的章回体小说体例，却又没有完全照搬，而是形成了自己的特点和风格。

4. 语言的个性化。作者在语言运用方面首先遵循通俗简练和自然流畅原则，同时在塑造每个人物的时候，又注意结合其性格特点独立设计。比如朱老忠一身正气，说话掷地有声；冯兰池凶险狡诈，说话阴晴不定；严老尚愚蠢强悍，说话蛮横无理等，这些都是作者特意为其设计的个性化语言，在表现人物形象方面效果明显。

文学地位

本书主要描写农民的革命意识觉醒和奋斗成长经历，在我国当代文学史上具有较高的评价和较深的影响，被誉为"描写农民革命斗争的壮丽史诗"。其鲜明的民族风格，成为"五四"新文化运动之后，我国文学回归本土文化的标识。其描绘的慷慨悲歌的壮美图景，也在我国文坛开辟了新的审美境界，由此塑造的农民英雄形象朱老忠，更是成为我国文学界最为典型的农民形象。

与此同时，本书不仅对我国的文化思想影响深远，而且在国际上得到广泛推崇。自1957年初版以来，本书在国内印数已经超过1000万册，同时还被改编成话剧、京剧、电影、电视剧和连环画等各类文艺形式，在国外则有俄、日、英、法、韩、越、西班牙和哈萨克等多种译本。

作者简介

梁斌（1914–1996），原名梁维周，河北蠡县人。梁斌11岁进入县立高小学习，期间加入中国共产主义青年团，开始接受先进思想的影响。1930年，梁斌考入保定第二师范学校，曾积极参与学潮运动和家乡的农民运动。1933年，梁斌前往北平参加"左联"，开始进行文学创作，后考入山东省立剧院，继续文学创作。

"抗战"爆发后，梁斌加入中国共产党，回到家乡开展革命活动，曾任冀中区新世纪剧社社长、游击十一大队政委、冀中文化界抗战建国会文艺部长等职。解放战争前夕，梁斌随军南下，历任湖北省襄樊地委宣传部长、《湖北日报》社长等职。1953年，梁斌调回家乡工作，将主要精力用于文学创作，有大量优秀作品问世。

名家点评

茅盾：从《红旗谱》看来，梁斌有浑厚之气而笔势健举，有浓厚的地方色彩而不求助于方言。一般说来，《红旗谱》的笔墨是简练的，但为了创造气氛，在个别场合也放手渲染；渗透在残酷而复杂的阶级斗争场面中的，始终是革命乐观主义的高亢嘹亮的调子，这就使得全书有浑厚而豪放的风格。

赵娅军：尤其是在 20 世纪 50 年代中后期，集中出现了一大批反映这两方面题材的长篇小说力作，而梁斌的《红旗谱》作为一部反映农民革命运动的长篇巨著，无论其描摹农民生活还是书写革命风云都达到了创作的高度，从其发表始，就得到了各方面的好评。

周润健、邱枫文：梁斌写了《红旗谱》，《红旗谱》中也写着梁斌的一生。

射雕英雄传

内容梗概

本书是金庸先生的代表作之一,属于长篇武侠小说。

南宋时,善良貌美的包惜弱救了金国王子完颜洪烈,结果引起对方的爱恋,导致其夫杨铁心被害,杨铁心的义兄郭啸天也力战身死。为了躲避金兵追杀,郭啸天的妻子一路逃到蒙古大漠,生下遗腹子郭靖,也就是本书的主人公。

郭靖憨厚勤奋,又臂力过人,尤其善于弯弓射雕,得到成吉思汗的赏识,与他的儿子托雷和女儿华筝交好。一次偶然的机遇,郭靖结识全真教道士马钰,得其传授内功心法,从此开始修习武艺。

在此之后,郭靖经历一系列奇遇,武功越来越高强,并且最终习得丐帮帮主洪七公的绝学——降龙十八掌。不过,武功和侠义只是本书的部分内容,缠绵悱恻的爱情故事也是一大亮点。作者为郭靖安排的爱情对象是黄蓉,她的聪明绝顶正好弥补了郭靖的不足,两人虽然经历了几次矛盾,却并未影响爱情之路的发展。

从立意上来讲,作者主要依托人道主义和理想主义,同时对于传统的男权主义也有一定削弱,转而向女权主义和女性美学平衡。此外,作者还为人物形象和故事情节安排了恢宏的时代背景,并且插入历史、民族、政治、江湖和传奇等诸多元素,最终将主人公塑造成为一个"侠之大者,为国为民"的英雄形象。

主题思想

本书的主题思想主要有两个,一是寻宝,二是侠义。

首先是夺宝,大致可以分为武功夺宝、计谋夺宝和机缘得宝。其中,武功夺宝通常是武林中的泰山北斗级人物进行比武,赢者可以得到宝物,多为一些武功秘籍;计谋夺宝是夺取包括武功秘籍在内的各种宝物,夺取的人也是三教九流、形形色色,并且多为阴险狡诈和心狠手辣者;机缘得宝基本发生在主人公身上,他们无意夺宝而巧合得宝，表明了作者对夺宝的基本立场。

而所谓宝，作者虽然在小说中具体化为各种物品，实际上却暗指和实指人的野心。在小说中，千奇百怪的人物为了大大小小的目标，都在想尽一切办法夺取宝物，或者是武功秘籍，或者是兵家奇书，只求得到之后能够凌驾于万人之上，却多半落得悲惨下场。作者以此影射真实社会，揭示了"天下熙熙，皆为利来；天下攘攘，皆为利往"的现实世界，表达了夺宝不得和忘宝自来的处世哲学。

其次是侠义，主人公的形象和性格正是作者为此二字量身定做。所谓侠义，实际上体现了儒家的入世哲学，概括来讲就是锄强扶弱。儒家弟子及相信儒家思想的人，都是积极改良社会的人，至少他们自己认为是在改良社会。而改良社会自然是为国为民，这也是最高境界的侠义，是作者笃信并寄托在主人公身上的核心思想。

本书的主人公郭靖仪表堂堂、武功盖世、品性高远，不仅以行侠仗义为己任，还要为国家和民族出生入死。女主人公黄蓉相夫教子，始终默默跟随和支持自己的丈夫，帮助他完成自己的侠义之举。在对付外来侵略的战争中，几乎所有江湖朋友都在相助，表现了正面江湖人物的集体侠义，同时也阐明了作者一切力量为民族大义服务的中心意旨，由此树立了一个严肃和庄重的主题。

艺术手法

本书在艺术手法上不拘泥于任何现成模式，而是在建立基本的框架和模式后，不断地进行创新和改造，从而使整部小说成为一个完整的世界。这个世界虽然是虚拟的，但是它具有各种各样的现实意义，甚至具有各种各样的解读视角，从而形成了强大的艺术魅力。总结来讲，作者的世界观可以分为三个阶段，寻找自己——爱的困惑——归隐结局。

悲情渲染也是本书的艺术手法之一，包括真悲剧和假喜剧，并且深入剖析为人性悲剧和社会悲剧两个层面。比如夺得武功天下第一的欧阳修，实际上成了一个神志不清的疯子，从而凸显出贪得无厌后的走火入魔；再比如当时的社会背景，辽金的崛起已经让宋朝江河日下，蒙古的强盛注定吞噬华夏文明，主人公及所有人物的努力，最多也就是留下一抹慷慨赴死的悲壮色彩。

本书以"靖康之变"为创作背景，场景纷繁，气势恢宏，是作者本人乃至我国武侠小说界的巅峰之作。在人物和情节的安排上，作者打破了以传奇为主调的旧有模式，以个性化的人物为主线，情节和背景反而成了附庸，从而达到了"事奇人真"的艺术佳境。

作者简介

金庸（1924–），原名查良镛，香港人，祖籍浙江海宁。金庸出身名门世家，从小受到良好的传统教育，5 岁时进入海宁县袁花镇小学接受现代教育，后考入嘉兴一中。"抗战"爆发后，金庸辗转进入浙江省立联合高中就读，期间开始进行文学创作，但并未引起社会过多关注。

1941 年，金庸因创作讽刺训导主任的文章被除名，转入浙江省衢州中学就读。毕业之后，金庸考入重庆中央政治大学，因一次投诉事件被迫退学。无奈之下，金庸有幸进入中央图书馆工作，期间阅读大量书籍，为后来的文学创作打下了坚实基础。

新中国成立前夕，金庸进入上海《大公报》工作，并且被派往香港分社，期间曾到北京寻求外交部的工作，未果后返回香港。1952 年，金庸发表首部武侠小说《书剑恩仇录》，一时轰动全港，为其日后的作品发表开辟了道路。

1959 年，金庸创办《明报》，凭借其武侠小说的连载迅速在香港站稳脚跟，并最终跻身香港三大报业之一。1991 年，《明报》在香港联合交易所上市，金庸功成身退，从此开始周游世界，修身养性。期间，金庸曾浅问政事，受到蒋经国、邓小平、胡耀邦和江泽民等两岸政要接见，同时获得英国剑桥大学荣誉文学博士、荣誉院士和哲学博士、清华大学名誉博士、院士，以及中国"作协"名誉副主席等头衔。

除本书外，金庸还有《书剑恩仇录》、《碧血剑》、《神雕侠侣》、《雪山飞狐》、《飞狐外传》、《倚天屠龙记》、《连城诀》、《天龙八部》、《侠客行》、《笑傲江湖》、《鹿鼎记》、《白马啸西风》、《鸳鸯刀》和《越女剑》等作品传世。

名家点评

　　陈默：金庸写人物成长，那种时代背景、环境的刻画，其与心智、命运的关联，不是一部影视剧搭个景就能匆匆表现的。实际上很多改编编剧也根本不重视这一块，只求尽快端出关键情节。影视对金庸作品的"地下洞穴"挖掘得远远不够。金庸的作品既接地气，又像成人的童话。他把一个个故事讲得引人入胜。一个人只要拿起他的书，几乎都会有通宵达旦的体验。中国作家会讲故事的人不多，几乎无出其右。

　　严家炎：金庸在通俗文学的操作中，打破了雅俗的藩篱，创立了独特和开阔的天地，是一个特殊的存在。他是精英文学对通俗文学改造的全能冠军。

青春之歌

内容梗概

本书以"九一八"事变到"一二·九"事变之间（1931-1935）的历史时期为背景，以学生运动为主线，描写了一位革命女青年（林道静）从觉醒到成熟的过程，塑造了丰满的人物形象，同时也展现了黑暗的社会现实。

在小说中，主人公林道静出身小资产阶级家庭，由于不满于任人摆布的命运，毅然踏上了流亡之路。然而，现实是残酷的，尤其是在理想的衬托下，现实几乎可以轻而易举地让人陷入绝望。林道静在流亡途中成为代课老师后，原本以为生活会变得美好，殊不知校长已经把她当成了交易物品，出卖给了当地的权贵。林道静走投无路，只能选择一死了之，幸而被一直默默关注她的余永泽救起，并且也给了她生活的希望和爱情的滋养。

婚后，要强的林道静四处寻找工作，期间接触共产主义革命思想，并开始积极参与革命活动。但是，余永泽自私平庸的本性暴露出来，他一再阻止林道静参加革命活动，最终导致林道静离家出走。接下来，在革命斗争的洗礼下，林道静从一个软弱的小女子，逐步成长为意志坚定的无产阶级革命战士。

主题思想

主人公林道静不甘于听从命运摆布，以个人之力对家庭和社会发起反抗，在时代洪流的影响下，最终走上革命道路。借此，作者展现了我国从"九一八"事变到"一二·九"事变之间（1931-1935）学生和知识分子革命运动的精神风貌，最终突出了小说的主题思想——只有把个人命运和民族命运、国家命运和人民命运结合起来，顺应时代洪流去建立自己的价值观念，才能真正找到自己的前途，从而拥有值得歌颂的美好青春。

当然，本书所塑造的主人公林道静，只是当时社会千千万万革命青年的一个缩影，作者借此反映出了一个时代的典型群体，同时也反映了那个时代的革命主题。换句话说，对于当时的知识分子来说，为革命的时代洪流服务，是不可回避的选择，而本书作者深入描写一个典型人物，也是为了更加深入地表达自己的革命思想。

艺术手法

本书的艺术手法主要体现在人物的形象塑造上，作者善于用映衬的方式凸显人物性格特征，借以展示人物的心理世界，其细腻程度可谓令人叹服；同时，作者以缜密完整的结构，通过复杂起伏的情节，塑造了众多人物形象，如卢嘉川、江华、林红、余永泽、戴瑜、王晓燕和白丽萍等；此外，本书在语言方面追求流畅简洁和自然真实，从而形成了极大的艺术感染力，这也成就了本书又一大艺术特色。

文学地位

本书所取得的崇高文学地位，主要凭借以下三点原因：首先，本书是当时社会极少数描写知识分子的文学作品，尤其是知识青年经爱情道路，走上革命征程的主线，形成了独树一帜的行文风格；其次，本书不仅继承了"五四"文学运动的传统，而且着重体现了启蒙主义思想，这在当时也具有非常重要的时代意义；最后，本书不仅以作者的亲身经历和感悟为创作蓝本，而且以女性（林道静）为主人公，这在当时同样比较少见。

不过，人们对于本书的评价，一直以来始终存在两种声音。一种是以上所述的正面观点，大体肯定了本书的艺术价值，从而奠定了其文学地位；另一种是负面观点，认为本书在主人公的性格塑造上缺乏层次，形象塑造上也比较单薄，就连叙述故事情节的视角也很单调，从头到尾都没有转换。当然，这些和本书高超的主题价值相比，基本是可以忽略的，这也是本书在主流文学界一直占有重要地位的原因所在。

据统计，本书自 1958 年 1 月初次出版以来，由于深受广大读者喜爱，曾经多次再版发行，其总发行量已经超过 500 万册，"我国当代最有影响的作品之一"的称号当之无愧。此外，本书还被译成近 20 种外国文字，在国际上广为流传，为弘扬我国当代文化做出重要贡献。当然，最重要的还是本书对革命理想地建立和阐释，这不仅突出了当时社会的主题，更感染和激励着一代又一代有理想、有魄力、有智慧的青年读者。

杨沫（1914–1995），原名杨成业，笔名杨君默、杨默等，湖南湘阴人。杨沫出生在一个没落的官僚地主家庭，曾就读于温泉女中，后因家庭破产辍学，以小学教员、书店店员和家庭教师等职谋生。

1934 年，杨沫开始文学创作，主题多指向"抗战"中的问题。1936 年，杨沫开始接触马列主义思想，并加入中国共产党。随后，杨沫亲赴冀中地区，参与共产党领导的抗日游击战争，主要负责妇女和文宣工作。新中国成立后，杨沫历任北京电影制品厂编剧、北京市"作协"副主席、全国"作协"理事、全国"人大"常委等职。

与此同时，杨沫笔耕不辍，除本书外还有中篇小说《苇塘纪事》，短篇小说选《红红的山丹花》，散文作品《杨沫散文选》，长篇小说《东方欲晓》、《芳菲之歌》、《英华之歌》，长篇报告文学《不是日记的日记》、《自白——我的日记》等传世。

名家点评

郭开：《青春之歌》描写的内容符合历史事实，反映出了从"九一八"到"一二·九"之间的时代面貌和时代精神。

马铁丁：《青春之歌》是一部优秀的成功的有教育意义的作品。

陈顺鑫：所采用的基本是一种男性化的视点，主人公林道静的"英雄化"是通过男性英雄的拯救、唤醒和肯定来完成的。

茅盾：《青春之歌》在当代文学史上，是第一部正面描写中国共产党领导的爱国学生运动，塑造革命知识分子典型形象的优秀作品。

徐慧琴：《青春之歌》是在中国当代文学史的革命话语叙事中，第一部试图把女性书写主流化的作品，它的全部优缺点几乎都同这一总体追求有关。

百合花

内 容 梗 概

本书是作者创作于 1958 年 3 月的短篇小说，内容以淮海战役为背景，以第一人称为叙事主线和视角，描写了一位小通讯员和他的新媳妇的故事。通过他们在战火中受到的压抑，以及做出的反叛，真实展现了我国人民解放军热爱人民、不怕牺牲的英雄主义精神，同时也表达了人民群众对解放军的真诚热爱。

1985 年 10 月，人民文学出版社出版了茹志鹃的小说集《百合花》，除本文外还收录了《关大妈》、《妯娌三》、《鱼圷边》、《黎明前的故事》、《新当选的团支书》、《高高的白杨树》、《澄河边上》、《如愿》、《春暖时节》、《里程》、《静静的产院》、《三走严庄》、《同志之间》、《阿舒》、《第二步》、《逝去的夜》、《回头卒》和《后记》。

主 题 思 想

作者通过对小通讯员和新媳妇的故事叙述，表现出只有战争才能激发出来的崇高的革命感情，同时表达了人性美和人情美。由于对历史事件和战争场面做了淡化处理，作者虽然收到了独树一帜的效果，却也因为突破了当时的传统创作方法而被排斥。

至于作者所做的淡化处理，具体表现在以下三个方面：

1. 男主人公小通讯员是一名普通战士，他涉世不深，面对女性时会表现出紧张。此外，小通讯员淳朴善良，关心战友和群众，又对生活充满激情，枪口里经常插着野花，这和主流文学中那种高大全的英雄形象显然有所差异。

2. 女主人公年轻漂亮，在生活中积极乐观，而且具有极高的革命觉悟。同时，她又是小通讯员刚刚过门三天的妻子，两个人来不及建立感情，却又因为革命而迅速感情升温，并且升华到了革命同志的高度。

3. 作者虽然是在描写战争，却只是将战争作为背景，而仅仅截取了几个普通的生活片段，以此展开故事情节并塑造人物形象。就连小通讯员壮烈牺牲的情景，也是通过民工转述来表现，说明作者是想寓伟大于平凡，寓激情于平淡，寓恢宏于细腻。

艺术手法

本书最显著的艺术手法，是从日常生活细节入手，以细腻而颇具章法的心理描写，刻画出活灵活现的人物形象。而在这些细腻的笔触当中，作者加入了饱满的革命情感，展现了丰富的人物心理，同时表达了鲜明的主题思想。比如，作者在文中提到小通讯员衣服上挂出一个破洞，本来是再平常不过的一个细节，却表现出小通讯员的腼腆性格，以及新媳妇的心思细腻，最后新媳妇又通过这个破洞认出血肉模糊的小通讯员，可见这一细节是经过作者深思熟虑和精心设计的。

文学地位

本书最早由《延河》杂志发表于 1958 年 3 月，由于突破了传统的条条框框，本书在出版之初受到严重误读和猛烈批判，在茅盾和侯金镜等文学大家的力挺下，才渐渐得到广大学者和读者的认可。

同时，由于本书在心理描写和细节描写方面取得突出成就，它不仅标志着作者的创作技巧和创作风格臻于成熟，同时也成为我国文学史上里程碑意义的著作，被誉为"十七年文学"中值得一提的优秀短篇小说。

作者简介

茹志鹃（1925-1998），浙江杭州人，父母早亡，自幼和祖母相依为命，11 岁才得以进入小学读书。祖母去世后，被孤儿院领养，后进入上海妇女文化班学习，1942 年完成初中学业。次年，茹志鹃参加新四军，先在苏中公学就读，后进入部队文工团，1947 年加入中国共产党，同期开始文学创作。

1955 年，茹志鹃从军队转业回到上海，在《文艺月报》做编辑，加入中国作家协会后，又被推选为中国作家协会上海分会理事。除本书之外，茹志鹃还有《静静的禅院》、《高高的白杨树》、《离不开你》、《剪辑错了的故事》、《草原上的小路》、《儿女情》、《家务事》和《一支古老的歌》等作品传世。

名家点评

茅盾：这是我最近读过的几十篇小说中，最使我满意，也最使我感动的一篇。

孙瑞珍：勇于攀登的人，总有希望到达光辉的顶点，茹志鹃就是一个不畏险阻，在崎岖的小路上顽强攀登的人。

冰心：有许多关于妇女先进人物的报道和描写，但是从一个妇女（冰心自指）来看关于妇女的心理描写，总觉得还有些地方，不够细腻，不够深刻，对于妇女还不是有很深的熟悉和了解，光明的形象总像是蒙在薄薄的一层云纱后面，而读了茹志鹃的小说，作为一个女读者，我心里的喜欢和感激是很大的。

红岩

内容梗概

本书是一部长篇小说，同时也是一部经典革命小说。内容讲述了在解放战争前夕的重庆渣滓洞监狱，国民党反动派关押了一批共产党员，并且企图用炎热、蚊虫、饥饿和干渴等方法动摇他们的意志，从而得到想要的情报。但是，共产党员意志坚定，敌人的险恶用心并没有得逞，反而证明了共产党员的革命决心。

小说取材于作者的亲身革命斗争经历，最初是由罗广斌、杨益言和刘德彬合著的一本回忆录，取名《在烈火中永生》，于 1958 年在《红旗飘飘》上出版。以此为基础，罗广斌和杨益言又创作了长篇小说《红岩》，出版后得到热烈反响，被誉为"共产主义的奇书"。

由于影响深远，本书不仅被翻译成多种外文版本，还被改编为红色电影，并且使用了《在烈火中永生》的回忆录原名。

主题思想

本书描写了解放前夕重庆残酷的地下斗争，尤其展现了狱中斗争的艰苦和黑暗，是一部优秀的革命英雄史诗。内容真实描述了在中国革命的历史转折中，一群英雄人物所表现出来的坚强意志和牺牲精神。

从行文方法上看，本书共分为三条主线，其一是监狱中的革命斗争，其二是重庆城内的学生运动和地下工作，其三是农村根据地的武装斗争。通过这三条主线，作者塑造了江姐、许云峰等一批饱满的英雄人物形象，并且以反动政府的黑幕衬托出革命运动的圣杰，同时歌颂了革命者的矢志不渝。

艺术手法

本书的结构宏伟复杂，却不失严谨缜密，以三条主线演绎出纷乱的革命斗争。在具体的方法上，作者参考了《水浒传》布局特点，以人物的活动为中心，辐射出不同的行文线索，并且用迎接重庆解放的共同目标将所有线索统一起来。

在语言运用方面，作者注重心理活动的描写和环境气氛的渲染，从而充分展示了人物的精神世界，为人物的形象塑造起到了重要作用。事实上，由于狱中的斗争较为隐蔽，环境也受到局限，人物的心理活动必然更加丰富，环境和氛围的衬托作用也更加重要。作者准确抓住这一特点，变被动为主动，对不利之处进行大胆细致地加工，反而形成了小说的最大亮点。

此外，作者对于反面人物的刻画，也一改笼统的脸谱化处理，即全部反面人物都戴着"我是坏人"的面具。为了让这些人物形象变得更加饱满，作者深入挖掘和塑造了他们的性格特征，并且用高度的艺术化处理描绘了他们的反动本质。

文学地位

本书所体现的革命精神，是中国共产党人精神品质的高度总结和集中表现，在我国当代文学史上有着崇高地位，以至于衍生出了著名的红岩精神。在她的照耀下，革命先烈抛头颅、洒热血，以革命真理改造社会；老一辈无产阶级革命家，也为国家建设鞠躬尽瘁，无私奉献；改革开放以来对祖国的建设，同样离不开红岩精神的支撑，被中宣部、文化部和团中央评选进入"百部爱国主义教科书"之列。

作者简介

罗广斌（1924-1967），四川成都人，国民党军第 16 兵团司令官罗广文的弟弟，著名物理学家杨振宁的学生。罗广斌出身大地主家庭，却因为恋爱问题与家人决裂，后又在革命思想的影响下，坚定了争取自由的决心。

1948 年，罗广斌加入中国共产党，一边组织发起学生运动，一边利用家族关系进行统战和策反工作。后因叛徒出卖在成都被捕，先后囚于渣滓洞和白公馆监狱，期间拒绝其兄罗广文的保释，坚持留在狱中做斗争。

在解放前夕的重庆，罗广斌策反监狱看守，带领狱友集体出逃成功。新中国成立后，罗广斌历任"共青团"重庆市常委、市统战部长、市文联和作协会员，长期从事革命文化宣传工作，是小说《红岩》的主要创作人。

杨益言（1925-），四川武胜人。在上海同济大学就读期间，因参加反美反蒋学生运动遭学校开除，并且被国民党当局缉捕。获释后返回四川老家，继续宣传革命思想，不久又遭国民党特务逮捕，关押于渣滓洞监狱。重庆解放前夕，随罗广斌越狱成功，新中国成立后进入重庆市委工作。1963 年，杨益言加入中国作家协会；1979 年，当选为中国文学艺术界联合会委员；1980 年，当选为中国作家协会四川分会副主席。

刘德彬（1922–2001），重庆垫江人。1939 年 3 月，刘德彬在重庆梁平读初中时，就以 17 岁的年龄秘密加入中国共产党，并且按照中共中央南方局的命令从事地下工作。1943 年，刘德彬响应党的号召，办理休学手续后前往重庆万县参加游击战争，主要负责文化教育和宣传工作。

"抗战"胜利后，刘德彬回到重庆，复学进入四川省立教育学院就读。期间，刘德彬继续接受中共中央南方局的领导，组织发起学生运动，期间与江竹筠（即江姐）建立深厚的革命感情。1948 年，由于叛徒出卖，刘德彬和江姐先后被捕，关入重庆行辕第二看守所（即渣滓洞监狱）。

重庆解放前夕，国民党反动派对关押在渣滓洞集中营的革命者进行集体屠杀，刘德彬受伤昏厥在死人堆里得以幸免。新中国成立后，刘德彬长期从事对青少年的宣传教育工作，后与罗广斌、杨益言合著回忆录——《在烈火中永生》，后又与罗广斌和杨益言将其改编成为长篇小说《红岩》。

 名家点评

阎浩岗：对这样一部奇书（指《红岩》），中国当代文学史写作不宜忽略，也无法忽略。

城南旧事

内容梗概

本书是台湾著名女作家林海音的代表作，属于自传体短篇小说集，最早于1960年在台湾出版。作者以自己在北京的童年生活经历为背景，并且以自身为素材塑造了小说的主人公英子，寄托了作者对北京的怀念。正如作者自己所说："可是我是多么想念童年住在北京城南时的那些景色和人物啊！我对自己说，把它们写下来吧，让实际的童年过去，心灵的童年永存下来。就这样，我写了一本《城南旧事》。"

20世纪20年代末，在北京城南的一条胡同里，住着6岁的小姑娘英子和她的家人。

在胡同口，有一个每天都在寻找女儿的"疯"女人，她有着悲惨的爱情经历。英子对她的遭遇非常同情，历尽周折帮她找回了女儿，哪知此举虽然帮了"疯"女人，却也害了她。因为在找回女儿后，"疯"女人决定带着女儿去找丈夫，结果在车祸中惨死。

这件事给了英子很大打击，以至于她生了重病，差点就小命不保了。全家搬到新帘子胡同后，英子又认识了一个苦命的青年，他为了帮助自己弟弟上学，不得不去偷东西。英子不知道该不该相信他，迟疑中暴露了苦命青年的行踪，最终导致他被抓走，这件事让英子非常自责。

随后，故事转入英子的家庭内部，她先是把兰姨介绍给了德先叔，让他把兰姨带走。而后又开始了解奶妈的身世，知道她两年前死了儿子，女儿也被丈夫送人，她只能狠下心跑到英子家做奶妈。不过，奶妈最后还是被她的丈夫接走了，小说由此进入尾声。

父亲过世之后，英子随家人赶赴远方，带着种种疑惑告别了自己的童年。

此外，本书编为小说集出版后，还收录了《城南旧事》（代序）、《忆儿时》、《惠安馆》、《我们去看海》、《兰姨娘》、《驴打滚儿》、《爸爸的花儿落了 我也不再

122

是小孩子》、《冬天·童年·骆驼队》（后记）和《英子对英子》（东京小住札记）。

本书通过英子的视角，叙说了北京城的各种前尘旧事，虽然看似关注点有限，却反映了当时北京城的历史风貌，具有极高的社会意义。英子作为文中的主线人物，每每面临一些与理想有巨大差异的事情，而这也恰恰体现出她心灵的美好和脆弱。

其中，作者将最浓厚的笔墨用在了一些悲剧人物的故事上，不仅为英子提供了展示心灵的背景，也为读者提供了震惊和深省的题材。小说以众人都离英子而去收尾，表现了作者童年经历的悲伤，以及对故都北平的怀念。

艺术手法

作者以自己的童年经历为素材，以自身为小说主人公原型，带有明显的自传色彩。但是全书的主题并未因此受到局限，作者以小见大，用自己的平凡经历展示了历史的风云变幻，艺术手法独具匠心。据此，本书形成了独特的认知价值和社会意义，对于台湾文坛的发展起到重要影响。

文学地位

本书是作者的代表作和成名作，也是其童年生活的艺术写照，同时还是当时北京平民的生活缩影。据此，本书曾被《亚洲周刊》评为"20 世纪中文小说 100 强"，同时也在《百年百部儿童文学经典书系》之列。可以说，本书既是我国原创儿童作品的集大成者，也形成了重要的现实意义和历史价值，是我国文学史上不可多得的优秀作品。

1983 年，本书改编成为同名电影剧本，影片获得"中国电影金鸡奖"等多项荣誉，影响遍及数十个国家和地区。

作者简介

林海音（1918-2001），原名林含英，小名英子，台湾人。林海音生于日本大阪，3岁时随母亲返回台湾，日寇割据台湾后，林海音全家迁往北平，在这里躲过了她的大部分童年时光。16 岁时，林海音考入北平新闻专科学校，期间受到"五四"文化影响，开始以记者身份创作和发表文学作品。

新中国成立前夕，林海音举家迁回台湾，继续从事文艺工作。1953 年，林海音出任《联合报》副刊主编，曾帮助大批新老作家推出作品。1967 年，林海音离开《联合报》，与朋友合办《纯文学月刊》，随后又创立了纯文学出版社，发行了大量优秀文学作品。1989 年，林海音回到阔别 40 余年的北京，从此开始为两岸文化交流积极奔走。

除本书外，林海音还有散文集《窗》、《两地》、《作客美国》、《芸窗夜读》、《剪影话文坛》、《一家之主》、《家住书坊边》，散文小说合集《冬青树》，短篇小说集《烛心》、《婚姻的故事》、《绿藻与咸蛋》，长篇小说《春风》、《晓云》、《孟珠的旅程》，广播剧集《薇薇的周记》等诸多佳作。

吴贻弓：我被小说《城南旧事》中那种沉沉的相思、淡淡的哀愁深深打动了，整部小说充满了朴素、温馨的思想感情。

凌梦：看《城南旧事》，心头漾起一丝丝的温暖，因为已经很少看见这样精致的东西，因为她不刻意表达什么，只一幅场景一幅场景地从容描绘一个孩子眼中的老北京，就像生活在说它自己。那样地不疾不徐，温厚淳和，那样地纯净淡泊，弥久恒馨，那样地满是人间烟火味，却无半点追名逐利心。

叶圣陶：久仰其大名，却一直没有兴趣看。在 22 岁的今天，已经彻底告别了我的童年、少年、青年，却不可救药地迷恋起儿童文学，喜欢里面的单纯、质朴与干净。今天看完这本《城南旧事》，有种相见恨晚的感觉，为何早先我不知道这是部如此精良的作品？

创业史

本书是一部长篇小说，最早由《延河》杂志连载发行，1960 年由中国青年出版社首次出版单行本。内容描写了我国西北地区一个名叫蛤蟆滩的小村庄的历史演变，反映了我国农业合作化运动初期的社会矛盾。作者从社会、思想和心理层面出发，对这场变私有制为公有制的社会运动，进行了深入细腻的描写。

小说以梁老汉一家三代的悲惨创业史开篇，对中国数千年以来农民所走的道路进行概括总结，表明农民在私有制的道路上无法真正走向富裕。同时表明只有在党的领导下，通过走社会主义的发展道路，农民才能翻身做主，中国才能走向繁荣富强。

即便如此，在通往社会主义的大道上，也不可能一帆风顺。作者通过描写梁生宝互助组的发展过程，全面深入地揭开了农业合作化的复杂斗争，并且将反动势力自然分化为三股力量，一是富裕中农郭世富，公开反对梁宝生互助组的活动；二是反动富农姚士杰，躲在郭世富背后出谋划策，属于典型的阶级敌人；三是新生中农郭振山，他是党内人物，却热衷于个人发财，暗中抵制农业合作化运动。

这三股势力各怀鬼胎，他们相互之间也存在矛盾，但是在反对农业合作化的道路上却走在了一起。他们虽然强大，但是梁生宝互助组一方面有党的领导，一方面依靠、团结和教育农民群众，取得了一次又一次斗争的胜利，展现了社会主义的强大生命力，同时也表明了只有社会主义才能救中国的核心理念。

如此复杂而深入的矛盾体系，足以证明作者对农民运动的观察之细致，这和他扎根农村长达 14 年的生活经历密不可分。而本文通过对一个小村庄的矛盾展示，也普遍揭示了当时整个华夏大地所有农村反动力量，即原本的资本主义势力，潜伏在暗地里的阶级敌人和党内走资本主义道路的代表人物。

在小说中，作者将自己观察到的社会矛盾做了艺术处理，但并未丧失其真实性、残酷性、严峻性和复杂性，而是对具体问题进行了具体阐述。比如，除了处于对立面的三大反动势力，基本由贫农组成的梁生宝互助组内部，也存在一些观念和意识落后的人，表明了作者在坚持对敌斗争的同时，也决不能放松自身团队建设的警惕性。

尤其难能可贵的是，作者并没有对各种势力进行"一刀切"式的笼统描述，而是深入细致到了每个阶级、每个阶层、每个家庭和每个人的特征，甚至对党组织内部每个人的性格思想都做了展示，只因这些都是影响农业合作化发展道路的有机组成因素，从而真实展现了错综复杂的社会主义革命斗争。

最后，作者对农业合作化表明了自己的观点和立场，事实上也为农业合作化的发展指明了道路。即农业合作化和土地改革不同，后者是针对阶级敌人的斗争，可以用政治手段干净利索地消灭一切反动力量。而前者则是人民内部矛盾，只有通过教育引导的方式，让反动势力摆脱腐朽落后的思想，才能最终持续、稳定、健康地进行农业合作化运动。为此，作者并未描写轰轰烈烈的大事件，而是细心地剥丝抽茧，一点点抚顺实际革命生活的普通事务，确保以共同富裕促使农民自觉走上农业合作化道路，发自内心地热爱和信仰社会主义。

 主题思想

本书以渭河平原下堡乡蛤蟆滩为背景，以梁生宝互助组的革命斗争为主线，指出了当时农村发展的两极分化问题，表明了对民众进行引导教育的紧迫性和重要性，同时以动态和发展的眼光，描绘了中国农村在社会主义改造过程中的历史风貌和群众形象。由于本书的主题思想契合时代潮流，内容深入细致且不失真实，同时又具有重要的启发作用，故成为同类题材作品中经得起历史考验和后世推敲的绝世佳作。

艺术手法

本书是对历史生活的反映和总结，最明显的艺术手法是从大处着眼，向纵深剖析，从而形成了史诗般的规模和质感，其独特之处和可贵之处受到后世大力推崇。具体来讲，本书有三大艺术特色：

1. 题材选用。作者描写农民运动这一宏大的历史运动，却将目光聚焦到一个小村庄和一个农民互助组上，并且深入挖掘其农业合作化中的矛盾问题，展现了诸多不为人知的社会深层问题，塑造了一批具有代表性的农民形象。

2. 人物塑造。作者笔下的人物多如牛毛，几乎涵盖了农村各个阶级和阶层的所有典型，同时为他们赋予独立的性格特征和命运安排，从而使每个人物形象都显得饱满生动。塑造如此多的典型人物，实际上已经极大拓展了小说的深度，再加上与社会运动紧密相连，自然形成了小说的广度，由此完成了深度和广度的统一。

3. 结构安排。由于作者初步确定了本书的史诗规模，因而在结构的安排上，采取了多卷式的布局（最初设计为四部，但作者生前仅完成两部）。其中，第一部在结构上的作用是"题叙"和"结局"，也就是小说安排了背景和伏笔。如此一来，第一部就有了独立成文和系统成书的双重属性，以便更好地诠释社会运动在历史长河中的前世今生。

文学地位

本书是一部反映农业合作化运动的史诗级巨著，在我国当代文学史上具有承前启后的重要作用。作者为了铸就小说的深度，曾经和农民同吃同住 14 年之久，对于农村的人物有了充分了解，其塑造的梁生宝、梁三老汉、郭世富、姚士杰和郭振山等农民形象，都是我国当代文学史上的艺术明星。

此外，本书在结构上气势恢宏，文笔上遒劲老道，显示出作者深厚的创作功底。语言方面，作者力求质朴凝重，抒情部分显得浑厚真实，形成了极强的感染力。凭借这些高超的艺术成就，作者和赵树理、周立波、孙犁并列，被称为我国当代文化史中描写农村生活的"四大名旦"和"四杆铁笔"。

作者简介

柳青（1916-1978），原名刘蕴华，陕西吴堡人。柳青出身贫苦的农民家庭，但是他聪明好学，在 1927 年考入了镇上小学，期间加入中国共产主义青年团，受到先进文化影响。1931 年，柳青考入榆林省立第六中学，开始阅读鲁迅、郭沫若、茅盾和高尔基等人的著作，并且开始初期的文学创作。

"西安事变"爆发后，柳青积极组织领导学生运动，被吸收成为中国共产党党员，并出任《学生呼声》主编，从此走上了文艺革命的道路。"抗战"爆发后，柳青毅然随八路军开赴战场前线，开始了扎根基层的文学创作。1940 年，柳青回到延安，创作了大量革命文学作品，为我国军民抗战做出重要贡献。

1952 年 8 月，柳青出任陕西长安县委副书记，主管农业互助合作化，并亲自指导皇甫村的农业互助合作化工作。1953 年 3 月，柳青辞去政府职务，在黄埔村定居 14 年，从此开始一心创作本书。截止到 1960 年，前两部作品创作完成，但是由于受到社会运动冲击，他在余生当中并未完成后两部的创作。

除本书外，作者还有短篇小说集《地雷》，中篇小说《咬透铁锹》，长篇小说《种谷记》、《铜墙铁壁》等作品传世。

名家点评

杨凡：著名作家柳青，是我国当代现实主义文学的杰出代表，在我国当代文学史上有着重要的地位和深远的影响，尤其是他创作的长篇小说《创业史》成为反映那个年代最重要的作品之一。

陈忠实：《创业史》是陕西作家柳青在长安的秦岭下完成的，它的艺术成就远远超出了个人的意义，而是属于中国当代文学的一个高度的标志。

路遥：在中国老一辈作家中，我最敬爱的是两位，一位是已故的柳青，一位是健在的秦兆阳。

刘炜：柳青是以作品魅力和人格魅力共同作用，在陕西人心中建起一座雕像，陕西省现代多位作家都受他作品影响。

将军族

本书是一部短篇小说，最早由《现代文学》发表于 1964 年，内容讲述了发生在社会底层的一个爱情故事。男主人公是"三角脸"，女主人公是"小瘦丫头"，他们就像是鲁迅笔下的阿 Q 一样轻贱，没有自己的名字，而只有一个绰号，这一点与作者师承鲁迅也有一定的联系。

其中，"三角脸"是从大陆逃亡台湾的退伍老兵，已经年过四十却孑然一身，在"康乐队"中吹喇叭维持生计。"小瘦丫头"是贫苦人家的女儿，生活所迫被家里卖到妓院，但是她坚持卖艺不卖身。为了保住自己的信念，她不得不从妓院逃出来，并沦落到"康乐队"中扮演小丑。

"三角脸"无家可归，"小瘦丫头"有家难回，可谓是天涯沦落人，"三角脸"不禁对"小瘦丫头"动了感情。于是，自惭形秽的"三角脸"将全部积蓄留给"小瘦丫头"，然后悄悄离开了"康乐队"。可惜，"小瘦丫头"的命运并未因此改变，她最终还是落入红尘，并且被嫖客弄瞎了一只眼睛。这个时候的"小瘦丫头"，心中只剩下一个信念，那就是无论如何都要找到"三角脸"，这也是她活下去的唯一理由。

5 年之后，两人终于在一次乡村葬礼上重逢，他们抛开彼此的肮脏过去，深情地结合在了一起。但是，他们对爱情的追求是纯真的，为了让这份爱情得到绽放和延续，他们决定结束自己的生命，最终双双殉情于甘蔗林。

主 题 思 想

作者通过描写一对底层社会小人物的爱情悲剧，揭示了当时社会的黑暗与丑陋，表达了对不公的抗议，同时也赞美了小人物的纯洁与勇敢。作者为小说取名《将军族》，意在体现他们虽然是微不足道的小人物，身上却有着像将军一样的高贵品格。

作者借用西方小说技巧，运用了象征、暗示和时空交错的艺术手法，故事情节或者随着人物的意识流动而展现，或者随着人物的对话而展现。纵观整部作品结构，现实和回忆交替前行，具有明显的跳跃性，却又不失严谨性。

在情景的设置上，作者没有追求故事的完整性，而是做了很多淡化处理。比如"三角脸"和"小瘦丫头"分开的 5 年时间，作者只用了寥寥 8 个字——"几支曲子吹过去了"，表现出作者虚实结合的高超技艺。

此外，象征手法的运用也是本书一大特色，包括整体象征和局部象征。小说开篇，作者即描写了一场葬礼上的萨克斯名曲——《荒城之月》，让小说瞬间笼罩了一层如同薄雾般的悲剧色彩。此后，"三角脸"吹奏的《游子吟》，以及"小瘦丫头"吹奏的《马萨永眠地下》，这种"以乐写哀"的象征手法，都为他们的悲剧命运埋下了伏笔。

最后，本书在语言方面也极富特色，即以质朴简洁的语言营造氛围和塑造人物，从而使小说内容更加通俗易懂。应该说，作为台湾乡土派作家的代表，作者的这一语言特色是一贯的，并且在本书中得到了更加高超和娴熟的表现。

文学地位

本书紧扣时代主题，又具有独特的艺术风格，早在 1999 年即获得了"台湾文学经典"的荣誉，对台湾乡土文学理论的发展建设形成了深远影响。1997 年，中国社会科学院授予作者"荣誉高级研究员"称号，乃是对其更高级别的肯定。2003 年，作者获得马来西亚"花踪世界华文文学奖"，成为继王安忆后第二位获此殊荣的华人作家。又因为作者始终关注台湾社会的现实问题，并且敢于在作品中揭露其中的不足，而获得"台湾的良心"和"老灵魂"等赞誉。

作者简介

陈映真（1937-），原名陈永善，笔名许南村，台湾人。1957 年，陈映真考入淡江英专（今淡江大学）英语系，期间开始文学创作，并受到鲁迅等左翼作家的思想影响。1968年，陈映真因宣传左翼思想被台湾当局批捕，被判有期徒刑10年，1975年蒙特赦提前三年出狱。

此后，陈映真的文学创作开始转向现实主义，并且专攻乡土文学，接连发表《建立民族文学的风格》、《文学来自社会反映社会》和《乡土文学的盲点》等左翼文章。1979年，陈映真再次遭到台湾当局的批捕，36小时之后他便得到无罪释放。

在此之后，陈映真开始有大量作品问世，并于1985年创办《人间杂志》，后来又成立人间出版社。由于具有坚定的祖国统一意识，陈映真在1988年成立"中国统一联盟"，任首届主席，并且在1999年出席中华人民共和国成立50周年庆典。

名家点评

蒋长兰：台湾著名作家陈映真先生是一位非常讲究艺术技巧的作家，这一点在他早期的短篇小说《将军族》中表现得尤为突出。

杨晓勤：《将军族》的独到之处在于：作者凭借始终不渝的脉脉温情，营造了一段发生于下层民众间的流离失所的爱情故事。全文笼罩于清雅和圣洁的薄雾之中，宛若童话的情调。

刘继明：陈映真不单是一位创作丰硕的作家，而且是一个积极参与文艺论争和政治事务的评论家及社会活动家。他的创作和经历相当集中地体现了近半个世纪以来台湾社会的复杂变迁。

台北人

内容梗概

本书是一部短篇小说集，共收录了作者于 20 世纪 60 年代创作的 14 篇作品，最早于 1971 年出版单行本。这 14 篇小说分别为：《游园惊梦》、《冬夜》、《孤恋花》、《国葬》、《花桥荣记》、《金大班的最后一夜》、《梁父吟》、《满天里亮晶晶的星星》、《那片血一般红的杜鹃花》、《秋思》、《思旧赋》、《岁除》、《一把青》、《永远的尹雪艳》。

至于书中所说的台北人，实际上是沦落台北的"大陆客"，这些人对远在大陆的亲人和故乡朝思暮想，表现出强烈的"大陆情节"。本书中塑造的人物，基本涵盖了台北社会的各个阶层，他们来自全国各地，贫富程度悬殊，从事的行业也不同，但无不背负一段沉痛的关于大陆的回忆。

主题思想

本书是一部内容错综复杂的短篇小说集，内容描写了台湾各阶层人士在时代转化中的风云际会，揭示了历史的沧桑和人生的曲折。此外，小说涉及的社会面较广，形形色色的人物形象无不诠释着无奈和落寞的主题，这也让作者的内心世界得到了一定的寄托和展现。

艺术手法

本书首先在叙事模式上表现出两大特点，一是主人公经常在回忆和现实中来回穿梭，这种交错结合的写作方法具有鲜明的意识流色彩；二是以人物对话的形势展开通篇内容，并且有好几篇小说都是如此，这种看似简单实则困难的艺术手法，表现了作者高超的写作技巧。

在行文风格上，作者通过对民国历史的艺术处理，表达了对历史和个人的命运思考，集中描述了在今日与昔日、历史与现实、传统与当下对比中，失去了文化根基的中国人。14篇小说看似自成一体，实际上构成一个有机的整体，让本书形成了足够的质感。

此外，极富个性的语言安排，传神灵动的环境描写，以及形象老练的外貌塑造，都使本书形成了鲜明的艺术特色。

文学地位

本书是"20世纪中文小说100强"作品，其成功之处在于中西方文化的结合运用，正如作者本人所说："对西方文化的追寻、了解，对中国传统文化的回归与认同，这两种思潮融合，我想就会有一个新的文学局面出来。"

作者出身名门，自幼受到良好的传统教育，后又久居美国，本身就受到中西两大文化的影响。在本书中，他将自己的古典文学功底和西方现代文学修为融为一体，经过艰苦地探索和大胆地实践，开辟出一条全新的文学创作之路。这条道路脱离了时代弊病，又具有浓厚的社会意识，从而将华语文学推升到了一个新的高度。

作者简介

白先勇（1937–），生于广西桂林，家人多居于台湾，本人定居美国，国民党高级将领白崇禧是他的父亲。白先勇少年时体弱多病，7岁时被查出肺结核，因而不能像普通孩子一样入校就读。

"抗战"爆发后，他随全家辗转重庆、上海和南京等地，1948年迁居香港，不久后又移居台湾。1956年，白先勇考入台湾省立成功大学（今"国立"成功大学），期间开始进行文学创作，并且与同学共同创办《现代文学》杂志，出版了大量优秀作品。

大学毕业后，白先勇赴美国深造，取得爱荷华大学硕士学位后，前往加州大学圣塔芭芭拉分校教授中文，后定居于此。除本书外，白先勇还有短篇小说集《寂寞的十七岁》、《纽约客》，散文集《蓦然回首》、《明星咖啡馆》、《第六只手指》、《树犹如此》，长篇小说《孽子》，电影剧本《玉卿嫂》、《孤恋花》、《最后的贵族》，另有整理作品明代大剧作家汤显祖的戏曲《牡丹亭》、高濂的《玉簪记》，并撰有父亲白崇禧及家族传记。

名家点评

夏志清：《台北人》甚至可以说是一部民国史，因为《梁父吟》中的主角在辛亥革命时就有一度显赫的历史。

欧阳子：白先勇才气纵横，不甘受拘；他尝试过各种不同样式的小说，处理过各种不同类型的题材。而难得的是，他不仅尝试写，而且写出来的作品，差不多都非常成功。

家变

本书是一部现实主义长篇小说，作者耗时 7 年才告完成，最早由《中外文学》于 1972 年发表。由于小说从立意到行文皆有"离经叛道"之处，出版之初即轰动整个台湾文坛，台湾文学界人士曾多次齐聚一堂，研究本书的内中曲折，并发表关于本书的评论。

内容以父子两代人的矛盾冲突为主线，描写了台湾小公务员阶层的艰苦生活，以及他们在金钱观念和西化风潮的影响下，发生精神世界和心理活动的双重畸形。同时，作者在小说中自创了很多字词，这对于艺术人物的形象塑造，尤其是对于其心理活动的展示，起到了极大的积极作用。

主题思想

本书的时间背景定格在 20 世纪 60 年代，台湾社会正处于转型阶段，传统的家庭伦理观念受到西方文化冲击，本书对范家父子的描述，就是这一时代洪流的缩影。小说中的主人公范晔，不仅对生养他的父亲深恶痛绝，而且将这种心理作用到了实际行动上。作者以此直刺传统道德中的人伦观念，预示着中国传统文化的日渐衰落和行将崩溃，从而刻画出青年人对老年人的心理变化。

艺术手法

本书在艺术手法上主要有三大特色：

1. 文字运用灵活。为了追求表意的准确性和丰富性，作者在文字的运用上可谓灵活多变，极少有重复拖沓和模糊不清的地方。在此基础上，作者还创造了很多新词新字，这在我国文学史上是非常少见的现象，自然成就了作者的艺术特色。

2. 笔触细致入微。在小说的谋篇布局上，作者选取了比较狭窄的艺术空间，这就注定了人物塑造过程中的深入性和细致性。难能可贵的是，作者在保持笔触细致入微的同时，并未出现堆砌和繁复的迹象，而是以不同特征加以区分，使笔触的细致入微显得错落有致。

3. 语言贴切精准。中国文字的一大特性是"活"，即某些语言在一段历史时期内会频繁使用，但是在其他时期则会销声匿迹。作者极为关注这一点，他全面隐去了那些被时代淘汰的语言，全力吸取并创作引领时代新潮的语言，形成了极大的语言魅力和文字力量。

文学地位

本书在台湾文学史上一直颇具争议，反对声音认为作者离经叛道，是对传统文化的亵渎，以及对西方文化的谄媚；支持声音则认为作者开拓创新，形成了大胆新奇的个人风格，是对传统文化的丰富，以及对西方文化的吸收。为此，台湾文学界曾多次展开讨论，评论文章更是多如牛毛，如果单纯从艺术角度来讲，这一点已经证明了本书的魅力。

作者简介

王文兴（1939–），原籍福建福州，出身书香世家。1946 年，王文兴随家人迁居中国台湾，就读于台湾师范大学附属高级中学，期间开始文学创作。1958 年，王文兴高中毕业，考入"国立"台湾大学外文系，曾与同学白先勇、欧阳子、陈若曦等创办《现代文学》杂志。

大学毕业后，王文兴前往美国爱荷华大学进修艺术硕士，学成回国后任台湾大学外文系讲师。1979 年，王文兴升任教授，主讲英美小说，主张精读、慢读，受到广大师生的认可和欢迎。2005 年退休后，王文兴开始潜心著述，有大量优秀作品问世，在国内外形成广泛影响，并因此获得多项殊荣。

名家点评

颜元叔：我认为《家变》在文字之创新，临即感之强劲，人情刻画之真实，细节抉择之精审，笔触之细腻含蓄等方面的造诣，使它成为中国近代小说少数杰作之一。

朱西宁：如果说读《家变》不习惯，这是很自然的现象。但是，读者应该试着去习惯王文兴，而不应该要求王文兴来习惯读者。

张系国：这一部小说在我自己感觉中有其象征的价值，写出年轻一代对老一辈的心理变化，较同类型的小说来得深刻得多。

罗门：采取近乎电影的写实镜头，灵活，精微，而真挚，有时更美得迷人。且能引起那种潜向内心的感动……结构形态新颖，精巧，优美……《家变》确是一部对现代美学与现代精神有所探索与发现的小说。

李自成

本书共五卷，内容以明末明、清之间的农民战争为主题，描绘了诸多历史画卷，刻画了不同阶层的代表人物，并且展现了各个社会阶层和各个利益集团之间错综复杂的矛盾。作者以全面深入的历史视角，描写了明末清初的社会进程和波澜壮阔的农民运动，揭示了农民战争和历史发展的必然规律。

在小说中，李自成进入北京之前是杰出和进步的形象，他胸怀大志，关心百姓，军纪严明，上下一心，在生灵涂炭的明末顺应了民心民意。然而，在进入北京之后，李自成的表现相比自缢煤山的崇祯皇帝要差很多，他自视天下在握，不听忠臣良言，忽视朝野危机，纵容大臣们演练登基大典。其帐下主要武将刘宗敏更是带头敲诈明朝遗老，大肆败坏军纪，中下层将士更是一通烧杀抢掠。

不仅如此，李自成还错估了形势，他不顾谋士宋献策和李岩的劝阻，亲自率兵进军山海关，意图迫使吴三桂投降。不料吴三桂狗急跳墙，引清兵入关击溃了李自成大军，迫使他丢盔弃甲而逃，最终在湖北的九宫山被村民杀死。而吴三桂虽然最终起兵反清，但是仍旧和宋朝的秦桧一样，被永远钉在了中华民族的耻辱柱上，另一个汉奸洪承畴也在后来被康熙编入《贰臣录》。

主 题 思 想

作者以李自成领导的农民起义为主线，记述了其从弱小到强大，从失败到成功的过程，全方位、立体式地再现了明末清初的农民运动，揭示了农民运动"其兴也勃，其亡也速"的脆弱性和局限性，同时表达了自己对苦难民众的无限怜悯。

艺 术 手 法

小说首先塑造了李自成和崇祯等一批人物形象，李自成进入北京前后的思想性格变化，以及崇祯皇帝维护风雨飘摇的明政权的决心，都是极具深度和广度的描写；其次，作者在历史场景上用心良苦，他从宫廷写到战场，从都城写到乡村，不仅笔触生动真实，而且转换不着痕迹；此外，作者对朝堂政斗和沙场交锋，也运用了恢宏细腻的笔法，每每给人亲临历史实景的感觉。

在结构上，本书的严谨性也向来为人称道。本书作为长篇历史小说，无疑会展开错综复杂的情节，塑造数量庞大的人物，时间和空间的转换也会比较频繁。但是，作者在谋篇布局方面统筹兼顾，遍地开花的同时又不失突出主线，并且创造性地运用了多条主线复合发展的结构，整个故事以螺旋方式向前推进，可谓灵活自如又层次分明。

最后，作者将整部小说分为五卷，又把每卷分为若干章节，并且把每个章节打造成为相对独立的单元，同时又使所有章节保持一定的关联。这样一来，小说就变得开合自如，张弛有度，精彩纷呈，前后呼应。以此为基础，作者还加入了民族语言风格，以及大量诗词和书信形式，从而一举提高了小说的艺术气息。

文学地位

本书共五卷，合计 300 余万字，历时 42 年完成，是名副其实的史诗级巨著。内容以李自成领导的农民起义为主线，着力刻画人物性格的复杂性，空间上跨越了从北到南和从西到东的大半个中国，事件上更是包罗万象，弥补了"五四"新文化运动以来长篇历史小说的空白，有"明清之际中国社会百科全书"之称。

此外，本书的艺术手法是多种多样的，其艺术成就也是脱颖而出的。可以说，本书的出现，标志着我国当代历史小说创作达到了一个新的高度，同时也为读者生动真实地呈现了明末清初的历史画卷。

作者简介

姚雪垠（1910-1999），原名姚冠三，河南邓县人。姚雪垠出身没落的地主家庭，自幼生活窘困，但听外婆讲故事的经历，却奠定了他最初的文学基础。9 岁时，姚家因匪祸迁居县城，姚雪垠在读了一年多私塾后，得以进入焦会小学就读，课余仍以听艺人说书为趣。

1924 年，姚雪垠进入信阳中学就读，一次归途中忽遭土匪绑架，居然传奇般地认了一个土匪头目为义父，并且在匪巢生活了 100 余天。此后，姚雪垠因战乱辍学居家，开始进行文学创作，并且在樊城的鸿文书院接触到"五四"思想读物，这让他毅然决定投身军旅。

1929年，姚雪垠考入河南大学法学院，期间进一步接触马克思主义读物，并且开始陆续在《河南日报》副刊发表作品。1931年，姚雪垠被校方以"思想错误，言行荒谬"为由除名，这让他从此踏上文学创作之路。"抗战"爆发后，姚雪垠赶赴开封，与朋友合办《风雨》周刊，并且出任主编一职，积极从事抗日救亡宣传活动。

新中国成立后，姚雪垠进入上海大夏大学任副教务长兼代理文学院长，期间有大量优秀文学作品发表。1953年，姚雪垠迁居武汉，成为一名专职作家，1976年开始创作长篇历史小说《李自成》。1978年，姚雪垠被推选为第五届、第六届全国政协委员，及湖北省文联主席，三年后加入中国共产党。

名家点评

胡绳：《李自成》并不是单纯反映明末农民起义，而是以这支农民起义为中心，写出一部中国封建社会的"百科全书"。

茅盾：《李自成》写潼关大战，脱尽《三国演义》和《水浒传》之传统写法，疏密相间，呼应灵活，甚佩甚佩。

严家炎：《李自成》……一个重要贡献，是对传统悲剧观念的突破，把悲剧人物的性格更深一层地推进，许多对立面的人物都有了悲剧意味……总的看来，第三卷对前两卷的悲剧观念有了新的突破，为农民起义战争降下帷幕做了极其悲壮的铺垫。

朱光潜：作者对明末历史背景有充分的掌握，博学多闻，胆大而心细，文笔朴素而生动，《红楼梦》以来，还少见这样好的长篇历史小说……《李自成》吸取了西洋小说的写法，而又根植于民族土壤。

芙蓉镇

本书是古华的代表作，属于长篇小说，是一部对历史进行深切反思的文学作品。正如作者自己所说，这部小说的笔调沉重而严酷，揭示了极"左"思潮带来的社会危害，同时又包含作者对三中全会后党的总路线的赞扬，以及表达对来之不易的新生活的无限热爱。

三年困难时期过后，我国农村经济开始全面复苏，胡玉音在粮站主任谷燕山和大队书记黎满庚的帮助下，做起了红红火火的豆腐生意。1964年，她用辛苦赚来的钱盖起了新房子，却因遭逢"四清（清政治、清经济、清思想、清组织）"运动而被封，本人也被定性为"新富农"。受其牵连，丈夫黎桂桂自杀，黎满庚和谷燕山也被撤职。

1966年之后，胡玉音更是受尽屈辱，所幸得到秦书田的慰藉。秦书田是一名"右派"分子，他表面自轻自贱，内心却正直勇敢，二人很快结成"地下夫妻"。三中全会后，胡玉音摘掉了"新富农"的帽子，秦书田被摘掉了"右派"的帽子，黎满庚和谷燕山也恢复了政府工作。

1986年，本书被改编为同名电影，引起社会广大反响，并获得多项荣誉。

作者把自己经历20余年的南方乡村生活经历，浓缩投射到了本书中，寓政治风雨于民俗风情，借人物命运演绎乡镇变迁，全面展现了我国南方乡村在20世纪六七十年代的社会场景和人文情调。

小说以胡玉音的悲欢离合为主线，描绘了民众生活的起起伏伏，揭示了极"左"思潮为农村带来的破坏，前后经历经济复苏时期、"四清"时期和十一届三中全会之后。在如此风云突起的动荡岁月中，作者塑造了各式各样的人物形象，上演了一台台发人深省的历史悲喜剧，从而成为那个时代全中国的缩影。

艺术手法

20 世纪 70 年代末至 80 年代初，一批作家从政治和社会层面出发，对错误的政治运动的性质进行了全面深入分析，从而完成对历史的经验教训总结。本书即是这批作品中的代表作，作者以深邃敏锐的目光和理性深刻的视角，突显了故事的政治背景和时代色彩，加强了对历史和现实的批判力度。

作者以小山镇的青石板街为小说舞台，以一个寡妇的人生遭遇为主线，塑造了一批人物形象的同时，也创造了一个"五脏俱全"的小社会。在四段特殊的历史时期，确切地说是在四场政治运动中，这群小人物演绎了一场场悲欢离合，从而映射出整个时代的大场景。主要人物除了善良勤劳的主人公胡玉音，还有正面人物秦书田、谷燕山、黎满庚，以及反面人物李国香、王秋赦，每个人物形象都可谓独具一格、血肉饱满。

文学地位

本书最早由《当代》于 1981 年发表，经过作者修改之后，同年 11 月由人民文学出版社出版。在此之后的两年里，作者收到 800 余封读者来信，《光明日报》、《中国青年报》、《作品与争鸣》、《小说选刊》、《文汇报》和《文艺报》等，都发表了相关评论文章。

1982 年，本书在首届茅盾文学奖中夺魁。1986 年改编为同名电影上映后，在电影票只有几毛钱的当时，居然创下了过亿票房。可以说，无论是在小说界还是在电影界，本书都是反思文学和乡村小说中的佼佼者。

作者简介

古华（1942–），原名罗鸿玉，湖南嘉禾人。1961 年，古华毕业于郴州农业专科学校，随即前往湖南五岭山区农场工作，期间开始业余文学创作。1975 年，古华成为郴州歌舞团的一名创作员，打下了扎实的文学功底。1978 年，古华发表长篇小说《芙蓉镇》，立即引起文艺界极大关注，并一举获得茅盾文学奖。

1980 年，古华加入中国作家协会，同年进入北京人文讲习所进修。1985 年，古华被推选为中国"作协"理事和湖南省作家协会副主席，现旅居加拿大。除本书外，古华还有短篇小说集《莽川歌》，长篇小说《山川呼啸》，中篇小说《水酒湾纪事》，短篇小说《杏妹》等作品传世。

黄伟林：作为一部宏大叙事的现实主义小说，古华的《芙蓉镇》充分表明，后发现代国家的现实主义文学，表面讲述的是个人故事，实际表现的是国家命运。

邹思源：《芙蓉镇》吸引我的是作者手中那支散发着浓厚泥土香气的画笔，那夹岸长满木芙蓉的一河绿波，那边远山镇青石板街上的鸡鸣狗吠，那五岭上脉腹地里悠扬的民歌。

覃发业：《芙蓉镇》，特殊的年代，投射出特殊年代的风雨雷电；特殊的文化背景，叙说着特殊文化背景的辛酸与血泪……以别样的口吻向我们叙述了历史的悲惨花絮。透露出别样的历史含义。

棋王

内容梗概

本书以 1966–1976 年之间的中国历史为时代背景，以"我"为叙事主线，讲述了一个棋王"王一生"的传奇经历。小说中，"我"在下乡的火车上与王一生相识，下车后分在不同的农场，又因为王一生来"我"所在的农场斗棋而相遇。由于不是对手，"我"给王一生介绍了生产队里的下棋高手"脚卵"，结果仍然不是王一生的对手。

不久之后，县里举行运动会，下棋也在比赛项目的行列之中，王一生自然想去。可惜，由于经常请假外出斗棋，王一生被取消了参赛资格。不过，棋王终归是棋王，他虽然没能参加比赛，却邀请此次下棋比赛的前三名斗棋。如此一来，加上赶来凑热闹的人，王一生同时与 9 人对阵。结果，王一生连胜其中 8 人，并且是为了照顾第 9 个人的面子，才故意与之和棋，这让王一生立即成了远近闻名的棋王。

主题思想

本书风格平实无华，却意趣自得，具有明显的道家风格。小说主人公王一生下棋，讲究"弱而化之"，"造势而为"，"无为而无不为"，这显然是道家的哲学思想，同时也是作者想要表达的主题思想。

众所周知，政治运动时期人们的精神生活相对匮乏，很多人甚至因为不堪生活压力而选择自杀。在这样的情况下，人们的精神出路在哪里，作者指向了道家思想，并且通过王一生具体呈现了出来。不难想象，在众多以阴郁凝重格调反映错误政治斗争生活的作品中，本书所呈现的出世哲学，无异于一朵出水莲花，给人强烈的耳目一新感。

艺术手法

本书以第一人称"我"为行文主线，但实际上却"我"也只是起到主线作用，真正的主人公是棋王——王一生。"我"和王一生的接触，整个过程是从相识到相知，而这个层层推进的交往过程，也是作者不断深入挖掘和呈现人物特点的过程，成功塑造了一位洒脱之士的仙风道骨形象。

此外，作者还暗藏了一个巧妙的对比，即"我"和王一生的对比。"我"是一个普通得不能再普通的人，悲惨的遭遇，无奈的抉择，艰苦的生活，惨淡的心境，都是那个时代主流文化的普遍色彩。而王一生则全然不顾这些，面对赶来车站送他的妹妹，王一生的想法是"去的是有饭吃的地方，没必要哭哭啼啼"，简直就是庄子转世。

难能可贵的是，作者并没有陷入"形而上"的创作误区，凭借一己之空想去塑造符号化的人物形象，而是深深扎根于现实生活，聚焦最平凡和微妙的生活细节，一笔一画地描绘出人物形象。这样一来，王一生的形象不仅别具一格，而且自然真实，总是能够不着痕迹地表现出对内心清静和精神自由的追求。

文学地位

本书是"寻根文学"中的代表作，并且从整体布局上寻求突破，抛弃了主流和传统的逻辑思维，一举跳跃到宋明小说的世界中，以朴实、飘逸和俊美为主打风格。自1984年由《上海文学》发表以来，本书得到了广泛关注和好评，被认为是对那个特殊时代的一种别样反思和呈现，是对处于那个时代的人，尤其是其中一些有智慧、有精力的人的一种致敬。

作者简介

阿城（1949–），原名钟阿城，原籍重庆江津，生于北京。阿城在高一时即前往山西和内蒙古等地插队，后来又辗转去了云南。1979年，阿城回到北京，先在中国图书进出口公司工作，后进入《世界图书》担任编辑，从此开始进行文学创作。

1984年，阿城的处女作《棋王》一经发表即轰动国内文坛，随后又凭借《文化制约着人类》扩大战果，在国际赢得了广泛的知名度。20世纪90年代以后，阿城移居美国。此后，阿城的文学创作虽然数量有所减少，但是在质量却有稳步提升，受到国内外学者及国际汉学家的关注。

名家点评

郭银星：在挖掘民族精神的现实意义上，《棋王》用力很深，感染力很强。

陈晓明：《棋王》的文化是时代想象的投射物，但它的叙述文字却有真功夫。

王蒙：我久没有见这样的文字、这样的文体、这样的叙述风格了，……异于现时流行的各家笔墨，但又不生僻。

张琦：《棋王》在叙事艺术的探索方面也是卓有成效的。有许多值得我们学习的地方。

王安忆：阿城是一个有清谈风格的人。现在作家里面其实很少有清谈风格的，生活很功用，但是他是有清谈风格的，他就觉得人生最大的享受就是在一起吃吃东西，海阔天空地聊天。法国人也有清谈风格。

北方的河

本书是一部主观抒情小说，因而也被称为"心态小说"，是作者的代表作品，同时也是"寻根文学"的代表作和开山作。小说基本没有具体的故事情节，而是以主人公"他"的意识流向为行文主线，描绘了规模宏大的艺术空间——黄土高原，确切地说是黄河和永定河的汇合处。作者以黄河寓"北方的河"，歌颂黄河作为中华民族母亲河的伟大，同时也道出了它是民族的、历史的和文化的"根"。

本书在主题思想上不再徘徊于现实生活中的矛盾冲突，而是直接反映时代特点，当然作者也不会脱离现实生活。大体上来讲，本书的主题思想又可以分为前后两个部分，前半部分的"他"在北方大地上寻找河，领略到了北方大河的雄浑和深沉；后半部分的"他"回到北京，在北方大河的精神感召下，冲破各种艰难险阻。

可以说，作者在前半部分是写河的精神，后半部分则是写人的精神。而人的精神来自河的精神，河的精神又在人的身上得到体现，二者相辅相成，融为一体。据此，作者从现实生活中升华出独立的人格精神，并且成为新生代的象征。这种歌颂生命意志的思想，不仅是对我国古典文化的继承和发扬，同时也展现了中国人的现代生命形态。

艺术手法

本书通篇采用象征手法，作品中的"他"和"她"，实际上象征着一代人。此外，黄河边的彩陶象征着历史，彩陶的残缺又象征着生活，而黄河又象征着我们这个古老的民族。这样一来，齐头并进的象征寓意便成就了气势恢宏的文风，从而为小说打造了浓厚的质感。

作者非常关注古典小说中的意境美。由于我们传统的人生观、宇宙观和价值观与自然息息相关，意境美在现代生活的快节奏下不免脱节，导致传统审美危机四伏。为了达到这一艺术效果，作者将传统美学引入现代审美，同时又将现代精神注入传统美学，成为古典意境完成现代化转变的神来之笔。

文学地位

本书是作者的成名作品，同时也是其一生中的巅峰之作，最早由《十月》连载于1984年，于同年获得《中篇小说选刊》优秀中篇创作奖。小说凭借阴郁的抒情风格，强烈的思辨逻辑，以及浓厚的文化底蕴，在我国的文学史上占据了重要地位。

作者简介

张承志（1948–），笔名张录山、红卫士等，回族，生于北京。1966年，张承志在清华附中就读期间，与16名同学聚集到圆明园遗址，成立红卫兵组织，"红卫兵"的名字即来自张承志笔名红卫士。1967年，张承志毕业于清华附中，按规定到内蒙古大草原插队4年。

1972年，张承志回到北京，并且考入北京大学历史系，毕业后分配到中国历史博物馆工作，期间开始文学创作。1978年，张承志又考入中国社会科学院研究生院，毕业后赴日本进修。留学期间，张承志发表本书《北方的河》，引起文坛轰动，一举成名。

回国以后，张承志进入《小说选刊》担任编委，兼任中国"作协"第四届理事，后调入海军政治部创作室，成为一名专业作家。1989年，张承志从部队复员，从此成为一名自由作家，并且在业余时间创作油画。此外，由于张承志精通英语、日语、西班牙语、阿拉伯语、俄语、蒙语、满语、哈萨克语，他的足迹遍及全国各地和世界各国，所吸取和创作的文化也非常丰富多彩。

名家点评

季红真：张承志的小说以其粗犷强悍的气势，绚丽凝重的色彩，丰厚沉实的底蕴，在壮美的风格中悸动着大生命的真欢乐与真苦痛，与这一普遍的社会审美心理相呼应。

王安忆：我非常尊敬张承志，和他相比我只是个匠人。

韦器闳：八十年代初，张承志便以小说《北方的河》在中国文坛上崭露头角，成为新时期颇有实绩的小说家。

周泽雄：张承志有着较为独特的经历，在说不上漫长的岁月里，他身历目验的生活场景也非他的泛泛同行所能企及。

古船

本书是一部长篇小说，内容讲述了洼狸镇上李家、赵家、隋家之间数十年的恩怨，反映了中国农村在历史转型过程中的艰辛。小说主要以人物性格和命运的变迁，来表现时代的发展，比如隋家长子抱朴（主人公）经历了父亲和二娘的死，以及诸多残酷的政治运动，性格从阳光开朗变得沉默寡言。人物身上集合了耻辱与仇恨，欲望与冲动，几乎每时每刻都陷在两难的困境中倾轧。

主题思想

本书将残酷史实和苦难现实有机结合，通过对李家、赵家、隋家之间的恩怨展示，还原了一段刚刚过去的历史，同时这也是一段带有中国数千年文化印记的历史。从而提挈出两股由来已久的势力，即能够顺应并推动历史发展的社会群体，以及抱残守缺而迟滞历史的社会群体。历史在这两股势力的倾轧中艰难前行，有时得以飞速发展，有时只能原地踏步，有时甚至会逆流成河。

在洼狸镇，夺权、绝食、致敬电和承包大会等历史事件纷纷上演，理智的丧失造成兽性爆发，饥饿、寒冷和杀戮吞噬着人们的生命。作者对历史的思考，直指人性的扭曲，因而每一声叹息和呐喊，都紧紧扣住了人们的心弦。随后，作者的思考引向历史进程和传统文化，矛头指向国民的劣根性，其哲学高度也瞬间升华到了人类意识层面，并且提出了"振兴民族必须首先振兴文化"的政治主张。

艺术手法

作者以"古船"映射中华民族，以河流象征不息的生命，以人性书写民族性，以时间纵轴和空间横轴为标尺，衡量并阐述了中华民族的前世今生。在艺术手法方面，主要有三个特征：

1. 热衷倾诉。小说中融入了诸多问题，诸如家族、文化、个人、历史、民族和世界，等等，如何将这些杂乱无章的元素进行有序整合，作者巧妙采取了让主人公进行内心独白的方式。如此一来，作者可以借主人公之眼关注任何事物，再通过主人公之口进行叙述，从而不着痕迹地加入自己的想法，而这也是作者最擅长的一种艺术手法。

2. 忧患意识。在我国当代文学史上，出现了一批具有历史意识并融入其作品当中的作者，本书作者正是其中的代表人物之一。他的历史意识鲜明而独特，具体表现为对国民性的沉思，对人性的关注，以及对美好事物的热烈追求，被文学界称之为"忧患意识"。如主人公身上有继承自父亲身上的罪恶和忏悔，目睹现实生活中发生的一切，他又展开了属于自己和时代的思考，并且最终明确提出了自己的希望（即作者的政治主张）。

3. 地域色彩。本书和同时代的很多作品一样，虽然关注并揭示了深刻甚至略显沉重的话题，但是却没有脱离问题的真实性，而是深深扎根于自己熟悉的地域，极其有限却无比深入和细致地刻画了一个局部社会，具有鲜明的现实主义色彩。比如，本书的创作大背景是 1966 年至 1976 年之间的整个中国大地，但作者却聚焦在洼狸镇的三户人家上，以他们之间的恩怨和发展为主线，从而对整个大背景形成映射。

文 学 地 位

本书是作者的代表作，也是我国当代文学史上最有气势和最具深度的杰作，被誉为"民族心史上的一块厚重碑石"、"中华民族的沧桑心灵史"。同时，本书还曾获得"茅盾文学奖"、"庄重文文学奖"、"人民文学奖"、"华语传媒杰出作家奖"、"中国作家出版集团特别奖"等多项荣誉，以及"20 世纪中文小说 100 强"、"全球华文十大小说之首"和"九十年代最具影响力十作家十作品"等多项殊荣。

作 者 简 介

张炜（1956–），山东栖霞人，生于山东龙口，现任山东省作家协会主席、万松浦书院院长。张炜在 1975 年开始发表诗文，1980 年开始发表小说，是一位充满理想主义和浪漫情怀的作家。

其文笔细腻深沉，以传统道德为立场，根植于乡土文化，是 20 世纪 80 年代最具代表性的作家之一，其译文版作品在美国、英国、德国、瑞典、日本、法国和韩国等多个国家受到欢迎。

除本书外，作者还有长篇小说、《九月寓言》、《家庭》，中篇小说《瀛洲思絮录》、《秋天的愤怒》、《蘑菇七种》，短篇小说《冬景》、《声音》、《一潭清水》，散文《皈依入地》、《夜思》、《羞涩和温柔》，长诗《皈依之路》、《松林》等多部作品传世。

 名家点评

张炜（作者本人）：我的第一部长篇（即《古船》）曾让我深深地沉浸。溶解在其中的是一个年轻人的勇气和单纯——这些东西千金难买。

摩罗：经过十年的苦想冥思和残酷修炼，终于获得了灵魂的超越和升华，成为一种强大的精神存在，成为某种人文价值和情怀的化身。在近一个世纪的"新文学"史上，有如此强大的精神力量的人物形象，这可能是第一个。

雷达：《古船》的出现是一个奇迹，它几乎是在人们缺乏心理准备和预感的情势下骤然出世的。就像从芦青河中捞出那条伤痕斑驳的古船一样，小说陡然撕开并不久远的历史幕布，挖掘着人们貌似熟悉其实陌生的沉埋的真实——人的真实。

男人的一半是女人

内容梗概

本书描写了一个政治运动时期的热血青年章永璘，他因为写了一首诗，而被定性为"右派分子"，并且遭到20余年的政治迫害。在暗无天日的生活中，他丧失了性能力，也丧失了男人的尊严，只能允许自己的妻子去偷情。最终，他虽然找回了自信，并且恢复了性能力，成了真正的男人，但是被割裂的人格和家庭已经无从弥合。

作者在小说中触及了当时社会的"禁区"，他试图通过9部中篇小说，来塑造一个完整的人物形象。这一人物出身资产阶级家庭，甚至有过资产阶级和民主主义思想，但是在经过一系列的洗礼和磨难后，他最终成长为一名坚定的马克思主义信仰者。作者通过浪漫和写实相结合的手法，将沦肌浃髓的伤痛升华为普遍人性，从而开创和引领了新的小说时代。

主题思想

在特殊历史时期，哲学实际上成了可有可无的东西，用文学来呈现思想也就成了一件令人迷茫的事情。主人公章永璘的暧昧态度和政治迎合，让他表现得有些事故和圆滑，好像已经练就了宠辱不惊的处世之心。至于女主人公黄香久，除了她所饲养的鸭鹅之外，唯一感兴趣的就是章永璘，似乎只要想起他就已经觉得很幸福。

因此，本书作为一部探索性小说，包含了太多的问题和疑惑，其复杂程度直到今天仍然无法被人们彻底解读。可以说，由于作者的创作背景和生活经验受到局限，确切地说是受到时代本身的局限，作者在审视和批判社会问题的时候也显出一定的局限性。

不过，这并不妨碍本书成为一部优秀的作品，其本身所呈现的各种矛盾，已经真实再现了那个特殊历史时代的社会图景，以此形成了宝贵的文艺价值。而作者将自己的政治倾向和个人感情融入小说当中，却无论如何也不点破，反倒形成了一种"欲擒故纵"的效果，使读者看不到作者观点的同时，又能按照作者的意愿建立自己的观点，其高明之处真可谓令人叹服不已。

本书在艺术手法上有两大特点，一是触及了当时社会的文化"禁区"，即性；二是打造了阅读的愉悦感和紧张感。为什么这样说？

其一，男女主人公章永璘和黄香久过着卑微而凄惨的生活，他们为了给自己的生命注入一点温度而走在一起，几乎可以说是无欲无求。对于这样一对普通得不能再普通的夫妻，政治运动还能带给他们生命冲击？作者把关注点瞄准了性。章永璘因为一首诗遭到迫害，因而丧失了性能力，并且忍受以此带来的各种屈辱，结果连能力的恢复都无法弥补精神创伤，平凡的生活变得跌宕起伏。

其二，在观念相对保守的当时社会，谈论"性"问题已经让人呼吸急促，作者在小说中更是刻意抓住并扩大了这一点。在整条关于性的主线中，章永璘首次见到黄香久的胴体，是一次偶然的偷窥。结合之后，章永璘又变成了性无能，从而遭到黄香久鄙视。紧接着又导致黄香久偷情，章永璘在屈辱中重生，却输掉了自己的爱人，更输掉了自己的人生。如此环环相扣，层层递进，步步深入，在关注并突出现实问题的同时，创造了阅读的愉悦感和紧张感。

文学地位

政治运动产生的时代性问题，为"伤痕文学"的流行提供了土壤，本书正是其中最著名的一部。作者首次谈到"性"的问题，他把"性"当成一种文化，当成对生命展开思考的切入点和着力点，从而在理性和美学的双重保障下，受到了惊世骇俗的效果。世人曾有评价，认为本书对中国文坛的影响，丝毫不逊于《洛丽塔》对西方世界的冲击，可见本书的文学地位之重要。

作者简介

张贤亮（1936-2014），江苏盱眙人，生于南京。张贤亮在中学时代开始文学创作，中学毕业后前往宁夏银川干部文化学校任教。1957年，张贤亮发表诗歌《大风歌》，被定性为"右派"分子，下放到农场劳动改造。

十一届三中全会以后，张贤亮得到平反，重新走上文学创作的道路。历任中国作家协会主席团委员、宁夏文联名誉主席兼宁夏作协名誉主席、中国人民政治协商会议第六届、第七届、第八届、第九届、第十届全国委员会委员等职。

曾获得宁夏回族自治区"特殊贡献知识分子"称号、"创建优秀旅游城市有突出贡献的个人"荣誉奖、"希望工程特殊贡献奖"，被中国文化部评为"中国文化产业十大杰出人物"，2008年被评为"中国十大慈善人物"、"中国十大收藏家"、"中国十大才智人物"、"影响宁夏50年人物"，2010年被评为"宁夏慈善大使"，享受国务院特殊津贴。

主要作品有短篇小说《邢老汉和狗的故事》、《灵与肉》、《肖尔布拉克》、《初吻》，中篇小说《土牢情话》、《龙种》、《河的子孙》，长篇小说《男人的风格》、《习惯死亡》等。

名家点评

叶开：张贤亮对性的描写是美化的。在他的书中，将女性作为女神和美好的象征，代表走向精神自由和光明，绝非欲望对象。

雷达：张贤亮是那个时代最早描写性的作家之一。在随后的创作中，对性的描写逐渐成为张贤亮作品较为突出的特点，对爱情和性的描写在他的作品中占据了较大比重。

吴义勤：书中的内容大多是对人的精神世界和身体双重的描写，此前文学作品可能比较关注人们受到伤害的经历，或是政治待遇方面的不幸，很少有人涉及身体层面，比如性跟欲望。

活动变人形

内容梗概

本书是一部长篇小说，全书共计 23 章，由人民文学出版社、作家出版社出版。内容描写了一个具有现代意识的知识分子倪藻，他出身旧式家庭，生活中充满了不如意，同时又对西方文明充满向往，可惜苦苦追寻一生却毫无所获。

由于语言凝练生动，人物刻画精彩传神，内容和形式得到了完美结合，本书被认为是"20 世纪中国知识分子的心路历程的缩影"，站在民族高度做出了自我批判，成了中国知识分子的"变形记"。

主题思想

作者取材自己的真实经历，通过对自己的历史艺术加工，站在中国社会和中国社会的高度，对中国知识分子的命运乃至中国人的命运，进行了深入而理性的反思，从而道出了中国文化的丰富内涵。

艺术手法

作者采用漫画式的手法，从 20 世纪 80 年代起笔，描写了一个小知识分子祖孙三代的人生经历，突出表现了主人公倪藻的心路历程。虽然表面上描绘了诸多苦难，但是本质上却已经深入到了人性层面，比如倪藻的妻子、丈母娘和大姨子，都具有根深蒂固的中国传统家庭观念，无论倪藻如何努力改变她们都无济于事。

此外，作为现代主义的集大成者，作者运用大量现代派文艺手法，同时有机结合了我国的传统文艺手法，在艺术上取得了极大的成功。比如从行文主线来讲，作者从倪藻出国寻访父亲的故友写起，然后倒叙他的身世，并且从他的祖辈开始叙述，全篇下来几乎涵盖了 20 世纪 80 年代的所有风云变幻。

文学地位

本书以空前的高度和深度，描写了一位大学教师的人生际遇，同时加入了东西方文化的碰撞与融合，对中国老一辈知识分子的命运进行了审视。凭借高超的艺术成就，本书被认为是中国当代"家族文学"的开山之作，并且为后来的"寻根文学"奠定了基础。同时，由于小说以主人公的视角审视父辈命运，本书还被誉为"审父杰作"，从而让作者在我国文学史上占据了重要地位。

作者简介

王蒙（1934-），河北南皮人，生于北京。王蒙出身教师家庭，1940 年进入北京师范学校附属小学就读，毕业后进入私立平民中学，期间参加中共领导的地下工作。1948 年，王蒙加入中国共产党，成为共青团北京市市工委干事，从此开始进行文学创作。1956 年，王蒙发表小说《组织部新来的青年人》，成为第一个描写共产党干部阴暗面的作家，因而被定性为"右派分子"，下放到农场劳动改造。

十一届三中全会以后，王蒙得到平反，历任北京市文联专业作家，中国作协北京分会副主席、分党组成员、副秘书长，中共中央委员，中国作协副主席、书记处书记，文化部部长，中国海洋大学文学院院长，全国政协文史和学习委员会主任，中国传媒大学名誉教授，武汉大学文学院名誉院长和讲座教授，东北师范大学客座教授，三沙市政府顾问等职。

名家点评

铁凝：王蒙是一个丰富的、复杂的人，对中国当代文学的影响是综合性的，不单是小说方面，还有诗歌散文，比较文学以及古典文学研究，表现在齐头并进的多个方面及前沿地带。

周大新：王蒙作品中最让人着迷的地方就是通过文字透露出来的文学内涵和语言感受。文学的内涵或许需要对他生活的那个时代和人物苦难的理解，而他的小说在语言上则有一种震撼力，就好像集束炸弹轰炸带给人的感觉。

张宁：讨论王蒙是一件很有意思的事情，他是如此复杂的一个人，光看他的称谓就有着许多的不可思议，既是作家，又当过官，甚至还当过生产队的队长。

张炜：用一个词来形容王蒙的创作道路就是"风雨兼程"，他是新时期最活跃的、始终处在生长攀登状态的一个代表，这是作为作家最了不起的一件事情。他的创作在内容上，既有一种触动感情的自由抒发，也有对文学创作道路上的思考。从对王蒙文学研究中，我们可以派生出不同的切入点。

红高粱家族

内容梗概

本书以第一人称"我"为叙事视角，描写"我"的爷爷余占鳌和奶奶戴凤莲的故事，故事发生的地点正是作者莫言的故乡山东高密。戴凤莲年轻的时候面容姣好，被酒坊老板单延秀看中，戴凤莲的父亲贪图聘礼，便把她嫁给了单延秀的丑儿子。戴凤莲不愿屈从，出嫁前暗藏了一把剪刀，以备自杀或者杀死单延秀的儿子之用。

然而，在送亲的路上，一行人忽然遇到了劫匪，身为轿夫的余占鳌挺身相救，最终赢得了戴凤莲的倾心。戴凤莲的坚韧不只表现在个人命运中，面对外族侵略的国民命运时，她也表现出了民族大义，不仅让丈夫和儿子都上了前线，而且自己也积极投身抗日活动，最终壮烈牺牲。

余占鳌亮相之初是一个土匪形象，他不愿受制于人，面对各方拉拢严词拒绝。但是，在看到日寇屠杀无辜百姓后，他毅然走上了抗日的道路，并且拉起了一支地方队伍，最终成长为一名抗日英雄，表现出强烈的生命意识。

主题思想

本书通过对山东高密的野性文化描写，为弱不禁风的民族性注入了一丝新鲜血液，呼唤积极向上的健康人格和民族品质，引导人们走向精神解放和个性独立，从而摆脱可怜、可悲的奴性本质。对此，作者提出所谓生存，并不是苟活；所谓温饱，也绝不过分；所谓自由，更是天经地义。

作者肯定了余占鳌和戴凤莲的本性和做法，给予了他们自由和欢快的情调，同时又加入了理性和非理性的相互制约。比如，面对戴凤莲不肯屈服的眼神，余占鳌的非理性战胜了理性，他冲上去赶走了劫匪，并且在高粱地里占有了她。在此，二人的行为又存在着理性的制约，但是在本性和自由的冲击下，他们还是听从了内心的呼声。

在面对日寇的侵略和屠杀时，每个中国人都有一颗想要反抗的心，但是出于各种顾虑和束缚，更多的人选择了沉默。但是，余占鳌和戴凤莲没有这样做，他们仍然按照自己内心的想法行事，毅然投身到抗日战争当中，从而升华和歌颂了他们的本性，突出了个性解放的主题思想，并且赞扬了抗日救亡的爱国精神。

 艺 术 手 法

本书的艺术手法有以下几个特点，分别为：

1. 地域化、个性化的语言运用。小说中的人物对白，包括粗话、脏话和调情话等，各种方言话语比比皆是。这些语言看似有伤大雅，但是放到具体的小说环境中，却对塑造人物形象和营造整体艺术氛围起到了极佳的效果，因为原始的、真实的和野性的高密农民，就是这样一种语言习惯。

2. 大胆离奇的情景描写。作者本人曾经说过，无论是在创作思想上，还是在艺术风格上，创作者都要有天马行空般的狂气和雄风，最好再有点邪劲儿，他在本书中正是淋漓尽致地表现出了这一点。如"一穗一穗被露水打得精湿的高粱在雾洞里忧恺地注视着我父亲，父亲也虔诚地望着它们。父亲恍然大悟，明白了它们都是活生生的灵物。它们根扎黑土，受日精月华，得雨露滋润，上知天文下知地理"。

3. 叙事角度的灵活。"我"作为故事的叙述者，并不是单纯地叙述，而是在故事和现实之中来回穿梭。有时"我"好像故事中的一个人物，能够和故事情节、人物融为一体，给读者真实的临界感；有时"我"又站在今人的角度对故事情节和人物进行点评，好像是与故事毫不相关的局外人，这种叙述方式对于作者和整个文学界来说，都可谓是一个创新。

4. 关于性的具体描写。所谓人性，最本源的东西就是情欲，因而作者不仅在小说中加入了有关性的描写，而且具体到了一些细节，被称为当代文学史上一个描写性的作家。在整部小说中，作者共计描写了三场关于性的场景，但是并没有进行单一的模式重复，而是从不同的侧面，反映出了不同的人性个性。

文 学 地 位

本书是作者影响力最大的一部作品，不仅在国内引起过巨大反响，而且在国际文学界也具有较高的知名度，目前有20余种译文版本在全世界流传。作者通过描写山东高密一群农民轰轰烈烈的英勇壮举，表现出中华民族的顽强生命力，被称为当代文学中划时代的史诗精品，在 2000 年被《亚洲周刊》评选为"20 世纪中文小说 100 强"。

作者简介

莫言（1955-），原名管谟业，山东高密人。莫言童年喜欢读"闲书"，如《封神演义》、《三国演义》和《儒林外史》等，为其日后的文学创作之路奠定了基础。1966-1976 年之间，莫言主要从事农业劳动，业余时间以《新华字典》消磨时光，后得到《中国通史简编》，视若珍宝。

1976 年，莫言应征入伍，期间担任图书管理员，得以阅读大量文学书籍。1982 年，莫言被擢升为正排级，后又升为副师级，授少校军衔。1984 年，莫言得到著名作家徐怀中赏识，得以进入解放军艺术学院就读。次年，莫言在《中国作家》杂志发表《透明的红萝卜》，一时间轰动整个文坛，由此成为文学界冉冉升起的明星。

从 1992 年开始，莫言的译文版本著作开始陆续在西方国家出版，先后得到美国、英国、法国、德国和瑞典等国读者的欢迎，并于 2012 年获得诺贝尔文学奖。除此之外，莫言的《红高粱》还曾获得《World Literature Today》评选的"40 部世界顶尖文学名著中文小说"和意大利诺尼诺国际文学奖等。

名家点评

于月：中国当代著名作家莫言所著《红高粱》中的"红高粱"精神的最大特征就是"自由茁壮"。在高密东北乡这样一种壮美的背景下，交织着神奇与梦幻、纯真和浪漫，表现着爱恨、凄婉和悲壮，但也不乏世俗、丑陋与龌龊。但总体来说，这种"红高粱"精神主要表现为一种对生命原始力量的热爱，一种自由茁壮的生命状态。

任南南：与红色经典中众多的平凡英雄一样，余占鳌的个人身份仍然是农民，但也是个"坏事干尽、好事做绝"的土匪，和战争中脱颖而出的千百万群众的英雄不同。在这种对英雄主体的去政治化和生命还原中，莫言以一种人本主义的方式大气磅礴地完成了农民社会身份溯源，新英雄在红高粱中用不同的形象参与了中国现代社会的历史进程，而作家则在 80 年代的特殊语境中完成了民族战争历史背景下的英雄追认。

贺玉庆、董正宇：从表面上看，《红高粱家族》所写的是有关抗日战争的历史，叙述的是一个宏大的主题，实质上，由于穿插了"我爷爷"和"我奶奶"惊世骇俗的爱情传奇，使得小说更像是一种非官方的"野史杂说"。莫言更多的是"用民间化的历史场景、'野史化'的家族叙事，实现了对现代中国历史的原有的权威叙事规则的一个'颠覆'"。

平凡的世界

本书是一部字数长达百万的长篇小说，共计三部，内容分别为：

第一部：农民子弟孙少平到县上高中就读，与境遇同样不佳的同学郝红梅情愫暗生，但此事被他们的同学侯玉英撞破，二人最终分道扬镳。毕业之后，孙少平回乡做了一名小学教师，并且在好友田晓霞的帮助下关注着外面的世界。

孙少平的哥哥孙少安在家务农，与同村在县城教书的田润叶相爱，但是遭到田润叶的父亲田福堂阻止。经过一番权衡，孙少安最终迎娶了勤劳善良的秀莲，田润叶则嫁给了李向前。这个时候，忽然发生旱灾，田福堂组织偷挖河坝，结果闹出了人命。这还不算，为了农业学大寨，田福堂又炸山修田，逼迫大家搬迁，闹得天人共愤，其威信正在一点点输给以孙少安为代表的年轻人。

第二部：十一届三中全会之后，责任制开始向全国推行，田福堂却为了既得利益组织大家抵制。与此同时，孙少安却带领大家响应政府号召，他进城拉砖赚钱，又贷款盖了砖窑，成了公社里有名的"冒尖户"。

同时，孙少平决定出去闯荡，一路漂泊下来，最终成为一名煤矿工人，已经发展成为其女友的田晓霞做了省报记者。田润叶婚后对李向前十分冷淡，导致他酒后致残，这反倒让田润叶接受了他。这个时候，田润叶的弟弟（即田福堂的儿子）田润生与名声不好的郝红梅结为夫妻，弄得田福堂焦头烂额。

第三部：孙少平努力工作，成为一名优秀矿工，不料忽然接到田晓霞殉职的消息，一时间悲痛不已。此时，孙少安的砖窑生意如火如荼，虽然在扩张的路上遭遇挫折，但是在他的努力和众人的帮助下，还是取得了辉煌的成就。不幸的是，孙少安的妻子忽然口吐鲜血，随后被查出患上肺癌。

田润叶生活幸福，生了一个胖小子，其弟田润生和郝红梅的婚事也得到田福堂认可，并且生了一个可爱的女儿。同时，孙少平的命运仍旧曲折，在一次工作事故中，他为了救人而惨遭毁容。金波的妹妹不顾孙少平相貌变化，大胆地对他展开追求，孙少平却从现实角度出发，拒绝了她的示爱，转而和已经守寡的师娘组建了家庭。

主题思想

本书以温软的现实主义手法，歌颂了普通劳动者的积极拼搏和坚韧不屈，将巨大的苦难转化为前行的动力，具有高度的人性关怀。小说中的孙少安和孙少平兄弟，都是挣扎在贫困线上的普通小人物，但是他们能够在艰难的困境中坚忍不拔，始终以美好的心灵去面对生活中的不幸和磨难。

此外，作者在小说中表现出极大的温情，以至于他在塑造人物的时候并不是予以怜悯，而是给予了充分的尊重。这一点，表现在他不仅对正面人物进行各种温情描写，而且对于反面人物也极力挖掘他们身上的人性光辉，从而塑造了一群饱满的农民形象。

最后，作者还在小说中加入了美好的同学情谊、朋友情谊、同事情谊、相邻情谊。当然，最美好的情谊还是爱情，如田润叶和孙少安的爱情，虽然他们并没有结合，但是彼此的真情还是通过别样的方式呈现了出来；再比如孙少平和田晓霞，是一种纯美的精神恋爱，尤其是孙少平为了不耽误金波妹妹的前程，以及照顾师父的遗孀和遗孤，最终选择和师娘组成新的家庭，都绽放着人性的美好。

艺术手法

本书对中国当代城乡社会生活进行了全景式展现，时间背景定格在 20 世纪 70 年代中期到 80 年代中期，通过错综复杂的矛盾纠葛，以孙少安和孙少平兄弟为两个中心，塑造了处在各个社会阶层的人物形象。

文学地位

本书是作者呕心沥血之作，以至于他在创作完成之后已经油尽灯枯，没过多久便溘然长逝了。而在出版之后，本书立即引起轩然大波，首先是中央人民广播电台进行了连播，其次是全国各地出现了一次大的购买潮，以至于一时之间洛阳纸贵。在得到作者离世的消息后，全国各地纷纷发起悼念活动，各类唁函唁电更是如同雪片般飞来，山西电视台还录制了关于作者的专题片，这也许是对本书及作者最大的肯定。

有人曾经提出过疑问，我国当代描写苦难的文学作品并不在少数，何以本书引起如此大的反响？其实，描写苦难的作品固然很多，但是在苦难中绽放出人性光芒，从而把苦难转化为昂扬向上的生活意志，激发人们自强不息的奋斗精神，本书显然是无与伦比的。可以说，本书所传达出的思想内涵，是对中华民族自强不息和厚德载物的文化传承，是对中国人民尤其是底层人民具有灵魂涤荡和指引的史诗巨著。

作者简介

路遥（1949-1992），原名王卫国，陕西榆林人，7岁时因家贫过继给陕西延川的伯父。1969年，路遥回乡务农，1973年进入延安大学就读，期间开始文学创作。大学毕业后，路遥进入《陕西文艺》担任编辑工作，1982年加入中国作家协会。1988年，路遥创作完成《平凡的世界》，据此获得第三届茅盾文学奖。

此外，路遥的其他作品还获得多项大奖：如短篇小说《风雪蜡梅》获《鸭绿江》作品奖，中篇小说《惊心动魄的一幕》获《当代》文学荣誉奖、《文艺报》中篇小说奖、第一届全国优秀中篇小说奖，中篇小说《在困难的日子里》获《当代》文学中长篇小说奖，中篇小说《人生》获第二届全国优秀中篇小说奖、陕西省文艺创作开拓奖等。

名家点评

吴建荣：《平凡的世界》是路遥给中国文学创造的神话，不仅是一个呈现在眼前的小说世界，以及他笔下的人物栩栩如生地活在我们中间，而且还打开一扇精神世界的大门，人生格局就此改变：空阔、宽容、坚硬、柔软、写实，这是一部集大成的作品。

陈忠实：《平凡的世界》是茅盾文学奖皇冠上的明珠，激励千万青年的不朽经典，最受老师和学生喜爱的新课标必读书。路遥获得了这个世界里数以亿计的普通人的尊敬和崇拜，他沟通了这个世界的人们和地球人类的情感。

高建群：一个作家去世近二十年了，人们还在热烈地怀念他，还在谈论他的作品，这本身就是对一个作家最高的奖励。路遥的作品中那些人物及其命运，已远远超越了文学的范畴，他给一切卑微的人物以勇气与光亮，让他们知道自己能够走多远。

南渡记

内容梗概

本书是四卷本长篇小说《野葫芦引》中的第一部（其余三部为《东藏记》、《西征记》和《北归记》），同时也可以独立成文。内容以"抗战"时期西南联合大学南迁的故事为背景，以大学教授孟樾一家的生活变故为主线，塑造了一群知识分子的人格操守和情感世界，表达了他们对朋友和亲人的大爱，以及对外敌和亡国的大恨。同时，为了凸显正面人物的崇高气节，作者也塑造了一些懦弱贪婪的负面人物形象。

主题思想

作者通过对北校南迁的全程描写，塑造并弘扬了知识分子的积极风貌，着重刻画了他们在民族危亡时刻，自强不息和勇敢无畏的民族精神。全书从"七七事变"开始，描写了生活平静的孟樾一家三代受到战争波及，在一系列重大历史巨变面前，淋漓尽致地表现了热爱祖国和关爱亲友的高贵品格。可以说，本书通篇都在讲述国人的"抗战"意志，并且通过祖国的不断沦陷，激发人们自尊自强的民族精神。

艺术手法

本书的艺术手法主要体现在作者对神秘文化（如神话、传说、风俗、宗教、堪舆和占卜等）的继承和发扬，他凭借扎实的功底和较高的造诣，在加深主题思想和增强艺术效果方面收到良好效果。其次，作者在行文风格上形成了鲜明的"流亡意识"，这也是"抗战"大背景下特定的时代色彩。再次，作者在语言上打造了十足的诗性美，大幅增强了本书的艺术分量。此外，本书结构严谨、情节巧妙、人物丰满，又富有生活气息，形成了纯净真挚的文化氛围。

文学地位

作者对于本书的创作可谓厚积薄发，历时两年的酝酿和构思才告完成，并且在叙述手法上融合了中西方文化之长，创造出了浓郁的艺术氛围。凭借深厚的语言功底和深邃的人性观察，作者在刻画人物的时候驾轻就熟，不经意间便能够引人入胜。此外，本书描写家族生活中的众多人物，但脉络清晰、有条不紊，被誉为"当代版的《红楼梦》"。

作者简介

宗璞（1928-），原名冯钟璞，宗璞是她的笔名，另有笔名绿蘩、任小哲等，河南唐河人，生于北京，我国当代著名哲学家冯友兰之女。宗璞最早就读于清华大学附属成志小学，"抗战"爆发后，随父亲冯友兰辗转来到云南昆明，后考入西南联大附属中学。"抗战"胜利后，宗璞考入南开大学外文系，两年后转入清华大学外文系，期间开始文学创作。

大学毕业后，宗璞分配到政务院宗教事务委员会工作，后调入中国"文联"研究部。反"右"斗争中，宗璞受到冲击，被下放到河北农村劳动改造。十一届三中全会后，宗璞得到平反，进入北京外国文学研究所工作，有大量优秀文学作品传世。如小说和散文合集《宗璞散文小说选》，散文集《丁香结》，翻译作品《谬塞诗选》（合译）、《拉帕其尼的女儿》等。

名家点评

潘海军：任何艺术品都会打上时代的烙印，都能反映出时代历史所赋予的客观必然性，宗璞创作的《南渡记》，正是反映了特殊年代中人们的价值选择和精神追求。

姜小玲、韩璟：宗璞的文字似乎永远与时下的流行无关，坚持着自己纯净优美的本色——它的声音似乎很遥远，与时代格格不入，但真正阅读时，心灵又不由得被它左右，时代反而离得远了。这也许正是她的独特魅力之所在。

肖鹰：在当代中国文坛，宗璞先生的文学虽然并非是那些喧潮喝浪的名流批评家们法眼中的"宝刹"，但在60余年来的风雨沧桑中，它那独树一帜的"蕴含着东方传统文化和西方人文主义思想"的"兰气息、玉精神"的文学品质，不仅久已为文坛内外有识之士首肯和碑口交赞，而且春风化雨，无声地润育着读者的心田。

白鹿原

内容梗概

本书是作者的代表作，字数共计 50 万字，属于长篇小说。内容以陕西关中平原上的一个小村庄为背景，全面深入地描写了白姓和鹿姓两大家族之间的历史恩怨，铺展了一张人物关系错综复杂的行文脉络。

从历史渊源来看，两大家族同出一源，后来分为两支，并且都很贫穷。经过若干年的繁衍生息和拼搏努力，白家逐渐成为当地富户，他们扎根于土地，家风很严，具有传统的耕读世家特色；鹿家则是通过厨艺致富，由于家风松弛，族人做起事来不免有失厚道。

主题思想

本书以全新的历史视角切入主题，颠覆了传统的历史观念，表现出全新的历史观念和人文精神。概括来讲，作者绕过波澜壮阔的历史事件，以一个小小的村庄为聚焦点，对旧农村中以宗法制为代表的封建思想进行了反思和批判。借此，表达了旧思想虽然冥顽不化，却终究挡不住时代洪流的冲击，新的思想以及伴随而来的新鲜事物很快就会出现，从而带给人们新的未来和希望。

艺术手法

本书是一部现实主义巨著，同时又和传统的现实主义不同。传统的现实主义，以政治革命为主题，在情节的安排上往往比较集中，在人物的塑造上也比较极端，这就难免会脱离生活而陷入政治阴影。本书则注重反映原生态图景，虽然表面看上去比较凌乱，但是在作者的巧妙安排下，人物的命运纷纷和历史进程联系起来，并且以充满灵性的历史揭示出文化的属性和规律。

为了突出情节的曲折性，作者在小说中接连融入了魔幻、潜意识、非理智、性本能和死亡意识等现代派手法，显示出了极强的文学功力。这里尤其出彩的是魔幻手法，作者拆分了传统的二元世界观（即自然和宗教），模糊了生与死的界限，从而对人性问题展开了深入的挖掘。借此，作者成功营造了一种不可预知的神秘感，直接对读者的心灵进行冲击，竭力渲染了人物命运和历史发展的必然性。

与此同时，还有一种"新写实主义"的艺术手法，也和本书的现实主义不同。前者主张纯粹客观地还原生活和自然，认认真真展现出其本来的面貌，也就是文学所谓的"零写作"。虽然任何客观的叙述都会带有主观色彩，但是对于普通读者来说，其深入的思想性和高超的审美性却会形成必然的阅读障碍。本书显然绕开了这一误区，作者在力求真实还原历史场景的同时，也进行了必要的艺术提炼和加工，最终以温存的人性关怀对中国的传统文化做出了指引。

文学地位

20 世纪 80 年代初期，特殊的政治历史环境造就了特殊的文学潮流（即所谓的"反思文学"），并且很快发展成为整个 80 年代的普遍文学价值。以至于到了 20 世纪 90 年代，我国长篇小说创作仍然能够看到"反思文学"的影子，从而铸就了一次我国文学领域对民族历史的反思高峰。本书正是"反思文学"中的代表作，作者以深重的历史危机和震撼的历史场景，反思并展示了传统文化的迫切变革需求，同时表明了自己的主张。

1993 年，本书一经出版即引起社会强烈反响，并且很快蔓延到国际社会，受到广大海内外读者的欢迎。1997 年，本书荣获第四届茅盾文学奖，后被改编成为同名电影、话剧、舞剧和秦腔等多种艺术形式。

作者简介

陈忠实（1942-），陕西西安人。1962 年，陈忠实高中毕业后，即开始在乡村中、小学任教，后调入乡镇政府工作。期间，陈忠实开始文学创作，于 1965 年发表了自己的处女散文作品，1973 年又发表了处女小说作品，积累了丰富的创作经验。

1982 年，陈忠实经历了整整 20 年的业余创作后，得以调入陕西省作家协会工作，从此成为一名专业作家。此后，陈忠实创作了大量优秀文学作品，先后曾任陕西作家协会主席和中国作家协会副主席。"西安工业大学陈忠实文学研究中心"成立后，陈忠实担任主任，退休后被推选为陕西省作家协会名誉主席。

1997年，本书被教育部选入"大学生必读"系列，从而奠定了陈忠实在文学界的崇高地位。2006年，陈忠实以455万元的版税收入，荣登中国作家富豪榜第13位，又一次引起社会热议。

白烨：《白鹿原》本身就是几乎总括了新时期中国文学全部思考、全部收获的史诗性作品。

孟繁华：读完这部"雄奇史诗"之后，获得的第一印象就是做了一次伪"历史之旅"，左边的"正剧"随处都在演戏，右边的"秘史"布满了消费性的奇观，这些戏剧与奇观你可看可不看，随心所欲，在久远的"隐秘岁月"里你意外地获得了消闲之感，早有戒备的庄重与沉重可以得到消除，因为你完全可以不必认真对待这一切。

雷达：我从未像读《白鹿原》这样强烈地体验到，静与动、稳与乱、空间与时间这些截然对立的因素被浑然地扭结在一起所形成的巨大而奇异的魅力。

游宇明：《白鹿原》正是"土洋结合家野合璧"的产物，它有传统现实主义的技巧，有黑色幽默的，特别引人注目的是它对拉丁美洲魔幻现实主义的大胆借鉴。

卷二　诗词作品

人境庐诗草

《人境庐诗草》书名取自陶渊明的诗句"结庐在人境，而无车马喧"。本书共分为 11 卷，收录了黄遵宪从清朝同治四年至光绪二十八年间（1865—1902 年）创作的 641 首诗歌。这部诗集代表了诗人毕生 40 年的心血，是中华民族在那个最屈辱时代的写照。

黄遵宪主张"我手写我口"，要求作品表现"古人未有之物，未辟之境"，所以他的作品主要表现了当时亲历和耳闻的重大历史事件，被称作"史诗"。在《人境庐诗草自序》中称黄遵宪的诗歌"诗之外有事，诗之中有人"，具有深厚的历史内容，而反抗帝国主义侵略、变法图强则是重要的两大主题，尤其是关于中日战争时期的题材。

《人境庐诗草》中记录了在中日甲午战争时期的重大事件，其中包括《悲平壤》、《哀旅顺》、《哭威海》、《台湾行》、《渡辽将军歌》等系列诗作。这些诗歌充满了爱国主义激情和深挚的忧国焦思，抨击了清政府投降主义，也赞扬了一些将领的英雄事迹。

其中《哀旅顺》创作于 1895 年，时值甲午中日战争时期，我国重要军事基地旅顺港被日本侵略者占领，黄遵宪见证了这一历史事件。这首诗描写了旅顺港的重要军事地位、旅顺失守的情景，痛斥了清政府的腐败无能。全诗感于哀乐，缘事而发，表达了诗人对迫在眉睫的民族危亡的关切，以及期望外御强敌的爱国情怀。

如《冯将军歌》则反映了中法战争时期，爱国将领冯子材英勇杀敌的英雄形象，以及爱国将士排山倒海的气势。"将军一叱人马惊，从而往者五千人。五千人马排墙进，绵绵延延相击应。轰雷巨炮欲发声，既载交胸刀在颈。敌军披靡鼓声死，万头窜窜纷如蚁。十荡十决无当前，一日横驰三百里"。

黄遵宪在政治上主张维新改革，同样在诗歌创作上也主张革新、创新。作为新兴的资产阶级的一分子，他主张诗歌表现新思想、新内容、革除旧的形式。

《人境庐诗草》是近代"诗界革命"有代表性的诗集，这些诗歌广泛反映了中国近代史上的重大历史事件，和西方许多新事物，是中国和世界了解中国近代史的重要文献。

有人曾说，如果说林则徐是睁眼看世界的第一人，那么黄遵宪是真正走向世界的第一人。黄遵宪的一生正处于中国社会由封建社会向半殖民地半封建社会转变时期，在诗歌领域更是看不到未来的方向。黄遵宪的革新则吹响了古典诗歌改革的号角，由于他多年出访日本、欧洲各国，所以思想上处于时代的最前沿，受到了西方资产阶级民主、自由主义的影响。这些因素使得他的诗歌充满了新的形式、主题和思想。《人境庐诗草》这部诗集反映了近代历史的重大变革，特别是近现代社会的主要矛盾，还宣传外国先进文化，以极富创造性的艺术在近代诗歌历史上大放异彩。

《人境庐诗草》不仅包括了冲破封建文化禁锢的思想，对落后腐朽清政府的痛斥，更表达了诗人变法图强的思想。《人境庐诗草》前两卷是黄遵宪出国前的诗作，揭露了封建文化礼教对人民的禁锢和毒害，还对宋明理学、科举制度进行了抨击。而《哀旅顺》、《苦威海》等篇章则反映了对侵略者的痛恨，对强国强民的渴望和希望。

艺术手法

黄遵宪是中国近代文学史上最早倡导诗界革命的诗人，有"诗界革新导师"之称。他主张走向世界，施行新政，因此在诗歌创作上也主张创新、改革诗歌的意境、风格。所以在他的诗歌中我们可以看到新颖的题材和主题，以表现新的生活和新时代。

黄遵宪的诗歌既具有现实主义手法，也带有浪漫主义的色彩。同时他以"旧风格含新意境"为追求目标，力求将古典诗歌的传统、风格和新意境、新风格和谐地统一起来。在《人境庐诗草》中他便运用了现实主义方法，着重反映了近代历史的重大事件，特别是社会的主要矛盾、民族危机及社会现状等方面。因此，他的诗歌表现了强烈的爱国主义精神，以及对旧社会、旧礼教、旧制度的批判。

黄遵宪善于以细致的手笔叙事、写景，状物、注重场面的铺陈，刻画人物的特色，使得诗歌的内容丰富、形象生动。

文学地位

《人境庐诗草》是黄遵宪诗歌成就的突出代表，也是他思想的主要体现，使诗人确定了在近代诗歌乃至近代文学史上的地位。他的诗歌在当时产生了巨大影响，得到不同学派的称赞，其新思想、新革新对近代诗歌改革起到了启发和指导作用。被梁启超誉为"诗界革命的一面旗帜"。

《人境庐诗草》的创作是诗人吸收中西文化精髓的产物，使得当时的中国人展开新的视野、眼光看世界、了解世界，并使得中国近代诗歌迈上了新的台阶。

作者简介

黄遵宪（1848-1905），字公度，别号人境庐主人，出生于广东嘉应，清朝诗人、著名的外交家、政治家、教育家。黄遵宪在戊戌变法中积极主张推行新政，希望通过外交工作施展自己的抱负，实现强国的抱负，被称为"最有风度、最有教养的外交家"。

黄遵宪在日本担任外交大臣期间，以当地历史、政治、景物、风俗为题材创作《日本杂事诗》200余首，开创了中国古典诗歌的新境界。他善于作诗，喜欢以新事物融入诗歌，主张在创作上表现新事物、新思想，从理论和创作上为"诗歌革命"开创了新道路，因此被誉为"诗界革新导师"。

主要作品有《人境庐诗草》、《日本国志》、《日本杂事诗》，以及诗词《杂感》、《今别离其一》、《题梁任父同年》、《上岳阳楼》等作品。

名家点评

梁启超在《饮冰室诗话》中评：要之公度（黄遵宪字公度）之诗，独辟境界，卓然自立于二十世纪诗界中，群推为大家，公论不容诬也。

康有为在《人境庐诗草》序中说：公度岂诗人哉！而家父、凡伯、苏武、李陵及李、杜、韩、苏诸巨子，孰非以磊砢英绝之才，郁积勃发，而为诗人者耶！公度之诗乎，亦如磊砢千丈松，郁郁青葱，荫岩竦壑，千岁不死，上荫白云，下听流泉，而为人所瞻仰徘徊者也。

尝试集

内容梗概

1910 年，胡适赴美留学，曾经在康奈尔大学读农科、哥伦比亚大学研究院研究哲学，这段经历对他以后的思想、文学创作产生了重要影响。胡适吸取了杜威的实用主义，提出了"大胆的假设，小心的求证"的主张，并发表了著名的《文学改良刍议》。

1916 年 7 月为了实践自己的理论，胡适开始创作《尝试集》，留美期间完成了第一篇的写作，归国后完成后两篇，并于 1920 年出版由上海亚东图书馆印行。目前流传最广的版本是 1922 年出版的增订四版。这两个版本正文都分为三篇，另有附录《去国集》所收诗篇——胡适在 1916 年前创作的文言诗词。另外，《尝试集》共出版了 14 版，直到"抗战"爆发后再无出版。

《尝试集》的第一篇并没有脱离旧诗体的风格，而第二篇和第三篇则是通过大胆革新的自由诗体。其中收录了《一念》、《鸽子》、《人力车夫》、《十二月五夜月》、《老鸦》等白话诗。

主题思想

尝试集是第一部白话诗集，也是新文化、新思想背景下的产物，体现了胡适力求改革、寻求创新的主要思想。所以这部作品集不仅痛斥了封建军阀的黑暗统治，批判了封建旧礼教的虚伪，更表现了个性解放和积极进取的精神。在"五四"精神的影响下，诗人开始歌颂劳动者的高尚品质。

但是，由于《尝试集》创作之时正是"五四"运动兴起的初期，人们的思想还比较僵化、守旧，很多人反对白话文运动，第一篇中，除了《蝴蝶》和《他》两首之外，都是旧体诗。所以《尝试集》充满了矛盾，显示了从传统诗词中蜕变、寻找新方向及实验新诗形态的艰难。

《尝试集》的主题思想便是追求个性解放、人道主义和民主自由，具有反封建、反旧礼教的时代意义和进步意义。第二篇中《你莫忘记》中描述了一位遭受毒打、家破人亡的普通民众，揭露了战乱给人民带来的深重灾难，表达了诗人对军阀混战和社会黑暗的愤怒与失望。《威权》的写作背景是陈独秀被捕之后，东京工人大罢工之时，"威权？坐在山顶上，指挥着一班铁锁着的奴隶替他开矿"。表达了胡适反抗封建权威、争取民主自由的进步精神。《沁园春·新俄国万岁》则通过赞扬那些反抗沙皇专制统治，为自由而斗争的俄国囚徒，表达了对自由、民主的渴望。

前面我们说第一篇的诗歌还没有脱离旧诗的体裁，如已经具有新诗风格的《蝴蝶》也具有旧诗的束缚，采用统一的五言格式。而其他的诗歌也采用五言或是七言的格式，只是加入了一些白话词，呈现半文半白的形式。不过，这使诗歌具有一些新诗的感觉，不仅打破了旧诗的声韵格律限制，更抛弃了用典、对仗等修辞。

从第二篇开始，胡适就打破了五言七言的整齐句法，出现长短不一的句子，追求诗歌的自由形式。同时，胡适还借鉴了外国诗歌的自由形式，以白话语言的自然节奏和音调轻重为基础，对诗句进行了调整，使得音律更加自然、和谐。《关不住了》这首诗歌是胡适新诗创作的新纪元，不仅意境和神韵都比较接近原诗，句子结构也自由自然。之后的《上山》、《一颗遭劫的星》等诗歌都极其自然、自由，具有新诗的显著特点。

在音节的探索上，《尝试集》也具有一个重要的突破，第一篇的诗歌都是使用旧诗的音节，第二篇开始几首使用的词的音调。后来，胡适开始增强白话诗音节的婉转，采用了双声叠韵的方法，如"请他们三三两两，/回环往来，夷犹如意"等诗句，使得诗歌更加自然优美。

胡适是我国近代第一位白话诗人，他的《尝试集》无疑是中国现代文学史上第一部白话诗集，开创了新文学运动的风气。它不仅是胡适文学创作上里程碑式的著作，更是在中国新诗发展史上具有开创性的地位和意义。

《尝试集》中的诗歌充满了矛盾，显示了诗人从传统诗歌脱胎、蜕变，并寻找新诗方向的过程。所以这部作品一经问世就受到了文学界和理论界的广泛关注，对人们研究新诗的发展历程具有重要的文学价值。同时，像所有的开拓性的文本一样，它也有一定的局限性，是局限性和创新性的矛盾统一体，是现代文学不可不谈的一部"经典"。

作者简介

胡适（1891-1962），原名嗣穈，学名洪骍，字希疆，后改名胡适，字适之。胡适是安徽绩溪人，"五四"文学运动的主要倡导者之一，新文化运动的领袖人物，著名的学者、诗人。

胡适毕业于康奈尔大学、哥伦比亚大学，1917年回国后担任北京大学教授，次年担任《新青年》编辑。胡适是第一位提倡白话文、新诗的学者，宣传个性解放、思想自由，与陈独秀、李大钊、鲁迅等成为新文化运动的领袖。"五四"运动后，胡适与李大钊、陈独秀等马克思主义知识分子分道扬镳，倡导改良主义，挑起了"问题与主义之争"，不久便离开《新青年》。

从1920年开始，胡适先后创办《努力周报》、《独立评论》、《新月》月刊、"独立时论社"等刊物，出版《尝试集》、《胡适文存·二集》、《戴东原的哲学》、《白话文学史》、《卢山游记》、《人权论集》、《胡适文存·三集》、《胡适文选》等著作。

20世纪40年代，胡适定居美国数年。1958年后，胡适返回台湾，致力于文学、史学、哲学方面的研究工作，主要著有《胡适的时论》、《水经注版本四十种展览目录》、《我们必须选择我们的方向》、《齐白石年谱》等。胡适还在学术上提出了"大胆的假设，小心的求证"的治学方法，对后世学术研究产生了重大影响。

名家点评

梁实秋：胡先生，和其他的伟大人物一样，平易近人。"温而厉"是最好的形容。我从未见过他大发雷霆或盛气凌人。他对待年轻、属下、仆人，永远是一副笑容可掬的样子。就是在遭到挫折侮辱的时候，他也不失其常。其心休休然，其如有容。

季羡林：胡适是一个书生，说不好听一点，就是一个书呆子。举一小事称，胡适一次会议前声明要提前退席，会上忽而有人谈到《水经注》，胡适之先生立即精神抖擞，眉飞色舞，口若悬河起来，乃至忘了提早退席这件事。

女神

内容梗概

《女神》出版于 1921 年 8 月，是比较早期、影响较大的白话诗集，收录了郭沫若1919 年到 1921 年之间的主要诗作，多为诗人日本留学期间所创作的。主要包括《凤凰涅槃》、《女神之再生》、《炉中煤》、《日出》、《笔立山头展望》、《地球，我的母亲!》、《天狗》、《晨安》、《立在地球边上放号》等 56 篇诗作，还包括序言。

《女神》的发表仅仅比胡适的《尝试集》晚三个月，受到了胡适白话诗歌的影响，却比《尝试集》所表达的感情更强烈、更浓厚。当时处在中国民主革命、世界无产阶级革命的高峰，所以是时代的产物。它在思想内容上表达了反对封建主义、帝国主义，追求自由、个性解放，并期望创造新世界的"五四"精神。渴望和歌颂祖国的新生也是《女神》的一个重要主题，《凤凰涅槃》、《女神之再生》都是这一思想的体现。除此之外，歌颂大自然也是本诗集的主题，《太阳礼赞》、《日出》、《光海》等诗作，歌颂了大自然的美丽景色，表达了诗人热爱祖国、热爱自然，追求解放的思想。

主题思想

具体来说，它集中体现了三个方面的思想内容：

1. 追求个性解放，崇尚个性的强烈要求。"五四"运动的思想核心就是敢于探索、敢于创新，解放思想、个性解放，并具有反帝反封建的民主、科学内容。这部诗集则是在文学上要求张扬自我，自我价值的体现。《天狗》中诗人将自己比作"天狗"，强烈地要求否定自己，"我剥我的皮，我食我的肉，我吸我的血，我啮我的心肝"。诗人借助否定自我改善自我，来发表破坏旧事物、创造新事物的强烈情感。而《浴海》、《地球，我的母亲!》等诗歌不仅仅着手于个人的解放，更注重社会、民族、劳苦大众的个性解放。

2. 诗中体现了强烈的反抗、叛逆精神。其中最具有代表性的便是《凤凰涅槃》，通过凤凰自我涅槃的描写及凤凰自焚前的歌唱，体现了对腐朽旧世界的痛恨，以及彻底与旧世界彻底决裂的决心，寻求重生、新生的渴望。

3.《女神》还具有强烈的爱国主义情感。诗人通过《炉中煤》的年轻女郎，《凤凰涅槃》中凤凰等形象，表达了对祖国的无限热爱。《女神之再生》表达了诗人对光明的追求，希望中国可以迎来美好的未来、幸福的生活。

《女神》是一部浪漫主义诗集，运用丰富奇特的想象力和豪放热烈的抒情，使得每句诗句都迸发出强烈、激情的感情。他采用了惠特曼"雄而不丽"的风格，想象新奇、语言粗犷、笔调恣肆、气势磅礴。

诗人注重浪漫主义和自我表现的强调，以直抒胸臆的主要表达方式，将内心的感情进行喷发式的宣泄。这样极其感染力的抒情方式，尽快地吸引读者的注意力，与诗人的情感感同身受。其中代表作《凤凰涅槃》就是最典型地体现了这一表达特点。

郭沫若具有奇特的想象力，天马行空的幻想，以及夸张的修辞手法，使得诗歌更加具有魅力，充满想象和意境美。《天狗》中诗人借鉴了民间天狗吞月的传说，将自己比喻成天狗，想象天狗吞噬了全宇宙。在语言运用方面，诗人使用带有强烈的主观性的色彩的词句，直接抒发个人的主观情感。

另外，作为郭沫若的第一部新诗，他破除了旧诗格律的严格束缚，不追求固定的现有格式，而是追求自由、自然的诗歌形式。在诗歌写作中，诗人凭借个人情感的流露，自然形成诗歌的韵律、声调。诗集中的每首诗都采用一种新的格式，如《天狗》采用短促的句式，而《凤凰涅槃》的诗句参差不齐，长短并用。

《女神》大量运用比喻、象征的手法，常常借助某一事物来寄托、抒发自己的感情。日月星辰、风云雷电等自然景观、古代神话、历史人物，都成为诗人直抒胸臆的工具。

文学地位

《女神》是郭沫若的第一部诗集，也是中国现代文学史上一部具有突出成绩和重大影响的新诗集。它在诗歌形式上，突破了旧诗的格式束缚，创造了雄浑奔放的自由诗体，为"五四"运动以后的自由诗开拓了新的局面，可以说是近代新诗的奠基之作。

在思想内容上，它体现了"五四"时期的创新精神，彻底地反帝反封建和对光明的向往。在艺术上，《女神》是中国现代诗歌历史上的里程碑，开创了新诗的浪漫主义诗风。它以鲜明的浪漫主义独树一帜，其强烈的感情和唯美的艺术形象对后来的浪漫主义诗风产生了重要影响。

另外在诗歌形式上，它是自由诗体的一个高峰，完全破除了旧诗格律的束缚。采用了长短无定的形式，并且在韵律上突破了固定的格式限制。

作者简介

郭沫若（1892–1978），原名郭开贞，字鼎堂，号尚武，出生于四川乐山，现代文学家、历史学家。

1914 年，郭沫若留学日本，1921 年，发表第一本新诗集《女神》，它是中国新诗的主要代表作，郭沫若也成为新诗的重要奠基人之一。同年，与郁达夫等人创立"创造社"，积极参加新文化运动、"五四"运动。期间创作《天狗》、《凤凰涅槃》、《莺之歌》、《星空》、《前茅》等诗歌。

1930 年，郭沫若撰写《中国古代社会研究》，以马克思主义为指导编著了中国古代历史，开创了唯物史观派，该学派在以后占据了中国学术史的主流地位。1937 年抗日战争爆发后，郭沫若积极组织文化抗战运动，积极号召文学界抗战救国。并创作了大量鼓舞人心的剧本，最著名的包括《屈原》、《虎符》、《棠棣之花》、《南冠草》、《孔雀胆》、《高渐离》等 6 部历史剧。

新中国成立后，郭沫若担任全国文学艺术会主席，一直从事文学、历史学研究，在诗歌、古史研究、古文字研究等方面取得了巨大成就。除此之外，著有《中国古代社会研究》、《甲骨文研究》、《卜辞研究》、《殷商青铜器金文研究》、《奴隶制时代》、《文史论集》等专著。

名家点评

　　闻一多：他的精神完全是时代的精神——二十世纪时代的精神。有人讲文艺作品是时代的产物，《女神》真不愧为时代的肖子。

　　朱自清：他的诗有两样新东西，都是我们传统里没有的，——不但诗里没有——泛神论与二十世纪的动的和反抗的精神。

　　朱光灿：《女神》是中国现代文学史上第一部新诗集，奠定了我国新诗的基础，开了一代诗风。

繁星

内容梗概

《繁星》是冰心的第一部诗集，收录了诗人1919年冬至1921年秋所写164首小诗，最初发表在北京《晨报》副刊上。

这些小诗是冰心平时随便记下的感想和回忆，后来在泰戈尔《飞鸟集》的启发下，将这些"零碎的思想"收录在一起，成为一本诗集。这本诗集是当时冰心生活、情感、思想的自然流露，含蓄隽永，富有哲理，后来在中外文坛上都具有很高荣誉。随后，冰心还出版了《春水》诗集，这本诗集同样是诗人平时生活情感的小诗集合，《春水》中共收录了182首小诗。后人经常将这两部诗集相提并论，因为它们具有相类似的主题，表达了共同的思想内容。

《繁星》中的那些诗从侧面体现了"五四"运动的开放、自由思想，体现了冰心的"爱的哲学"，对母爱的博大、童心和自然进行了高度赞扬。

主题思想

冰心是中国现代文学史上著名的女作家，她一进入文坛便宣扬"爱的哲学"。而母爱则是"爱的哲学"的具体体现，在冰心看来，母爱是世界上最朴素、伟大的爱，是孕育万物的根源。在《繁星》这本诗集中，冰心通过一首首情感流露的小诗，歌颂了最高尚、最美好的母爱。

"我在母亲怀里，母亲在小舟里，小舟在月明的大海里"。"母亲呵！撒开你的忧愁/容我沉醉在你的怀里/只有你是我灵魂的安顿"。"这些事——/是永不漫灭的回忆/月明的园中/藤萝的叶下/母亲的膝上"。这种对母亲的歌颂，在诗集中占据了很大的比重，正是由于对母亲的深情歌颂，才使得这本诗集的情感更加细腻、真诚、深沉。

第二方面，对大自然的歌颂和赞扬也是《繁星》的重要主题。冰心崇尚自然、热爱自然，并且认为人来自大自然，与大自然是和谐的统一体，所以人们应该珍惜和热爱大自然。在《繁星》之中，冰心将大自然、母爱、童真融为一体，实现了情感的统一。"深蓝的天空"、"闪烁的繁星"、"无声的树影"、"粉红的荷花"都是冰心笔下的景物，是她抒发情感的本体。

最后，纯真的童心也是冰心赞美的对象，这也是她歌颂母爱的延伸。在冰心眼中，儿童是最纯真、最可爱的朋友，最接近自然的事物。"婴儿，是伟大的诗人，在不完全的言语中，吐出最完全的诗句"。同时，诗人借助儿童的童真朴实，来反衬当时社会的丑恶和黑暗。

艺术手法

《繁星》在艺术形式上，兼顾了中国古典诗词和泰戈尔哲理小诗的优点，利用平时瞬间捕捉的灵感，两三句的内容，表达了诗人内心的情感和思想。

冰心的诗歌比较纤柔，语言清新、淡雅，清韵绵长，具有独特的艺术魅力。韵律浑然天成，意境优美清新，因此被茅盾称作为"繁星格，春水体"。这些诗歌形式短小而意味深长，并且蕴含着丰富的哲理性。

这本诗集中诗作长短不一，有的只有两行，长的也只有十几行。虽然这些诗作短小，但是内容却并不单薄，是真实自然情感的流露。冰心曾经说过："《繁星》不是诗，至少那时的我，不在立意作诗。"正是因为如此，诗作才没有刻意的粉饰和修辞，而是直接抒发内心的情感。

《繁星》的立意虽然不在作诗，但是却富有诗的意境，诗的情趣。如"繁星闪烁着——深蓝的天空，/何曾听得见他们对语？沉默中，/微光里，/他们深深地互相颂赞"。仅用短短的几句诗句，诗人便勾勒出一幅优美的夜空的景象。

文学地位

《繁星》是冰心早期的重要作品，也是中国新诗史上的代表作。冰心用女性的角度和思想述说了内心的情感，为近代自由诗的发展提供了基础和借鉴。这本诗集语言清新、淡雅，清韵绵长，具有独特的艺术魅力，韵律浑然天成，意境优美清新，因此被茅盾称作为"繁星格，春水体"。同样，这本诗集也奠定了冰心近代著名新诗人的重要地位。

冰心（1900-1999），原名谢婉莹，冰心是她的笔名，我国现代著名女作家、诗人，福建长乐人。1918年，冰心考入北平协和女子大学（后并入燕京大学），于次年发表人生中的第一篇小说《两个家庭》。受泰戈尔影响，冰心在大学期间创作了大量无标题自由体小诗，后整理成《繁星》和《春水》出版，其独特的语言形式被称为"春水体"。

1923年，冰心于燕京大学毕业，前往美国威尔斯利女子大学就读，期间创作了本书的主要内容。1926年，冰心获得英文文学硕士学位，归国任教于燕京大学和清华大学，"抗战"期间积极组织参与文化救亡活动。"抗战"胜利后，冰心前往东京大学执教，1951年归国后先后担任《人民文学》编委、中国作家协会理事和中国文联副主席等职。

冰心一生创作大量散文、诗歌、小说，为我国文学史留下了宝贵财富，主要作品有散文集《冰心著作集》、《南归》、《还乡杂记》、《小桔灯》，诗集《繁星》，小说集《去国》等。

此外，由于冰心享年百岁，又被后人称为"世纪老人"。

名家点评

梁实秋：冰心女士是一个散文作家，小说作家，不适于诗；《繁星·春水》不值得仿效而流为时尚。

巴金：有你在，灯亮着。一代代的青年读到冰心的书，懂得了爱：爱星星、爱大海、爱祖国，爱一切美好的事物。我希望年轻人都读一点冰心的书，都有一颗真诚的爱心。

魏巍：一颗善良美丽的星辰陨落了，而她的光芒，将永远留在几代人的心里……

南社丛刻（1924 年国学社版）

 内容梗概

"南社"是代表资产阶级利益的革命文学社团，于 1909 年 11 月 13 日在苏州成立，主要创始人为柳亚子、高旭和陈去病等。《南社丛刻》作为其机关刊物，主要以"鼓舞民族士气，宣扬反清革命"为发文宗旨，辛亥革命前共发行 4 集。清王朝覆灭后，《南社丛刻》继续代表资产阶级发声，为我国走向近代化做出巨大贡献。

本书是"南社"的机关刊物，主要刊载"南社"成员的文学著作。其中，诗词作品占比 90%有余，文章作品占比 10%不足。截止到 1923 年解散前，该刊物共出版 22 集，文体主要包括文、诗、词三类，内容庞大，涉猎广泛，具有鲜明的资产阶级革命特性。

1924 年，"新南社"成立，并于 5 月出版《新南社社刊》，从此开始采用白话文刊载作品。同年，胡朴安选编《南社丛选》刊行，即是本书收录的版本。1936 年，柳亚子又将《南社丛刻》刊载的全部诗词整理成《南社诗集》和《南社词集》出版。1940 年，柳亚子著成《南社纪略》，用以记述南社历史。1980 年，北京中华书局出版杨天石、刘彦所著的《南社》，1981 年，上海人民出版社又出版了郑逸梅著的《南社丛谈》。

 主题思想

"南社"注重文学的社会作用，主张以文学激活民族性，从而建立炎黄子孙的族魂，最终达到保家卫国的目标。总体来讲，"南社"是为资产阶级革命服务的，因而它的发声完全代表资产阶级利益。但是具体来讲，"南社"成员的文学主张又有分歧，以柳亚子为代表的流派推崇唐朝文风，以高旭为代表的流派推崇宋朝文化，以马君武为代表的流派又主张建立全新的文化，同时还有少量其他主张的成员。

当然，"南社"的主流文学还是以柳亚子为代表，但是其他流派的势力也非常顽固。这一点侧面反映了当时"百家争鸣"的文学风气，同时也为"南社"后来的分裂埋下伏笔，尽管他们始终代表资产阶级的利益。对于辛亥革命的不彻底，"南社"成员也有较为清醒的认识，可惜他们当中的一部分成员由此陷入悲观，这自然大幅削弱了其作品的思想性和革命性。

与此同时，由于"南社"一味推崇国粹主张，致力于恢复大汉族文化，未能理性对待清朝遗留的优良文化，对于西方社会的先进文化同样未能及时吸收。这样一来，"南社"对于我国文学史的进一步发展就形成了阻碍，比如在后来的"五四"运动中，白话文成为当时社会的大势所趋，但是"南社"中的很多成员却持坚决反对态度。

艺术手法

通常来讲，文学刊物都是作者投稿和编辑整理，然后出版发行。但是"南社"却一反常规，其主要方式是社员大规模聚会（称为"雅集"），在聚会直接产生投稿作品。这样做的好处是结合时事，同时相互之间还可以展开讨论甚至辩论，由此确保作者的观点尽可能全面和深入。

当然，作为一个革命性质的文人社团，"南社"成员的集会就是政治和文化活动，因而出现了大量极具革命性、鼓动性和战斗性的诗词。史料记载，"南社"成立到 1917 年，大规模集会有 16 次，每次都有大量优秀诗词问世，并且在半年之后编入《南社丛刻》发行。与此同时，由于"南社"成员达到 1000 有余，同时分散于世界各地，因而每次集会不可能全部到齐，书信投稿的方式并未被"南社"完全弃用，包括少量非"南社"成员。

文学地位

"南社"成立之初，即摆出澄清寰宇的架势，迅速为当时文坛带来新的风气，并且顺势在文学界占据主流和领导地位。同时，作为我国近代史上著名的资产阶级革命文化团体，"南社"也是我国近代史规模最大的文学社团，《南社丛刻》也在我国近现代编辑史上占有重要地位。

此外，"中国同盟会（国民党前身）"的成立，将我国资产阶级民主革命推向高潮，"南社"正是这一历史趋势促生的文学团体。比如在第一次集会中，17 名成员有

14名是同盟会会员，足以说明其极具革命性，这就让《南社丛刻》在中国革命史上同样占有重要地位。

本书作者数量过于庞大，无法一一进行介绍，只能将主要编者介绍如下：

柳亚子（1887-1958），名弃疾，字亚子，江苏吴江人。最初受康有为和梁启超的思想影响，后来转向革命，于1903年加入"中国教育会"，同时加入"上海爱国学社"，结识章炳麟和邹容等革命家。1906年，柳亚子加入"中国同盟会"和"光复会"，并于次年创立"南社"。

与此同时，柳亚子痛斥清朝的腐朽，诗作中充满革命力量，极力揭露和抨击清朝文化的黑暗。受到龚自珍的诗风影响，柳亚子的作品清新古朴，如行云流水，著名学者郭沫若曾经对他作出评价："中国的文学语言，无论雅言或常语，在他的笔下就像是雕塑家手里的软泥，真是得心应手。"

辛亥革命失败后，柳亚子并没有像其他"南社"成员那样意志消沉，而是继续保持革命文人的情怀和斗志。面对革命者对袁世凯的妥协，柳亚子愤然疾书道："铙（náo）歌慷慨奏平胡，大局终怜一着输。"积极投入到反袁斗争当中。

由此可见，柳亚子虽然出身旧社会，并且受到民粹主义文化影响，却能够顺应历史发展潮流，这在"南社"成员中是极为少见的。

高旭（1877-1925），江苏金山（今上海金山）人，出身地主家庭。留日期间接受革命思想影响，并加入"中国同盟会"，归国后任"中国同盟会"江苏支部部长。高旭的诗风通俗易懂，豪放不羁，且篇幅较长，往往浩浩荡荡地表现出革命热情。可惜在遣词用句方面有失凝练，不免给人拖沓反复的感觉，因而在艺术造诣上不及柳亚子。

此外，在辛亥革命失败后，高旭开始意志消沉，诗作多感叹伤怀，甚至对文学的革命作用产生了质疑。不过从整体上来讲，高旭对"南社"前期的酝酿和发展贡献较大，这也奠定了他在文学史和革命史上的重要地位。

陈去病（1874-1933），字巢南，江苏吴江人，出身商人家庭，为人有侠义之风。他和柳亚子一样，最初受康有为和梁启超的思想影响，后来也转向革命，在"南社"

成立前已经创办了革命性文学社团——"神交社"，而这也是"南社"的前身。1906年，陈去病加入"中国同盟会"，并且和柳亚子、高旭一起创办了"南社"。

1917年，陈去病随孙中山赶赴广州，任非常国会秘书长兼参议院秘书长，北伐后出任前敌宣传处主任。孙中山去世后，陈去病将主要精力用在了中山陵的建设上，后致力于大学教育和文史研究工作。

胡朴安（1878-1947），名有忭（biàn），字仲明，朴安是他的号，安徽泾县人，出身儒学世家。中了秀才后在家乡做塾师，期间受到西方思想影响，于1906年前往上海参加革命活动，结识柳亚子等人，后加入"南社"。

1922年，胡朴安应孙中山之邀，准备前往广州任职，但因为陈炯明之乱作罢，转而进入《人民日报》担任社长。1930年，胡朴安又应叶楚伦之邀，出任江苏省民政厅厅长，结果因为不谙官场之道而辞职，返回上海教书。抗日战争爆发后，胡朴安闭门著述，过起了不问世事的隐居生活。

高旭：欲一洗前代结社之弊，作海内文学之导师。

死水

《死水》是闻一多最著名的一本诗集，收录了1925年7月归国后的28首诗歌。于1928年由新月书店出版，在当时引起了巨大反响，沈从文等名人给予了高度评价。

与第一本诗集《红烛》相比，《死水》所收录的作品在思想和艺术形式上都比较成熟、深刻。主要包括《死水》、《一句话》、《发现》等诗篇，这些作品或激愤，或悲壮，或豪迈。不过它们都有一个共同点，那就是抒发了诗人对当时社会黑暗的痛恨，对祖国与人民的深沉、强烈的热爱与期盼。

如《洗衣歌》中，诗人将"高等"洋人的罪恶、卑鄙，与"低等"华人的卑微、勤劳进行了鲜明对比，字里行间体现了其对民族压迫的愤慨，以及强烈的民族自豪感；《发现》中诗人满怀报效祖国的热情回归故里，却不得不面对国家满目疮痍、民不聊生的破败现实，表现了诗人内心的痛苦、悲愤与抗争；最具代表的诗作《死水》则更加深刻地揭露了旧社会的黑暗与"死气沉沉"，抒发了诗人对旧恶势力的憎恨和不满。

主题思想

1925年，闻一多怀着满腔的爱国热情与殷切希望回到祖国，希望可以看到祖国的强大和富强。然而，呈现在他面前的却是军阀混战、帝国主义横行、民不聊生的景象，这使诗人感到无比的失望、痛苦，乃至是愤慨。

诗集以诗人最得意的《死水》来命名，则是诗人在梦想破碎后发出的最愤恨的诅咒、最痛心的疾呼。"清风吹不起半点漪沦"、"一沟绝望的死水"这些形象鲜明的语言，深刻地刻画了当时社会的真实景象——即黑暗、死气沉沉、腐败不堪。这无不反映了诗人对现实彻底绝望的心情，发现了诗人对黑暗社会痛恨不已和对祖国深切热爱的这一种强烈的矛盾情感。

艺术手法

《死水》采用了象征和反讽的艺术手法，运动大量的反语，比如"绿成翡翠"、"锈出几瓣桃花"等比较绮丽、鲜明的词语，刻画了军阀混战时期社会的黑暗，反映了诗人对黑暗社会的诅咒、愤怒，以及与其彻底决裂的决心。

古人说："流水不腐，户枢不蠹。"只有流动的水才能避免腐臭、才充满着希望和生机。而"死水"则充满着恶臭、没有活力，甚至让人感到绝望呆滞。而在诗人的眼中，这便是现实社会的真实写照。诗人通过象征、暗喻的艺术手法，抓住了死水之"死"，将内心绝望的感情表现得淋漓尽致。

闻一多诗歌写作力求三美，即音律美、绘画美和建筑美，提倡新诗的格律化。本诗格式整齐，全诗共五节，每节四句，每句九字，隔行押韵，每节各押一韵。诗人运用鲜明艳丽的语言，严密的韵律，整首诗读起来朗朗上口、富有音律美。

文学地位

诗集《死水》是我国诗坛上不可多得的杰作，是闻一多最出色的诗歌选集，其思想深度、表现手法上都成熟、精炼。这部作品表现了闻一多对祖国和人民的热爱，以及对祖国动荡、落后现实的痛心，整部诗集贯穿了诗人博大精深的爱国情怀。《死水》是闻一多追求诗歌三美的典范之作，也进一步确定了闻一多在中国诗坛上的地位。

作者简介

闻一多（1899-1946），本名闻家骅，字友三，湖北黄冈人。闻一多是中国现代伟大的爱国主义者和民主战士，是新月派重要的诗人和著名学者。主要作品收录在《闻一多全集》，其中包括诗集《红烛》、《死水》等，其诗歌表现了对帝国主义和反动军阀的痛恨，对祖国、民族命运的关切和担忧，以及表达了对祖国和人民的深切热爱。

闻一多是伟大的爱国主义战士，他一身正气，对祖国和人民充满了热爱，并积极参加爱国民主运动。1937年，抗日战争全面爆发，面对严酷现实，他毅然抛弃了文化救国的幻想，积极投入到抗日救亡和争取民主的斗争之中。1944年，他加入中国民主同盟会，积极进行民主斗争，义愤填膺地揭露国民党当局镇压学生爱国运动的真相，并发出了"未死的战士们，踏着四烈士的血迹"的号召。1946 年，闻一多积极坚持"民主团结、和平建国"的立场，号召"各界朋友们亲密地携起手来，共同为反内战、争民主，坚持到底！"后，不幸被国民党特务暗杀。

闻一多是集诗人、学者和革命斗士于一身的伟大诗人，其诗篇或悲痛或激愤，或豪迈或热情，使读者为之动情、为之震撼！在艺术形式上，闻一多的诗歌别具风格，提倡新形式的格律诗，并具有浪漫主义色彩以及迸发的激情。他还提出了诗歌不仅要包含绘画美、音乐美，还要具有建筑美，所以他的新格律诗理论被称为现代诗学的奠基石。

朱自清：《诗刊》里闻一多氏影响最大。《死水》转向幽玄，更为严谨；他作诗有点像李贺的雕镂而出，是靠理智的控制比感情的驱遣多些。但他的诗不失其为情诗。另一方面他又是个爱国诗人，而且几乎可以说是唯一的爱国诗人。

沈从文：作者是画家，使《死水》集中具备刚劲的朴素线条的美丽。同样在画中，必需的色的错综的美，《死水》诗中也不缺少。作者是用一个画家的观察，去注意一切事物的外表，又用一个画家的手腕，在那些俨然具不同颜色的文字上，使诗的生命充溢的。

志摩的诗

《志摩的诗》是徐志摩的主要代表诗集，在 1925 年自费由新月书店出版，收录了他早期创作的 60 首诗歌。《雪花的快乐》是本诗集的开卷第一首，以轻快的节奏、明朗的语言，展现了诗人对自由、爱情、理想的渴求、追求。其他部分作品，包括《落叶小唱》、《为谁》、《问谁》、《这是一个懦怯的世界》、《一星弱火》、《为要寻一个明星》、《不再是我的乖乖》、《多谢天！我的心又一度的跳荡》、《我有一个恋爱》等诗作。

同时，诗集中还有一些反映社会现实的作品。诗人心中怀有对美好生活的向往，期盼瑰丽的理想世界，然而生活的悲惨景象却打破了诗人的理想世界，这使得其内心矛盾不已。如《先生！先生!》、《谁知道》、《灰色的人生》、《叫化活该》等作品从侧面反映了诗人面对残酷现实的失望、忧伤。

主题思想

在《志摩的诗》中，对爱情的执着追求是最重要、最突出的主题，其中既有初恋的美好心情，也有期盼爱情的焦灼；既有对爱情美好的憧憬，也有爱情幻灭的痛苦。

正如胡适所说的，徐志摩的人生观有一个单纯的信仰，这里面只有三个大字，一个是爱，一个是自由，一个是美。徐志摩受到西方文化的影响，具有浪漫主义情怀，他的诗歌从诗化生活的表现，到对爱、自由、美的追求，再到对社会现实的痛恨，最后到理想破灭的失望、消沉，无不反映了诗人的真实情感、真实生活。

由于之前徐志摩前往英国剑桥大学学习，所以思想上受到了西方自由浪漫、放荡不羁等风潮的影响。因此，《志摩的诗》抒发了诗人对自由生活、美好爱情的向往和美好追求。这段时期，诗人的笔调比较柔和隽永，语言清雅秀丽，意境恬静优美，富有浪漫主义的情调，为人们创造出一个优美、梦幻的境界。诗人曾坦言说："我的笔本来是最不受羁勒的一匹野马，看到了一多的谨严的作品，我方才憬悟到我自己的野性。"

徐志摩是中国近代新月派代表诗人之一，深受西方浪漫主义和唯美主义影响，其诗作具有浪漫主义色彩，诗句清新、新奇，意境优美，飘逸华美。他的诗作和谐、明快，富有意境美，达到了情、景、境的融合，让人们领略到如梦如幻的诗化生活。

徐志摩的诗歌融合了中国古典诗词、散曲、民歌的精华，并且吸取了欧洲浪漫主义诗人的风格，形成了一种新颖、清新的新诗风。在艺术形式上富于变化，却又整齐工整；语言常运用口语，却又文雅精炼；追求内在的节奏感和韵律美。诗作的词句趋向口语化，音节散漫，因此徐志摩在韵脚的处理上十分讲究；有的诗作是一诗一种韵式，有的则是一首诗同时几种韵式，变化自由、不拘一格。在新诗的格律化过程中，他既有效地融合了闻一多的三美，又具有自己独特的方式。

文学地位

徐志摩是新月诗派的主要代表人，在新诗的创作上具有卓越的成就，第一部诗集《志摩的诗》是继郭沫若的《女神》之后又一座丰碑。它将徐志摩飘逸潇洒、明丽柔美的风格表现得淋漓尽致。徐志摩融合了各种外国诗体，既有英国诗人拜伦、雪莱的影子，又深受法国波德莱尔、美国惠特曼、印度泰戈尔等诗人的影响。所以，徐志摩的诗歌在语言、艺术形式、表现手法上进行了全面革新，创作不拘一格，自由流畅，代表并影响了当时新诗歌的趋势、走向。

作者简介

徐志摩（1897-1931），原名章垿，字槱森，留学英国时改名徐志摩，曾用过笔名：南湖、诗哲、海谷等，浙江海宁人。

1917年，徐志摩进入北京大学学习，接触新的知识和思想，钻研法学、日文、法文，并燃起了对文学的兴趣。期间，他拜梁启超为师，梁启超对徐志摩的一生产生了重大影响。1921年，徐志摩进入英国剑桥大学，作为特别生接受了资产阶级的贵族教育，并开始接触各种思想流派，使其形成了理想主义的自我意识。同时，徐志摩开始翻译国外著名作品，包括意大利作家丹农雪乌的《死城》和伏尔泰的《赣第德》。

1923 年，出于对印度诗人泰戈尔《新月集》的欣赏，徐志摩创办了新月社，发表大量诗文，其中包括《再别康桥》、《翡冷翠的一夜》等出色作品。之后，他曾担任《晨报副刊》编辑、主编《晨报》副刊《诗镌》，并相继担任北京大学、南京大学（即之前的南京中央大学）、北京女子师范大学教授。1931 年 11 月 19 日，因飞机失事罹难。

徐志摩是一位在中国文学史上活跃一时的诗人，他的作品具有新月派鲜明的特征，意境美妙，想象力丰富，思维飘逸，感情浓郁。同时，他的散文也独具特色，成就不亚于诗歌，《我所知道的康桥》、《翡冷翠山居闲话》都是令人称赞的名作。

名家点评

梁实秋：志摩的诗之异于他人者，在于他的丰富的情感之中带着一股不可抵抗的"媚"。这妩媚，不可形容，你不会觉不到，它直诉诸你的灵府。

胡适：他的人生观，真是一种单纯的信仰——这里面只有三个大字：一个是爱，一个是自由，一个是美。他梦想这一个理想的条件能够会合在一个人生里。他的一生历史，只是他追求这个单纯信仰实现的历史。

朱自清：徐先生试验各种外国诗体，他的才气足以驾驭这些形式，所以成绩斐然。

毛泽东诗词选

内容梗概

《毛泽东诗词选》渗透着毛泽东思想哲理，是毛泽东文艺思想的实践。主要收录了毛泽东一生创作的词和诗歌，词主要有《沁园春·长沙》、《菩萨蛮·黄鹤楼》、《西江月·井冈山》、《清平乐·蒋桂战争》、《采桑子·重阳》、《如梦令·元旦》、《减字木兰花·广昌路上》、《沁园春·雪》、《浣溪沙·和柳亚子先生》、《浪淘沙·北戴河》、《水调歌头·游泳》等；诗歌主要有《长征》、《人民解放军占领南京》、《答友人》、《冬云》、《洪都》。

1928 年在井冈山创作的《西江月·井冈山》等词，通过气势磅礴的图景，描写了井冈山革命道路的伟大胜利，表现了伟大的革命领袖的战斗豪情和创作激情。《长征》是革命现实主义和革命浪漫主义相结合的诗歌典范。它不仅回忆了红军长征的千辛万难，又将红军积极北上抗日，为了革命理想不惜排除万难、不怕牺牲的崇高精神发挥得淋漓尽致。

值得注意的是，毛泽东的诗歌大多是七律的旧体诗歌，记录了中国革命的风风雨雨，以及诗人思想的转变，富有强烈的爱国情感和无产阶级革命者的伟大抱负。

主题思想

毛泽东的诗词是其思想、感情的主要体现，不仅反映了他当时的理想抱负，更反映了新时代的事物。毛泽东少年时就心怀大志、志存高远，在《呈父亲》中便有了"孩儿立志出乡关，学不成名誓不还"的理想抱负。1936 年的《沁园春·雪》则更充分地显现了诗人的伟大抱负和气吞山河的气魄。"惜秦皇汉武，略输文采。唐宗宋祖，稍逊风骚。一代天骄成吉思汗，只识弯弓射大雕"。历史上赫赫有名的帝王在毛泽东眼中都"稍逊风骚"，只有今朝的人物才是真正的英雄。

同时，毛泽东的诗词还表现了其对祖国大好山河的热爱和赞美。如"北国风光，千里冰封，万里雪飘。……江山如此多娇，引无数英雄竞折腰"。"看万山红遍，层林尽染，漫江碧透"。祖国的大好山河尽数呈现人们的眼前。

另外，毛泽东的诗词还忆古说今，讲述重大历史事件和战争画面，表达其强烈的爱国热情和对人民群众伟大力量的歌颂。《长征》回忆了红军历经艰难困阻，战胜无数苦难的长征历程；《人民解放军占领南京》描述了人民解放军浩浩荡荡地渡过了长江天险，解放南京的壮丽画面。

艺术手法

毛泽东的诗词继承了豪放派词人辛弃疾豪放、热情的特征，激情澎湃、热情高涨。大量运用"千"、"万"等数词，给人以气势磅礴之感。如"千里冰峰"、"万里雪飘"、"六亿神州尽舜尧"，这体现了诗人博大的胸怀和激烈的感情。

毛泽东注重意象的营造，通过多个意象构造壮丽的意境。他运用了"山"、"海""洋"、"天"、"地"、"日"、"月"等意象，描写大自然的壮丽和祖国的伟大，抒发内心的豪情。如"江山如画，古代曾云海绿"，"寥廓江天万里霜"等。

在句式的运用上，这些诗词句子短小急促，节奏鲜明，给人铿锵有力、震撼心魄的感觉。如"望长城内外，惟余莽莽，大河上下，顿失滔滔，山舞银蛇，原驰蜡象"，四字一句，字字落地有声，一气呵成。

虽然这些诗词采用的是旧体诗的形式，却具有时代的色彩，反映新时代的新事物、新现象。在语言的使用上也是以白话为主，通俗易懂，又富有深刻的哲理。如"谁敢横刀立马？唯我彭大将军"，"无限风光在险峰"等。

文学地位

毛泽东的诗词记录了中国革命的风风雨雨，以及无产阶级革命的重大事件及影响，抒发了诗人伟大的浪漫主义革命情怀，是我国革命的伟大史诗。这些诗词包含着毛泽东的革命和哲学思想，对中国人民起到了巨大的号召鼓舞作用。他的诗词豪迈、热情，有一种雄浑的气势和超然的感悟，在我国文学史上具有重要的地位。

作者简介

毛泽东（1893–1976），字润之，笔名子任，湖南湘潭人。毛泽东不仅是伟大的无产阶级革命家、理论家，党和国家卓越的领导人，更是出色的文学家、诗人。

他曾经主编《政治周报》，先后发表《中国社会各阶级的分析》、《湖南农民运动考察报告》等无产阶级革命重要性的文章。1928 年，在井冈山创立革命根据地后，发表了《中国的红色政权为什么能够存在?》、《星星之火，可以燎原》等著作。抗日战争时期，毛泽东坚持建立统一战线，发表了《论持久战》、《〈共产党人〉发刊词》、《新民主主义论》等重要理论著作。随后发表《论联合政府》、《论人民民主专政》等著作。

毛泽东热爱文学，一生创作了大量诗词、理论著作，主要都收录在《毛泽东选集》、《毛泽东文选》和《毛泽东诗词》之中。最具有代表性的作品有《沁园春·雪》、《沁园春·长沙》、《长征》、《人民解放军占领南京》等。

名家点评

贺敬之：毛泽东诗词以其前无古人的崇高优美的革命感情、遒劲伟美的创造力量、超越奇美的艺术思想、豪华精美的韵调辞采，形成了中国悠久的诗史上风格绝殊的新形态的诗美，这种瑰奇的诗美熔铸了毛泽东的思想和实践、人格和个性。在漫长的岁月里，可以毫不夸张地说，几乎是风靡了整个革命诗坛，吸引并熏陶了几代中国人，而且传唱到了国外。

新月诗选

新月派是现代新诗史上一个重要的诗歌流派，受印度诗人泰戈尔《新月集》的影响。1926 年春，闻一多、徐志摩、朱湘、刘梦苇等诗人以北京的《晨报副刊·诗镌》为阵地，发表了大量新诗。1927 年春，胡适、徐志摩、闻一多、梁实秋等诗人创办新月书店，随后又创办《新月》月刊。1930 年后，众人创办了《诗刊》季刊，这两本刊物成为新月派诗人发表新诗的主要阵地，而《诗刊》的创办则标志着新月诗派的正式形成。随后又加入了陈梦家、方玮德、卞之琳等年轻人员。

《新月诗选》是新月派诗人重要的诗歌合集，出版于 1931 年 9 月，选录了徐志摩、闻一多、饶孟侃、孙大雨、朱湘、邵洵美、方令孺、林徽因、陈梦家、方玮德、梁镇、卞之琳、俞大纲、沈祖牟、沈从文、杨子惠、朱大楠、刘梦苇等 18 位新月派诗人的主要作品。其中包括徐志摩的《再别康桥》，孙大雨的《老话》，方玮德的《幽子》，陈梦家的《葬歌》、《自己的歌》，朱汀的《葬我》、《有一座坟墓》，卞之琳的《酸梅汤》、《路过居》、《几个人》等。

这些诗歌集中体现了新月派诗人的艺术风格，提倡新格律诗，前期主张"理性节制情感"，纠正了早期新诗创作过于散文化的弱点，极力提倡闻一多的"三美"主张；后期提出了"健康"、"尊严"的原则，坚持超功力性、自我表现的立场，更加讲究技巧的周密与格律的严谨。

闻一多、徐志摩、朱湘是新月派最杰出的代表，"新月派"诗歌在内容上，前期的创作特色是积极上进的，着力于抨击当时社会的黑暗，表达了诗人对底层贫苦人民的同情，对祖国的热爱，以及诗人对自由、个性解放的执着追求，如闻一多的《死水》、《春光》。而徐志摩的《大帅》、《人变兽》等诗歌直接揭露了封建旧军阀的粗暴残忍。后期，新月派诗人的创作主题发生了转变，多数诗人陷入了空虚颓废之中，作品显示其对生命的厌倦，以及希望破灭的悲哀。以徐志摩为例，当初受到了西方自由主义的影响，追求个性的绝对自由，希望可以建立资本主义民主共和国。但是军阀混战、政府腐败无能的残酷现实让他陷入了矛盾与恐惧之中。他既对军阀统治强烈不满，又对革命产生了强烈的恐惧，所以感到了理想的破灭。

在新月派诗人的创作中，悲观幻灭时代气氛的弥漫，抒情主题和恋爱婚姻的不幸，或是人生坎坷贫困潦倒的经历，使得这些曾经富有青春气息的诗人，逐渐由经典浪漫主义向哈代、波德莱尔等现代主义诗人的风格转变，抒发了诗人孤独悲观、忧郁苦闷的情思。代表作品有徐志摩《我不知道风是从哪一个方向吹》、孙大雨《决绝》、朱湘《葬我》、《有一座坟墓》等。

艺术手法

新月派诗人成功地实现了"三美"的艺术主张：在诗节上有的诗歌是双行一节，也有五六行为一节，还有的诗歌是长达十几行为一节。他们追求诗节诗句的多样性、参差不齐，还有跨行的节奏，构成了诗歌的建筑美；新月派诗人的诗句达到了绘画美，采用优美的语言为读者描绘出一幅意境优美、清新的画面。如《你看》中就有这样的诗句"你看太阳象眠后的春蚕一样，月吐不尽黄丝似的光芒"，《口供》中的"鸦背驮着夕阳，/黄昏里织满了蝙蝠的翅膀"，这些描写使一幅美好、静谧的画面跃然纸上；最后新月派的诗歌具有独特的音乐美，不局限于押韵，如饶孟侃注重音节的和谐、讲究平仄；朱湘吸取西方诗歌音律的优点，又继承中国古典词曲传统，同时积极发扬民间说唱文学，将三者更紧密、和谐地融合在一起。比如《采莲曲》采用了舒缓、平和的平声字，采用先重后轻的音韵，表现了小船在水中荡漾的情景。

但是新月派诗人太注重诗歌形式，尤其是后期的诗人，他们甚至为了追求新诗歌的形式不惜牺牲内容。后来陈梦家、方玮德、林徽因等新加入的诗人开始突破格律诗的严格束缚，逐渐开始尝试自由诗体。

文学地位

新月派将他们对爱、自由、美的追求贡献给诗歌，创作了自己的诗歌领域，并为中国诗歌留下了许多不朽之作。《新月诗选》收录了新月派最出色的诗歌，代表了新月派诗歌的最高成就。新月派是中国现代文学史、新诗史上重要的流派，它反叛"五四"运动早期白话诗的滥情和散漫，提出了新诗的理论与美学原则，并积极探索新格律诗，为新诗发展做出了突出贡献。

作者简介

陈梦家（1911-1966），曾用笔名陈漫哉，江苏南京人，现代著名的诗人，古文字学家、考古学家。陈梦家是新月派的重要成员之一，早年曾经与闻一多、徐志摩、朱湘一起被称作为"新月派四大诗人"。

陈梦家早年师从徐志摩、闻一多，并深受两人文学思想和诗歌理论的影响，1928年以笔名"陈漫哉"在《新月》月刊上发表处女诗作《那一晚》，引起诗坛瞩目。之后以"陈漫哉"为笔名发表大量新诗，于1931年1月编成《梦家诗集》，同年9月又编成《新月诗选》。

陈梦家在诗歌上的成就一直为文学史家们称道，他的诗具有一种淳朴质朴的美，意境淡如轻烟，却给人无穷的回味和意境。可以说，陈梦家的创作深受英国浪漫主义诗的影响，并且极力提倡布莱克"在简易的外表后面隐藏着深刻的人生见解"的风格。同时，陈梦家的诗歌也具有浓郁的爱国主义色彩，代表作《往日》与《泰山与塞外的浩歌》两篇抒情长诗，它不仅表现了作者火焰般的爱国主义激情，更具有磅礴的气势，堪称是中国新诗史上的佳作。

陈梦家还是一个出色的考古学家，曾在美国芝加哥大学讲授中国古文字学，并游历欧洲各国，收集流散在国外的文物资料。随后，他以惊人的毅力和饱满的热情投入考古研究和教育，在古文字学、年代学和古史研究等方面做出了突出贡献。

名家点评

霍秀全：《再别康桥》就是徐志摩一生追求"爱、自由、美"的理想的具体反映。诗中理想主义的情感表白是分为两个层次的，一是对往昔剑桥留学生活的回忆，二是对当午爱情挫折的追述。

臧克家：他（陈梦家）是一个有宗教信仰的人,年轻,高才,缺乏的是实生活，是人生艰苦的磨炼。

望舒草

内容梗概

《望舒草》是诗人戴望舒 1933 年出版的诗集，共收录了 41 首诗作，其中包括《我的记忆》中的 7 首诗歌和新作 34 首，书末《诗论扎记》17 条。《诗论扎记》是著名学者、文学翻译家施蛰存从戴望舒的手册中摘录的一些诗歌片段。

《望舒草》的诗作反映了诗人的内心情感，大多抒发了其忧郁、伤感和寂寞的心境。如《路上的小语》、《林下的小语》、《夜》、《独自的时候》等都曾经收录在诗集《我的记忆》中，表现了其对恋人的一往情深。然而恋人的开朗、纯真与诗人的忧郁形成了鲜明对比，所以在这些诗作中流露出诗人忧郁、哀愁的情绪，以及对这份感情的期待。

而《百合子》、《八重子》、《梦都子》、《我的恋人》等诗作刻画了几位不同气质的少女，既反映了诗人对理想恋人的期盼，对美好爱情的渴求，也反映了诗人面对个人、人生感情、境遇的迷茫、孤寂。

主题思想

《望舒草》中既有诗人对爱情的追求和渴望，又有对个人忧郁、内向性格的思索；既有对个人情感、境遇的孤寂、迷茫的探索，又有知识分子对当时社会困境感到的无奈、苦闷和思索。

诗人创作《望舒草》时，正是中国社会最黑暗腐败之时，作为知识分子诗人既想实现自己的抱负、为祖国出谋划策，但是却不得不屈服于现实，只能通过诗歌表达自己的无可奈何和痛楚。如《乐园鸟》这首诗歌，诗人通过象征主义的手法将自己的不满和痛苦，寄托在这只永不停飞的乐园鸟身上，希望它可以找到自己的乐园。《寻梦者》中诗人期望不惜自己的生命去追求理想，然而理想却无法在残酷的现实中伸展、实现，揭示了现实与理想的矛盾。

艺术手法

《望舒草》融合中西交融的象征主义写作手法，既吸取了法国象征主义写作手法的精髓，又超越了中国古典诗词艺术手法，形成了个人独特的艺术风格。他吸取了传统诗歌中意象、意境、意绪等方面的精华，创作出了具有古典气息的现代派新诗。

同时，他还抛弃了诗歌中的音律美，摆脱了新月派的格律制约，开始追求诗歌的散文化倾向，拉开了新诗与传统诗歌的距离。所以《望舒草》具有散文美的无韵自由体诗的特色，用不受约束的语句表达自己的情感，不注重语句的押韵。

所以，有人说：戴望舒是真正的诗人，而《望舒草》则迷漫着真正的"诗"的气氛。

文学地位

《望舒草》出版之前，戴望舒已经是颇有声名的诗人，诗人诗歌艺术日趋成熟，无论是诗歌创作还是心理上都不再幼稚，开创了属于自己的诗歌创作领域，形成了自己独特的风格。它体现了诗人对"淳朴与微妙"诗歌特质的追求，并开创了现代汉语诗歌独特的忧郁风。

本诗集中的诗作在艺术上受到了法国象征主义和中国古典诗词的影响，表现了作者内心涌动的哀愁，是中国现代派的重要代表作之一。正如艾青所说的，戴望舒开始写的诗是用韵的，直到《我的记忆》时才改用口语，也不押韵。这样的风格给诗坛带来了新的突破，为新诗发展立下了很大功劳。

作者简介

戴望舒（1905-1950），原名戴承，字朝安，曾用笔名梦鸥、梦鸥生、信芳、江思等，出生于浙江杭州。戴望舒是中国现代著名诗人、翻译家，1922年，首次在《半月》刊物上发表处女小说《债》，同年9月与张天翼、施蛰存、叶秋源等人成立兰社。1928年，发表代表作《雨巷》，被收录在第一本诗集《我的记忆》之中，后被称作为"雨巷诗人"。随后与施蛰存、杜衡、冯雪峰创办《文学工场》。

1936年10月，戴望舒与卞之琳、梁宗岱、冯至等人创办《新诗》月刊，《新月》是新月派、现代派诗人共同交流的重要场所，是近代诗坛上最重要的文学刊物之一。随后创办或是主编《大公报》文艺副刊、《耕耘》、《星岛日报·星岛》副刊、《顶点》等文学刊物。期间一直致力于参加和支持爱国学生的民主运动，积极宣传革命。

主要作品包括诗集《我的记忆》、《望舒草》、《望舒诗稿》、《灾难的岁月》、《戴望舒诗选》、《戴望舒诗集》等；翻译作品《少女之誓》、《鹅妈妈的故事》、《意大利的恋爱故事》、《意大利短篇小说集》、《小城》等。

名家点评

钱理群：戴望舒能在文学史上留名最大的原因是他所创作的优秀的诗歌，他本人也在二十年代末和三十年代初因为其风格独特的诗作被人称为现代诗派"诗坛领袖"。1927 年，他的诗《雨巷》显示了新月派向现代派过渡的趋向，而 1929 年所创作的《我底记忆》则成为了现代诗派的起点。

叶绍钧：《雨巷》替新诗底音节开了一个新纪元。

朱湘："《雨巷》在音节上完美无疵"，"在音节上，比起唐人的长短句来，实在毫无逊色"。

施蛰存：有一个小刊物说你以《现代》为大本营，提倡象征派，以至目下的新诗都是摹仿你的。

烙印

内容梗概

《烙印》是臧克家最具影响的作品，作品一经出版就受到了茅盾、老舍等著名作家的称赞。这部作品融入了诗人真实、朴素的创作风格，体现了诗人对中国农民、农村的深厚感情。本诗集收录了 22 首短诗，其中包括脍炙人口的《老马》、《烙印》，还有《渔翁》、《歇午工》、《难民》、《希望》与《生活》等。

这些作品真挚朴实地表现了中国农村的落后、农民的苦难、坚韧，除此之外还表现了诗人对农民、民族命运、苦难的同情和忧患。《烙印》中刻画了"洋车夫"、"贩鱼郎"、"老哥哥"等生活在社会最底层的贫苦人民形象，揭示了现实社会黑暗的一面，反映了诗人对"这些可怜的黑暗角落"中生存的人的同情、怜悯。

主题思想

《烙印》真实地表现了中国农民的苦难，农村的破败与萧条，以及赞扬了农民坚韧、坚强的顽强品质。比如《难民》中就有这样的描述："一簇一簇，像秋郊的禾堆一样，静静的，孤寂的，支撑着一个大的凄凉。"诗人通过象征主义手法，勾勒出一幅悲凉的画面，描写了一群挣扎在生活最底层的难民，揭示了社会的黑暗与统治者的昏聩。

而《老马》则将一匹衰老的瘦马，在筋疲力尽的情况下，被迫驮上难以承受的重荷并默默忍受的悲惨画面呈现在人们的眼前。诗人形象地展示了老马苦不堪言、没有任何怨言和抗议的悲惨处境，揭示了广大农民坚韧、顽强的性格。

与新月派、现代派诗人不同，臧克家直面现实生活的苦难，并且带着顽强、倔强的精神迎接生活的磨难。他的诗歌与中国农民息息相关，始终注视着困难中的社会和底层人民，执着地为人民、祖国而"苦吟"，这就是臧克家最宝贵之处，也是《烙印》所表现的主题思想。

艺术手法

臧克家的诗歌吸取了古典诗词的养分，并赋予其现代化特色，形成了独特的中国风。他的诗歌含蓄、内敛，注重"藏锋"，通过精炼朴素的语言，追求和谐悦耳的音律美。臧克家注重词句的锤炼，而"敲声音"则是他炼字的主要标准。整首诗读起来铿锵有力、和谐有韵味，让人读起来具有动人悦耳的美感。

在《烙印》的诗篇中，诗人运用了许多象征、比喻的手法，如用"星群"、"太阳"、"残红"等事物、意向，反映了诗人的内心情感。同时，诗人将色彩、声音、光影、形态、气味等因素融合在一起，让人们感受到更为深厚、丰富的情感。

臧克家有意识地学习古典诗词的结构，还追求词句的新颖、独到、形象化，并注重语言的平易、明朗和口语化。

文学地位

诗集《烙印》出版之时，正是"现代派"颓废诗风遭到广大读者厌恶、摒弃之时，臧克家的诗作反映了广大农民和农村的景象，这给中国现代诗坛带来了一股清新之风。因此《烙印》和臧克家的诗作立即引起了文学界和社会各界的重视，臧克家以清醒的现实主义真实地揭露了社会的每一个黑暗角落，这不仅奠定了臧克家在诗坛的重要地位，更为新诗发展开拓了崭新的天地。《烙印》的出版使得臧克家获得了"农民诗人"的称号。

作者简介

臧克家（1905-2004），原名臧瑗望，曾用笔名少全、何嘉，山东潍坊诸城人，中国现代著名诗人。臧克家是富有热情的爱国主义者，是闻一多的学生，曾是中国民主同盟成员，1933年出版了第一本诗集《烙印》，接着出版《罪恶的黑手》、《运河》两本诗集和长诗《自己的写照》。

抗日战争爆发后，他积极投身抗日爱国活动，1938年冒着生命危险三赴台儿庄采访，完成了长篇报告文学《津浦北线血战记》，随后积极深入河南、湖北以及大别山地区，开展抗日宣传，期间创作出版《从军行》、《淮上吟》等诗集及散文集《随枣行）。1943 年到 1945 年期间，臧克家负责编辑《难童教养》杂志，创作了长诗《古树的花朵》、回忆录《我的诗生活》和《泥土的歌》、《十年诗选》等诗集。

1949 年后，臧克家先后主编《新华月报》文艺栏，任《诗刊》主编，出版了《臧克家诗选》、《忆向阳》、《落照红》、《臧克家旧体诗稿》等诗集；《怀人集》、《诗与生活》等散文集；《学诗断想》、《克家论诗》、《臧克家古典诗文欣赏集》等论文集。

 名家点评

闻一多：克家的诗，没有一首不具有一种极其顶真的生活的意义。

老舍：我们对诗集《烙印》印了"不敢亵视"之感，我相信在目前青年诗人中《烙印》作者也许是最优秀中间的一个了。

茅盾：在自由主义诗人群中，我以为《烙印》的作者是值得注意的一个。因为，他不肯粉饰现实。

翻译家韩侍桁：作为新诗歌的转变，他是供给了一架过渡的桥梁。（《文坛上的新人臧克家》）

大堰河

《大堰河》是著名诗人艾青创作的诗集，于 1936 年由上海群众杂志社出版。收录了《大堰河——我的保姆》、《透明的夜》、《聆听》、《那边》、《一个拿撒勒人的死》、《画者的行吟》、《芦笛》、《马赛》、《巴黎》9 篇作品。

诗人将个人的悲欢离合融入民族和人民的命运之中，表现了诗人对光明的向往和追求。代表作《大堰河——我的保姆》中大堰河是个童养媳，她的名字就是根据自己出生的那个村庄的名字起的。那个村庄名叫大叶荷，与大堰河谐音，离艾青的家乡很近。大堰河是一位命苦的女人，她的经历与鲁迅笔下的祥林嫂很像，自幼就被贩卖到畈田蒋村当蒋忠丕的童养媳，生了两个孩子后丈夫不幸去世，不得不改嫁。她辛辛苦苦地忙碌一生，去世时却只有一口很简陋的棺材，一把纸钱的灰，几把稻草盖着棺材。

大堰河善良、勤劳、坚强，是典型的旧中国典型的农村妇女。艾青通过对自己乳母的回忆与思念，抒发了对贫苦人民的赞美之情，激发了人们对广大劳动人民悲惨命运的同情、赞美，以及对当时社会黑暗的痛恨和强烈仇恨。

主题思想

艾青是一位具有爱国主义、悲天悯人强烈情感的诗人，他的诗作具有强烈的时代意义和现实性。在创作诗集《大堰河》阶段，诗人的情感和内心深受忧郁情绪和悲哀情感的笼罩，1932 年艾青参加了"中国左翼作家联盟"，积极参加爱国文学运动，因此被反动政府逮捕入狱。次年，艾青在狱中发表了《大堰河——我的保姆》，表面上赞美儿时的乳母，实际上却揭露了当时社会的黑暗腐朽，表达了对贫苦人民的关心和同情，以及满怀的悲愤之情。

艾青的诗歌与我们民族多灾多难的土地和受苦受难的人民有着深刻的联系，他同情旧社会贫苦的劳苦大众，对中国这片土地饱含着强烈的热爱。正如他的《我爱这片土地》诗中歌颂的一样："为什么我的眼中常含泪水，因为我对这片土地爱的真诚。"这一段时期的诗歌，体现了诗人那种赤城、深切的对祖国命运的关怀，以及处于黑暗境遇的苦闷、忧虑。从艾青身上，我们可以感受到当时知识分子拳拳的爱国之心，对人民命运的感同身受。

如《透明的夜》是艾青1932年被关进上海看守所时创作的，面临当时如黑夜般黑暗、寂静的中国，年轻的诗人艾青是一个清醒着，也是一个勇敢的叛逆者。这首诗表现了诗人对黑暗现实的痛恨，以及熊熊燃烧的怒火。

艺术手法

艾青在诗歌创作中注重意象美，通过空间的距离感，层次的画面，运用对比、烘托、暗语、连贯的手法，表达了强烈的感情信息。20世纪30年代，是艾青诗歌创作的高潮期，其诗歌具有现实主义特色，不仅发出了内心深处的呐喊，更体现了对社会、祖国命运的反思。

作为平民化诗人，艾青的诗歌清新、明快，善于使用明喻、暗语等艺术手法，使内心情感自然地流露出来。如《大堰河——我的保姆》运用了大量的比喻、排比，在叙事中抒发强烈的感情；而多层次的对比、排比，使得诗歌内容精炼、节奏鲜明、形式整齐。《透明的夜》则通过简洁而流畅的语言、鲜明的现代风格，表达了浓浓的诗意，强烈的感情。

文学地位

《大堰河》的代表作《大堰河——我的保姆》发表于1933年，这首诗奠定了艾青在现代文学史上的重要地位，被认为是中国现代诗的代表诗人之一。艾青在中国新诗发展史上，是继郭沫若、闻一多等人之后又一位产生重要影响，推动新一代诗风的重要诗人。

作者简介

艾青（1910-1996），原名蒋海澄，笔名莪伽、克阿、林壁等，浙江金华人，现代著名诗人、文学家。1932年，在上海加入中国左翼作家联盟，从事革命文艺活动，不久被捕入狱，期间创作了很多诗歌，包括成名代表作、长诗《大堰河——我的保姆》。

1936 年，艾青出版第一本诗集《大堰河》，抗日战争爆发后，担任《文艺阵地》编辑；后担任《诗刊》主编。抗战时期，艾青以饱满的热情参与到战斗之中，创作了《北方》、《向太阳》、《旷野》、《火把》、《黎明的通知》、《雷地钻》等 9 部诗集，倾诉了对祖国和人民的强烈感情。

随后还创作出版了《艾青选集》，论文集《诗论》、《论诗》、《新诗论》，诗集《彩色的诗》、《域外集》及《艾青叙事诗选》、《艾青抒情诗选》等。

艾青是中国现代著名的诗人，其作品具有深沉而又忧郁的感情，尤其是抗战期间的代表作，可以说是开创了新一代诗风。

 名家点评

铁凝：艾青以"最伟大的歌手"要求自己，无论是在烽火连天的战乱岁月，还是在新中国成立后的生活里，写作已然成为他的生活方式。

张同吾：伟大的抗日战争为诗歌创作开辟了一个新的时代，艾青随之扩大了政治视野和精神天地，他所创作的长诗《向太阳》和《火把》，以磅礴的气势表现了中华民族所焕发出的振奋精神和英雄气概。

给战斗者

内容梗概

长诗《给战斗者》创作于 1937 年底，此时中华民族面临着侵略者的残忍迫害，人民生活在水深火热之中。面对如此情形，田间创作了这首《给战斗者》，表达了诗人反抗侵略的决心。

这首诗是一首鼓动奋起抗战的战歌，全诗共分为 7 节，诗人以无比愤慨的心情控诉了侵略者的残忍暴行，激情地歌唱着"七七事变"后中国人民的复活和反抗。诗人回忆了祖国的光荣历史，描述了广大土地上人民辛勤劳作的和平生活，与当时侵略者带来的困难进行了强烈对比，号召人民拿起武器，为民族解放事业战斗到底。

田间通过诗歌表现了其保卫祖国的饱满热情，并且进一步参加到实际战斗之中。不久，田间前往延安，后冒着生命危险穿越封锁线，与晋察冀的军民一同战斗。1943年，出版诗集《给战斗者》，收录了抗日战争时期（即 1937 年到 1942 年期间）创作的一部分诗稿。诗集《给战斗者》共分为六辑，第一辑包括《中国的春天在号召着人类》、《棕红的土地》、《这年代》、《回忆着北方》、《自由，向我们来了》、《战斗者》；第二辑包括《给 V.M》；第三辑包括《荣誉战士》、《晚会》、《五个在商议》、《早上，我们会操》、《进行曲》；第四辑包括《儿童节》、《哪些工人》；第五辑是街头诗，《假如全中国不团结》、《反对"太平观念"》、《鞋子》等；第六辑是小叙事诗，包括《一杆枪和一个张义》、《王良》、《这土地向你笑》等 38 首诗歌。

主题思想

《给战斗者》写于 1937 年到 1942 年，当时中国正处在轰轰烈烈的抗日战争时期，日寇的铁蹄践踏着中国的土地，残忍杀害中国的贫苦人民，整个中华民族都生活在水深火热之中。这本诗集反映了中华民族顽强反抗和如火如荼的战斗，歌颂了不怕牺牲地勇敢战斗的高尚精神。止如其中对具代表性的诗歌《给战斗者》中的诗句："我们/

战斗的/呼吸，/不能停止；/血肉的/行列/不能拆散。/我们/复仇的/枪，/不能扭断。"

"我们必需战争了，/昨天是懦弱的，是惨呼的，是挣扎的/四万万五千万呵！/斗争，/或者死……/我们/必需/拔出敌人的刀刃，/从自己的/血管。"

诗人怀着对祖国真挚、至诚的热爱，描绘了中华民族悠久的历史，愤怒地声讨了日本侵略者践踏我国土地、残杀我骨肉同胞的罪行。诗人发出了大声地怒吼，我们必须拿起手中的武器，保卫自己的祖国，誓死不做亡国奴。

艺术手法

富有战斗性和现实性是长诗《给战斗者》的思想特色，在艺术表达上，诗句短促、节奏强劲、语言质朴，全诗读起来铿锵有力、跌宕起伏。闻一多曾经说："田间的诗作一句句质朴、干脆、真挚的话，简短而坚实的句子，是一声声鼓点。"这评价准确地概括了田间诗歌的主要特点。《给战斗者》采用了"短行体"的写作风格，即诗行短促，常常两个词一行，或是一词一行，给人节奏明快、铿锵有力的节奏感。比如"他们身上/裸露着/伤疤/他们永远呼吸着/仇恨/他们颤抖"。

田间的诗歌形式多样，曾经尝试过信天游、新格律诗、自由体等形式，他力求探索新诗的民族化与大众化，以激昂的呼喊来表达强烈的感情，形成明快质朴的风格。同时，诗人运用连续、反复的形式来渲染雄壮的声势，更运用排比的句式形成一种紧迫的感觉，极其富有感染力。

文学地位

田间是一位著名的战斗诗人，是抗战前夕诗坛上崛起的一颗新星，曾有"时代的鼓手"的美誉。《给战斗者》表达了人民反抗侵略的决心，鼓舞了广大人民的战斗意志，被认为是当时最优秀的政治抒情诗。田间发起了街头诗运用，诗行简短，寓意深长，如《给战斗者》、《假如我们不去打仗》等诗作充满着时代的气息和强烈的爱国情感，他的诗作以鲜明的艺术特色在新诗发展史上产生了重大的影响。

作者简介

田间（1916–1985），原名童天鉴，安徽无为人，中国现代著名诗人。他的诗作形式多样，曾经尝试过信天游、新格律诗等形式，具有明快质朴的风格。

1934 年，田间加入中国左翼作家联盟，担任《文学丛报》、《新诗歌》编辑，次年担任《每周诗歌》主编，写作了处女作《未明集》。抗日战争爆发后，田间开始从事抗战诗歌的创作，于 1937 年秋，创作了代表作《给战斗者》，1938 年春夏创作《假使我们不去打仗》。这些诗歌充分表达了人民反抗侵略的决心，极大地鼓舞了广大群众的战斗意志。

1938 年后，田间先后担任战地记者、根据地县委宣传部长，以及冀晋边区《新群众》杂志的社长兼主编等职务，创作了《名将录》、《太原谣》、叙事诗《戎冠秀》及《赶车传》等。1946 年后，田间一直从事文学宣传工作，创作了《宋村纪事》。

1949 年后，先后担任中国作协党组成员、创作部部长、文学研究室主任、《诗刊》编委等。主要作品包括，散文集《板门店记事》、《欧游札记》、街头诗集《马头琴歌集》；诗集《芒市见闻》、《太阳和花》、《云南行》、《离宫及其他》等。

名家点评

闻一多："田间是时代的鼓手"，这里没有"弦外之音"，没有任何"花头"，没有"绕梁三日"的余韵，只有一句句质朴、干脆、真诚的话，简短二件事的句子，就是一声声"鼓点"，单调，却响亮、沉重，打入你耳中，打在你心中。他的诗歌中具有一种积极的"生活欲"，"鼓舞你爱，鼓动你恨，鼓励你活着，用最高限度的热与力活着，在这大地上"。

黄河大合唱（组诗）

内容梗概

《黄河大合唱》是光未然创作的大型组诗，以黄河为背景，激情澎湃地歌颂了中华民族源远流长的光荣历史，以及广大人民群众坚强不屈的斗争精神。

组诗共有 8 个部分，分别是：《黄河船夫曲》、《黄河颂》、《黄河之水天上来》、《黄河对口曲》、《黄水谣》、《黄河怨》、《保卫黄河》、《怒吼吧，黄河》。作者以恢宏的气势歌颂了中华民族的摇篮——黄河，痛斥了侵略者给人民带来的深重灾难，并展现了抗日战争的壮丽景象。

抒情与战争是这组诗歌的重要特色，诗人具有强烈的爱国主义情怀，通过想象与现实的交织，组成了一幅反抗侵略的壮丽历史画面。《黄河船夫曲》、《黄河颂》这两首诗歌描写了船夫与惊涛骇浪的搏斗，表达了中华民族顽强不屈的坚强意志；《黄河之水天上来》叙述了人民遭遇的苦难，升华了黄河的伟大形象；《黄河对口曲》、《黄水谣》、《黄河怨》这三首诗歌则通过黄河边劳动人民痛苦的呻吟，一位农妇的悲惨命运，控诉了侵略者的滔天罪行；最后两首诗歌《保卫黄河》、《怒吼吧，黄河》以高昂明亮、壮丽恢宏的基调，通过黄河的怒吼，发出的"保卫家乡、保卫黄河"的呐喊，描绘了中华民族亿万军民反抗的壮丽画面。

主题思想

1938 年，诗人光未然乘坐木船横渡黄河，奔赴吕梁抗日革命根据地。他亲眼见证了黄河的惊涛骇浪，不仅被这壮丽的景色所震撼，更联想到中华民族抗战杀敌的英勇姿态，于是创作了长达 400 多行的诗句，这就是后来的《黄河大合唱》。之后，著名音乐家冼星海为其谱曲，并在解放区公开演唱，使得这首组诗成为当时最具气魄、最激励人心的大合唱。

光未然在创作诗歌时，充分调动了读者的视觉效果，使得读者感到奔腾咆哮的黄河就在眼前，就在耳边。这部组诗的 9 首诗篇既独立成诗，又浑然一体，却表现了一个共同的主题，那就是抗日、爱国。其场面壮丽，气势恢宏，深刻地反映了抗日战争时期，中华民族人民群众的坚韧品质和抗争精神。它以雄壮而又振奋的声音，在当时仿佛发出了振聋发聩的呐喊，号召广大群众保卫黄河、保卫家园、保卫祖国，激励着中国人民奋勇杀敌。

艺术手法

《黄河大合唱》这部组诗具有明快的音律美，节奏鲜明、音节洪亮，读起来明快流畅，朗朗上口。在结构上，诗歌均匀合理，注重层次的推进，更运用了对比、反复等手法，使得诗歌高潮迭起，气势恢宏。诗人吸取了古典诗词的优势，以短句为主，但是句无定式，既有唐诗宋词的奔放，又比现代自由诗规律、工整。还有光未然也学习了民歌的创作风格，形成独成一格的新诗诗风。

组诗的每首诗篇呈现相对的独立性，相互在内容、形象以及结构上形成鲜明的对比，达到了文学与音乐的完美结合。诗人运用具有意境的词语、形式灵活多样的方式，使得诗歌富有音乐性、韵律性。

文学地位

《黄河大合唱》是民族的赞歌，是抗战的怒吼，更是中华民族反抗的史诗。它气势恢宏、激人奋进，尤其是经过冼星海作曲后被中华儿女广为传唱，在当时激励了人民反抗侵略的斗志。它还是一部展现民族精神的音乐巨作，是一部影响深远的国家史诗，其历久弥新的艺术魅力至今让人吟唱。

作者简介

光未然（1913—2002），原名张光年，湖北光化人，中国现代著名诗人、作家、文学评论家。光未然早早参加革命工作，积极从事抗日救亡工作，以满怀深情和悲愤的情感抒发了爱国主义情怀。他一生笔耕不辍，创作了许多广为传唱的诗歌，其中包括反映抗战时期壮丽景象的《黄河大合唱》。

光未然的主要作品：组诗《黄河大合唱》、《五月的鲜花》、《屈原》、《三门峡大合唱》等名篇，未收录诗集的作品，抒情诗《革命人民的盛大节日》、《惊心动魄的一九七六年》，长篇叙事诗《英雄钻井队》，论文集《风雨文谈》、《青春文谈》、《光未然戏剧文选》、《江海日记》、《向阳日记》、《文坛回春纪事》、《光未然诗存》，等等。

冼星海：这种雄亮的救亡歌声为中国几千年来所没有，而群众能受它的激荡更加坚决地抵抗和团结，是中国历史上少见的一件音乐奇迹。

埃德加·斯诺：《黄河大合唱》永永远远，都属于明日的中国。

穆旦诗集（1939–1945）

 内容梗概

《穆旦诗集》（1939-1945），顾名思义，收录了诗人这段时期内创作的 50 余首诗，其中包括《合唱》、《防空洞里的抒情诗》、《从空虚到充实》、《不幸的人们》、《潮汐》、《夜晚的告别》、《黄昏》、《赞美》等诗作。

穆旦的诗歌创作主要分为三个阶段，即 1939-1945 年的第一阶段、1957 年的第二阶段及 1975 年期间写作《智慧之歌》、《停电之后》、《冬》等诗作的第三阶段。第一阶段正处在国破家亡、人民生活水深火热的抗日战争阶段，诗人的创作虽然处于早期阶段，但是写作风格已经成熟，具有个人独特的特质和风格。面对残酷的斗争和民族矛盾，诗人通过隐喻的方式，揭示了当时的现实。穆旦最具代表性的诗作，如《赞美》、《诗八首》、《控诉》等，都是写作于 1942 年左右，这些诗作象征了穆旦在新诗上的崛起。

《赞美》是穆旦最广为人知的作品，它在中国新诗史上具有重要的地位，当时年仅 24 岁的穆旦忧国忧民、满腔的爱国情感，所以才可以吟唱出如此深沉、浓厚的民族赞歌。同时，穆旦脱离了艾青诗歌的忧郁情怀，反映了人民群众独特的坚强和倔强。

主题思想

穆旦的诗歌富有丰富的情感，甚至还有一些痛苦的挣扎的感觉，而 20 世纪三四十年代期间，则表现了现代人感情的细致复杂，人性的充实和丰富。"诗人之可贵，不在于写几首好诗，而是在于用诗证明他真诚的为人态度"。穆旦的诗歌不仅揭示了当时社会的时代症结，更表现了对人生和世界本身的忧患意识。

20 世纪三四十年代，中国正处于抗日战争时期，人们生活悲惨、民族面临着巨大的危难，诗人将诗歌作为斗争的武器。穆旦与众多爱国诗人一样，关注着民生疾苦、民族的危难，在诗行中发出了内心的呐喊。《赞美》中诗人发出了"一个民族已经起来了"的呼喊，《隐现》中诗人期盼着有人可以救赎整个社会和民族。

穆旦的诗歌真真实实地与广大农民融合在一起，并不是无病呻吟的呐喊，也不是隔岸观火的反应，而是在心灵上不断地拷问自己——自己处于什么阶层，自己怎样与广大民众沟通。随着时代的变迁，和诗人思想的变化，其诗歌也体现了更深层次的思想主题，但是关注底层民众的生活却是始终的重要主题。

艺术手法

穆旦是现代新诗的探索者，也是新诗最杰出的推动者，而这也使他在中国现代诗歌中处于重要的地位。在 20 世纪 30 年代，象征和浪漫主义手法总是有效地融为一体，使得诗歌更具有意境美。穆旦作为新诗的代表人物，更注重意象和思想的结合，将传统的主观抒情转化为戏剧化、客观化的意境。

穆旦的诗歌将现代派诗歌含蓄晦涩的特点发挥到了极致，他的意象不仅新颖而且自成一体，既具有哲理性又充满着强烈的抒情性，他通过反复强调的方式来抒发内心无法言表的痛苦和苦闷。穆旦是诗歌运用了悖论的修辞方法，如在《出发》中，诗人将对象隐藏在文字中，认为上帝是万能的缔造者、是一个全能的神明。但是诗人却向上帝发出了质问，"告诉我们和平又必须杀戮"，这就使得上帝本身就成了一个悖论，从而呼吁人们从幻想中解脱出来，寻求个性的解放。

同时，穆旦的诗歌还充满了辩证主义，不仅用身体思考，还用头脑思考，如《诗八首》中就存在着现实和形而上学的辩证统一。

文学地位

20 世纪 40 年代，穆旦出版了《探险者》、《穆旦诗集（1939-1945）》、《旗》三部诗集，将西欧的现代主义和中国传统诗歌有效地结合起来，使其成为"九叶诗派"的代表性诗人之一，后被人推崇为现代诗歌的第一人。

穆旦的崛起是对中国现代新诗一次真正的革新，中国新诗从他那里得到了崭新的质素。他是一个复杂而又丰富的诗人，他将对世界的感悟力、洞察力和自我体验转入诗歌，借鉴了西方现代诗歌的创作风格，并对新诗进行反思，推动了新诗的发展。

作者简介

穆旦（1918–1977），原名查良铮，曾用笔名梁真，祖籍浙江海宁，著名爱国主义诗人、翻译家。

1935年，穆旦进入清华大学地质系，不久改读外文系。抗日战争爆发后，辗转长沙、昆明等地，在香港《大公报》副刊和昆明《文聚》发表大量诗歌，主要有《合唱》、《防空洞里的抒情诗》、《从空虚到充实》、《赞美》、《诗八首》等。

20世纪40年代，穆旦的诗歌创作趋向成熟，将西欧现代主义和中国诗歌有效地结合起来，出版了《探险者》、《穆旦诗集（1939–1945）》、《旗》三部诗集，成为"九叶诗派"的主要代表诗人。之后，穆旦有将近20年中断诗歌创作，直到1975年才恢复创作，出版《智慧之歌》、《停电之后》、《冬》等近30首作品。

穆旦也是著名的翻译家，在国外诗歌翻译方面取得了很大成就，翻译了《普希金抒情诗集》、《欧根·奥涅金》、《唐璜》、《英国现代诗选》、《穆旦译文集》等著作。

名家点评

袁可嘉在《诗的新方向》说：穆旦是这一代的诗人中最有能量的、可能走得最远的人才之一。

王佐良：无论如何，穆旦是到达中国诗坛的前区了，带着新的诗歌主题和新的诗歌语言。

在表达方式上弃绝古典的词藻而运用现代白话，并有着许多人想象不到的排列组合，使得他的作品有一种猝然，一种剃刀片似的锋利。

唐湜：穆旦在现代诗歌上的成就，在九叶之中是比较高、比较突出的。他是一个充分自觉的诗人，时时对历史做出深沉的反思和超越时间的观照。

十四行集

内容梗概

十四行诗是欧洲一种格律严谨的抒情诗体,顾名思义每首诗有 14 行,并且受到了严格的音律限制。它最初流行于文艺复兴时期的意大利,后传入法国、英国。"五四"运动以后,闻一多、孙大雨等诗人较早地尝试这种诗体,1925 年孙大雨在《晨报副刊》中发表十四行诗,其后朱湘、曹葆华等诗人也进行了大量尝试。经过几代诗人的努力,十四行诗移植欧洲的十四行体,并且按照中国传统诗歌的特点进行改革,形成了适合民族特色的新形式。

1942 年,冯至发表第三本诗集《十四行集》,由桂林明日出版社出版,其中集中收录了他 27 首十四行诗。主要包括《我们准备着》、《有加利树》、《鼠曲草》、《原野的哭声》、《我们来自郊外》等诗作。

主题思想

这部诗集是冯至在沉寂了整整 10 年之后的又一力作,体现了其从早期的浪漫主义到深沉的哲理沉思者的转变,反映了诗歌与生命的有效结合,以及诗人的觉醒。如同中国诸多现代主义诗歌一样,《十四行集》集中体现了生命这一主题,是一部反思生命真谛之歌。诗人歌颂生命,也歌颂死亡,他认为生命与死亡一样庄严而神圣,是不可分割的统一整体。死亡不是生命的结束,而是生命另一种存在形式,人们应该正确地看待死亡,让生命更加有意义、有价值。如《有加利树》一篇,诗人歌颂了有加利树的傲然姿态、圣洁品质,表现了诗人对生命价值的执着追求。

正是因为理性、哲理的加入,才使得他笔下的情感更加曲折变化,丰富而又深邃,甚至充满着思辨的色彩。与前期浪漫主义风格相比,这部诗集较为沉静、庄严,其内涵更加深刻、澄明。《我们准备着》作为诗集的开篇,无疑起到了总领全篇的作用,通过生命与死亡、灾难与艰辛的矛盾与统一,探索了整个生命的真实意义。

冯至还通过诗作弘扬了中华民族传统的文化精神，如第 11~13 首诗作分别赞扬了蔡元培、鲁迅、杜甫等名人，旨在宣扬他们崇高的思想境界和伟大的精神。离别一向是中国文学名家抒发的题材之一，在《十四行集》中也体现了这一题材。不过这里却别有另外一番风味，诗人并不抒发别离的惆怅思绪，而是认为别离是新生活的起点，是再次重逢的开始。

艺术手法

冯至的《十四行集》是对传统十四行诗的一种创新，是对新诗一种有益的尝试，文字技巧圆熟、字句委婉、妥帖，借用十四行体表现了生活的哲理。它自由地表达了诗人对生命的感受和领悟，以沉思的风度、神韵的哲理、自然的语言，以及对十四行诗的成熟运用，成为当时备受称赞的佳作。

冯至虽然采用了欧洲十四行诗的形式，却并没有严格遵守其传统的格律，而是受到了德国诗人里尔克的影响，并结合中国的古典诗词特色进行了改变、创新。他不拘泥于缮写山水、草木等具体自然景色，而是将自己化为大自然的一分子，实现个人、诗作、自然的融合、统一。

文学地位

《十四行集》的发表影响甚大，让沉寂 10 年的冯至再一次成为诗坛关注的焦点，被鲁迅誉为中国现代最为杰出的抒情诗人。冯至的十四行诗以哲理和深思享誉诗坛，在思想和形式上都达到了成熟的地步，是中国新诗史上前所未有的沉思诗作，可以说它是中国十四行诗的魁首之作。同时，《十四行集》的出版使得中国的十四行诗在世界上赢得了世界性的声誉。

作者简介

冯至 （1905-1993），原名冯承植，河北涿州人，中国现代著名诗人、翻译家。1925 年，与杨晦、陈翔鹤、陈炜谟等人成立沉钟社，创办《沉钟》周刊、半月刊和《沉钟丛刊》。1927 年，出版第一部诗集《昨日之歌》，随后出版第二部诗集《北游及其他》，记录当年教书生活等情况。

1939~1946 年，冯至在昆明西南联合大学外文系担任德语教授时期，处于创作和研究比较旺盛的时期，主要作品包括诗集《十四行集》、散文集《山水》、中篇历史小说《伍子胥》及学术论文、杂文等。

除此之外冯至还编著了《杜甫诗选》、《德国文学简史》、《论歌德》等著作；翻译《德国，一个冬天的童话》、《海涅诗选》、《海涅抒情诗选》、《布莱特选集》、《远方的歌声》等著作。

冯至先后留学柏林大学、海德堡大学，担任同济大学教授、西南联合大学外文系德语教授、北京大学教授，主要从事德语教育、德国文学和外国文学的研究工作。冯至先后获得了德意志民主共和国高教部授予的"格林兄弟文学奖"，以及联邦德国最高荣誉的"大十字勋章"。

名家点评

鲁迅：冯至是中国最杰出的抒情诗人。

朱自清：诗里耐人沉思的理，和情景交融成一片的理。

罗伯特·培恩：冯至的作品几乎全都是优美的中国式的十四行诗。

郑敏：作为"新诗的一个里程碑"的《十四行集》，无论从哪个角度说都是不为过的。冯至在中国的十四行诗创作中的哲学思考和形式的大胆尝试对于我们的新时代的新诗创作是一笔宝贵的精神财富。

王贵与李香香

内容梗概

《王贵与李香香》是李季创作的解放区文学主要代表作，以王贵和李香香两位年轻人的爱情故事为主线，展现了解放区人民如何走上革命道路，与封建势力进行斗争、进行土地改革的艰难历程。最初，这本诗集以《太阳会从西边出来吗？——三边民间革命故事》为名，在《三边报》上发表，后同年9月，改名为《王贵与李香香》在延安《解放日报》上连载。

王贵是一个饱受地主压迫的农民，与地主阶级有着深仇大恨，他的父亲被地主活活打死，自己也成为地主家的长工。正是因为他对地主阶级具有深仇大恨，所以日后成了坚贞不屈的革命战士。王贵在婚后的第三天就参加了游击队，走上了革命的道路。他被捕后，即使地主崔二爷对他软硬兼施，也没有使他屈服。李香香也是农民的女儿，在艰苦的生活中与王贵建立了忠贞不贰的爱情，她也是勇敢坚强的年轻人，在王贵被崔二爷毒打时她冒着生命危险给游击队送信，最终解救了自己的亲人和家乡。最后，王贵与李香香重逢，一起迎接美好的新生活。

这首长诗成功地塑造了王贵和李香香这两位进步青年的觉醒，不仅表现了王贵对革命的坚定信念，李香香对爱情的坚贞，更从侧面反映了农民革命的艰难历程。

主题思想

长篇叙事诗《王贵与李香香》创作于1946年，当时正处在疾风暴雨的阶级斗争背景下，民主革命和土地革命进行得如火如荼。李季通过边区农民王贵和李香香的爱情故事，真实地反映了当时陕北农村的尖锐矛盾，揭示了边区农民群众饱受地主阶级压迫的现实画面。同时，诗人通过王贵、李香香等青年的觉醒与积极参加革命的经历，歌颂了人民群众在共产党领导下的伟大革命，以及劳动人民英勇不屈的反抗精神。

歌颂美好的爱情也是这首长诗的重要主题，李香香是普通的边区农民的女儿，但是却对爱情忠贞不渝。当王贵被地主抓走，并逼迫她改嫁时，她进行了激烈的反抗，不仅与游击队合作救出了王贵，更解放了自己的家乡。同时李香香对地主阶级也有着强烈的仇恨，当崔二爷利用种种手段迫害和侮辱她时，她不被威逼利诱，愤怒地痛斥崔二爷"有朝一日遂了我心愿，小刀子扎你没深浅"。

艺术手法

这首长诗采用了陕北民歌"信天游"的形式，我们知道信天游是流行于陕北地区的民歌形式，其特点就是自由灵活、比兴丰富，表现力强，音乐性强。李季大量采取了信天游的优点，并且加以创新和改革，采用信天游原有的二句一节的格式，却突破每节表达一个完成意思的局限。他的诗歌几节、十几节才表达一个思想，将几百节统一成章，形成一个完成的长篇故事。所以说，无论在叙事内容、艺术手法，还是在语言的表现形式上，都带有了浓厚的民间文化色彩。

李季运用了民歌中重复、比兴的手法，借助生活中常见的事物表达内心的情感，增加诗歌的阅读性。同时，这首长诗的语言朴素生动，句式比较整齐，采用了两句一韵、多种押韵方法。这不仅增强了诗歌音律美，更突出了韵律的灵活多变、和谐动听。诗人大量使用陕北地区的口语，让诗歌具有地方特色，通俗易懂。

这首长诗受到了《延安讲话》的影响，所以诗作贴近人民群众，采用了群众喜闻乐见的形式，让文学更加大众化、民族化。

文学地位

《王贵与李香香》一出版就受到了解放区军民的重视和喜爱，被誉为是"新民主主义文艺运动对于封建的买办的文艺运动的胜利"。茅盾认为它是一个卓越的创造，是"民族形式"的史诗。所以说，它可以说是我国解放区文学创作中长篇叙事诗的高峰，具有鲜明的时代色彩，将信天游的民歌形式与民主革命融合在一起，为中国新诗的民族化、大众化和民歌化提供了宝贵经验。它对现代新诗发展起到了重要的作用。

作者简介

李季（1922-1980），原名李振鹏，曾经用里计、于一帆等笔名发表文章，河南唐河人，我国现代著名诗人。

1938 年，李季前往延安抗大学习，后前往太行山区担任八路军连政治指导员、联络参谋。1942 年至 1947 年期间，在陕北边区工作，先后担任过小学教员、县政府秘书、报纸编辑等，这为他创作当地人民喜闻乐见的诗歌奠定了良好基础。他尝试以民歌形式创作了章回小说《老阴阳怒打虫郎爷》，并于 1945 年在《解放日报》发表了长篇叙事诗《王贵与李香香》。

1948 年，李季回到延安，担任《群众日报》副刊编辑，新中国成立后先后担任武汉中南文艺工作者联合会编辑出版部长，《长江文艺》主编、玉门油矿党委宣传部长、北京作协创作委员会副主任、作协兰州分会主席等。创作许多出色的作品，有诗集《短诗十七首》，长篇叙事诗《菊花石》、《生活之歌》、《杨高传》，短诗集《玉门诗抄》、《玉门诗抄二集》、《致以石油工人的敬礼》等优秀作品。

20 世纪 50 年代，李季还出版了儿童诗《三边一少年》，小说散文集《戈壁旅伴》、《心爱的柴达木》、短诗选集《难忘的春天》等作品。1961 年，李季先后出访欧亚四国，写作了不少国际题材短诗。随后，李季先后担任《人民文学》副主编、主编、《诗刊》主编，一直坚持诗歌的写作，直到 1980 年 3 月 8 日，与世长辞。

名家点评

茅盾：它（《王贵与李香香》）是一个卓绝的创造，说它是民族形式的史诗也不过分。

陆定一：《王贵和李香香》是新诗歌的方向。它用丰富的民间语汇来作诗，内容形式都好。

郭沫若誉之为"文艺翻身"的"响亮的信号"。

周而复：一颗光辉夺目的星星，从西北高原上出现，它照耀着今天和明天的文坛。

余光中诗选

《余光中诗选》是刘登翰和陈圣生负责编写的一本诗集，收录了著名诗人余光中从 1949 年到 1985 年期间创作的 110 首诗作。这些诗歌是余光中创作的经典之作，勾勒出诗人的情感世界以及诗坛轨迹，具有很高的艺术价值。

主要作品有 《羿射九日》、《臭虫歌》、《扬子江船夫曲》、《沉思》、《舟子的悲歌》、《中秋月》、《灯下》、《海劫》、《香港结》等作品。

主题思想

余光中的诗歌主要具有三大主题，即怀乡、怀古咏史的思想，积极进取、心怀壮志的情怀，友情、亲情、爱情。

诗人具有强烈的爱国热情，以及强烈民族自尊、自豪感。他的一些作品表现了对多灾多难的祖国前途的忧伤和愤慨，通过怀古咏史题材表达强烈的民族自豪感。当日本侵略者在中华大地肆虐时，他愤怒地怒号"从鸭绿江口到珠江口/从山海关至汕头/太阳旗领着军靴和马蹄/和战车的履带公然地进出"，"整幅大陆是一张大罪状/斑斑印满残暴的血迹"！

怀乡也是余光中的诗歌主题，表现了他远离故土时，对祖国、家乡、亲人的思念。主要体现在《乡愁》、《乡愁四韵》、《盲丐》、《民歌》、《春天，遂想起》、《白玉苦瓜》等这些诗歌中。

亲情、友情和爱情是古今诗人描述和赞颂的对象，余光中也不例外。《带一把泥土去》表达了诗人与友人分别的不舍；《植物园》抒发了诗人对远方朋友的思念；《忧郁的短髭》、《今生今世》抒发了诗人对母亲的想念及母亲去世时的悲痛心情。而《莲池边》、《等你，在雨中》则体现了诗人对美好爱情的追求、向往，对爱情的歌颂。

艺术手法

余光中看重诗歌的主观抒情，十分看重诗人必须有鲜明的艺术个性和风格，他说"心灵是诗歌的殿堂"，主张发挥个性、创造属于自己独特的风格。他的诗歌非常注重诗歌的节奏，对诗歌的音乐性也有独特的见解。他说"一首诗的生命至少一半在声调"，"是不能没有意象，也不能没有声调，两者融入诗的感性"。他通过明快的节奏、优美的韵律，抒发内心的强烈情感。

余光中的诗歌风格多变，尝试过多种诗歌风格，格律诗的《舟子的悲歌》、《天国夜市》；民谣风格的《白玉苦瓜》；新古典主义风格的《莲的联想》，等等。余光中受到西方象征主义、超现实主义的影响，并借助了中国古典诗词的联想、象征手法。他追求诗歌格式的整齐、和谐，但是也力求在整齐中求变化。

文学地位

余光中是我国近代著名的抒情诗人，他继承了中国古典诗词的精华，借鉴了西方现代诗歌的特点，不仅开创了台湾现代诗歌的先河，为中国诗歌的现代化做出了不可磨灭的贡献。余光中"以右手写诗，以左手写散文"，执着于艺术创新，其诗歌风格丰沛多变，被称为"艺术的多妻主义"者。

作者简介

余光中（1928–），出生于南京，我国当代著名的诗人、散文家、评论家。余光中毕业于金陵大学（后并入南京大学），1948年发表第一部诗集。1949年跟随母亲前往香港，次年前往台湾，就读于台湾大学。1952年，余光中出版诗集《舟子的悲歌》，两年后与覃子豪等人创办"蓝星诗社"，并出版长诗《天狼星》。

1956年后，余光中先后担任师大、政大、台大、香港中文大学教授等职务，出版诗集《蓝色的羽毛》、《钟乳石》、《莲的联想》、《五陵少年》、《天国夜市》、《敲打乐》、《在冷战的年代》、《白玉苦瓜》、《与永恒拔河》、《隔水观音》等。其中诗歌《乡愁》、散文《日不落家》等作品流传甚广，深受读者喜欢。

余光中热爱祖国，其诗歌多有描写乡愁、思乡之情的作品，20世纪90年代后多次应邀前往厦门大学、北京师范大学（珠海分校）、江南大学演讲、担任客座教授。

刘登翰（1937-），笔名耕之，毕业于厦门师范、北京大学中文系。先后担任《厦门日报》记者、福建社会科学院文学研究所所长、福建作家协会副主席等职务。著作诗集《山海情》（与孙绍振合作）、《瞬间》，散文集《寻找生命的庄严》，报告文学集《钟情》，专著《彼岸的缪斯》、《中华文化与闽台社会》、《台湾文学史》、《香港文学史》等。

名家点评

董桥：他上承中国文学传统，横涉西洋文学艺术，在绵长四十余年的创作生涯中，笔耕不辍，已出诗歌、散文、评论、翻译集子四十余本，成为当代文学的重镇，其文学影响，已跨越海峡两岸，诗风文采，为不少读者所赞赏。

黄维梁：余光中上承中国文学传统，旁采西洋艺术。他在新诗上的贡献，犹如杜甫之确立格律诗。

阿诗玛

内容梗概

《阿诗玛》是流传在彝族撒尼人民口头上的一首诗歌，是撒尼人民世代集体创作的结晶。阿诗玛是云南一位美丽的彝族姑娘，她聪明美丽，与勇敢正直的青年阿黑相爱。在传统节日上，阿黑在比赛中赢了富贵子弟阿支，与阿诗玛互定终身。但是阿支也喜欢美丽的阿诗玛，并且私自抢走了她。后来，阿支和他的哥哥与阿黑比武不敌，只能放走阿诗玛。正当阿黑等人兴奋地返回时，阿支利用洪水淹没了他们。等到阿黑安全地爬上岸时，阿诗玛已经变成了一座山石、化为回声。

《阿诗玛》故事凄婉动人，共分为《应该怎样唱呀?》、《在阿着底地方》、《天空闪出一朵花》、《成长》、《说媒》、《抢亲》、《盼望》、《哥哥阿黑回来了》、《马铃响来玉鸟唱》、《比赛》、《打虎》、《射箭》、《回声》13 章，1600 余行。它不仅反映了阿诗玛和阿黑的美好爱情和反抗精神，更描述了彝族文化中的生活习惯和风俗人情，是一部内容丰富、情感真挚的美丽长诗。

1953 年，李广田等人前往石林彝族地区，收集了大量资料并进行了整理，先后在《西南文艺》等报刊上发表。1954 年 7 月，由云南人民出版社第一版单行本，一时间《阿诗玛》受到了文艺界的广泛关注，也引发了中国民族民间文学热潮。

主题思想

这一部著名的叙事长诗以女主人公阿诗玛的名字为篇名，以阿诗玛与阿黑的爱情故事及阿诗玛兄妹反抗封建贵族封建婚姻为主线。它反映了彝族人民对爱情的执着和追求，以及对封建贵族特权势力的反抗和痛恨，歌颂了彝族人民不畏强权、努力追求幸福生活的高尚精神。同时，阿诗玛的悲剧也是阶级社会被压迫者的悲剧的象征，反映了底层社会贫苦人民的无奈。

长诗《阿诗玛》是彝族撒尼人民世代集体创作的结晶，充分体现了彝族的生活习惯和风俗人情，也是石林地区彝族政治、经济、文化的真实记录。所以它具有高度的社会历史价值，不仅是一部伟大的文学作品，更为人们研究石林彝族撒尼人社会变迁提供了宝贵资料。

阿诗玛是彝族最具有代表性的民间诗歌，在语言风格和词语运用上具有当地的民族风格和时代色彩。在叙事手段上，李广田整理的《阿诗玛》尽量保留了原始撒尼长诗的语言和韵味，这也是它受到文艺界重视、对日后民间文学整理研究有重大意义的原因。

长诗运用了形象的比拟和重复对话的形式，比如阿黑在传统节日上比武、抢彩绸的情节，仅交代了故事情节，更描述了撒尼族民间婚庆的仪式、习俗。长诗鲜明的民族民间语言，尤其是具有民间色彩的比喻、对比、重复、夸张等手法，使得诗歌更加优美流畅，对读者有种强烈的吸引力。

长诗运用了浪漫主义手法，运用阿黑一箭射穿阻挡阿诗玛回家的"岩神"、河水倒流等民间传说情节，表达了劳动人民的伟大，以及对爱情的歌颂与同情。

阿诗玛具有不屈不挠的精神，她与权贵势力进行勇敢地斗争，这也反映了彝族撒尼人坚强的民族性格和民族精神。《阿诗玛》被撒尼人称为"我们民族的歌"，其艺术魅力不仅没有随着时间的流逝和消失，反而弥久愈新，光芒四射，成为我国文学历史上最璀璨的瑰宝。

李广田等人整理的《阿诗玛》出版后，立即受到了国内外文艺界的广泛关注与好评。他吸取了前人的经验和教训，使得这部巨作再次出现在人们的眼前。这使得中国民族民间文学的发掘整理工作又向前迈进了一大步，这一版本的《阿诗玛》及其序成为中国民族民间文学整理工作以及文艺理论成就的重要代表。

作者简介

李广田（1906-1968），号洗岑，曾用笔名黎地、曦晨等，我国现代著名散文家、文学家。1923年进入济南第一师范，开始接触"五四"新文学、新思潮，1929年考入北京大学外语系后在《华北日报》副刊和《现代》杂志上发表不少诗歌、散文。在北大求学期间，李广田结识卞之琳、何其芳，共同出版诗合集《汉园集》（包括李广田的《行云集》，卞之琳的《数行集》，何其芳的《燕泥集》），三人后被称为"汉园三诗人"。

1935年，李广田回到济南教书，创作很多散文、小说，散文结集包括《画廊集》、《银狐集》、《雀蓑记》。1941年，李广田前往西南联大任教，与闻一多、朱自清、冯至交往甚密，积极参加抗日救国和民主运动，创作长篇小说《引力》。抗战胜利后，先后在南开大学、清华大学任教。从1937年到1949年期间，是李广田文学创作的高峰，出版多本散文集《圈外》、《回声》和《日边随笔》、《灌木集》，短篇小说《欢喜团》和《金坛子》，论文集《诗的艺术》、《文学枝叶》、《创作论》、《文艺书简》、《论文学教育》和《文学论》等。

之后，李广田的精力主要投入在教育事业中，先后任清华副教务长、云南大学副校长、校长、中国科学院云南分院文学研究所所长，作协云南分会副主席、中国作协理事等。同时还以高昂的情绪创作了《花潮》、《山色》、《不服老》、《同龄人》等几篇散文。

公刘（1927-2003），原名刘仁勇，又名刘耿直，当代著名诗人、作家。公刘是江西南昌人，早年就读于中正大学法学院，并开始投身学生运动，担任全国学联地下机关刊物《中国学生》编辑。由于受到反动政府迫害，他先后流亡上海、香港，曾担任《文汇报》副刊编辑。

不久，公刘参加人民解放军，跟随部队进入大西南。1954年加入中国作家协会，出版第一部诗集《边地短歌》；次年陆续发表反映边疆战士生活的组诗，《佤佤山组诗》、《西双版纳组诗》、《西盟的早晨》。同时，公刘参加了彝族民间长诗《阿诗玛》的收集、整理，写作长诗《望夫石》、《神圣的岗位》、《黎明的城》、《在北方》等著名作品。

之后，长达22年的时间，公刘中断了诗歌创作，直到1978年才回归诗坛。公刘创作了大量的诗歌、散文、评论等作品，主要诗集有《公刘诗选》、《尹灵芝》、《离离原上草》、《仙人掌》等。

名家点评

车文仪：《阿诗玛》描写了健康的爱情，用神话形式反映人民抗暴的思想，艺术上也有可取之处。

刘绮：由于它深刻而生动地反映了过去时代撒尼劳动人民的斗争和生活，塑造了阿诗玛和阿黑这样的典型形象，具有独特的民族风格，受到了广大读者的欢迎。……这是一首优美的叙事长诗，也是我国祖国文学遗产中的一份珍宝。

郭小川诗选

内容梗概

郭小川是我国极其富有才华的一位诗人，一生创作的作品极多，先后出版《投入火热的斗争》、《致青年公民》、《雪与山谷》、《将军三部曲》、《甘蔗林——青纱帐》、《郭小川诗选》等 10 余本诗集。

《郭小川诗选》选取了短诗《女性的豪放》、《骆驼商人挽歌》、《我与枪》、《一个声音》等；长诗《深深的山谷》、《白雪的赞歌》、《一个和八个》、《将军三部曲》等著名诗作。

主题思想

郭小川的诗歌具有鲜明的时代色彩，并且蕴含着深刻的哲理。他的诗歌歌颂轰轰烈烈的革命和劳动人民的勤劳、善良的高贵品质；赞美新中国的诞生、描绘社会主义建设的欣欣向荣。这些诗歌洋溢着真挚的革命激情，和强烈的爱国主义情感，这就是郭小川诗歌的灵魂所在。所以，贺敬之说郭小川"战士的心永远跳动"，赞扬了他作为民主战士诗人的伟大形象。

郭小川的诗歌还反映了他对人生的思考，凝聚了诗人的人生哲理，立意深刻、发人深省。他善于将对人生、社会和现实生活的观察，提炼成具有真知灼见的哲理，他的诗歌中有很多富有哲理性的警句，如"将军的沉重的声音/在我的耳边震响了：/问题很简单——/不勇敢的/在斗争中学会勇敢，/怕困难的/去顽强地熟悉困难"。

他的诗歌还具有鲜明的时代精神，擅长表达时代生活主流的题材，被认为是"时代的歌手和号手"。

艺术手法

郭小川的诗歌继承了古诗词的传统，以物言志、借景抒情，不过在艺术表现形式上进行了革新。他对新诗的各种格式都进行了尝试，如楼梯式、自由体、新辞赋体等。郭小川的诗风总是不断地转变，早期的诗歌风格是明朗欢快的风格，新中国成立之初则转变为慷慨激昂的风格，直到20世纪六七十年代才逐渐转变为曲折深沉的风格。

他的诗歌思想深邃、激情澎湃、情真意切，使读者读起来就像是与诗人心灵交流一般，从而获得了强烈的感染力。郭小川善于在诗歌中进行心理剖析，将自己的内心情感呈现在读者的面前。如《向困难进军》中，讲述了诗人自己思想由幼稚转向成熟的经历；《自己的志愿》中，诗人反思了自己在入党多年后"生出了莠草般的杂念"，"曾经有迷乱的时刻"等感想。

郭小川的诗歌在语言的运用上具有独创性，他吸收了古典诗词、民歌和民间口头语的营养，将哲理和形象、抒情与叙事结合起来，形成自己鲜明的语言风格。

文学地位

在中国新诗的发展史上，郭小川的诗歌令人瞩目，他的诗歌具有强烈的革命情怀，无论从深刻的思想内容和独特的艺术个性，都在文学史上占据着重要篇章。所以在诗坛上，他具有"战士诗人"的美誉，诗歌最突出特色是富有鲜明的时代精神。

作者简介

郭小川（1919-1976），原名郭恩大，笔名马铁钉、郭苏、伟倜、健风等，我国著名乡村诗人，被称作劳动战士诗人。

"一二·九"运动后，郭小川积极投身抗日救亡的学生运动，开始运用诗歌作为武器参加斗争。抗战爆发后，他在奔赴延安途中参加八路军，先后担任宣传、教育和机要工作，期间创作《滹沱河上的儿童团员》、《我们歌唱黄河》、《草鞋》、《老雇工》等诗歌。

1943年后，郭小川一直从事革命工作，中断了诗歌创作；抗战胜利后，他回到家乡任县长，参加并领导了清匪反霸和土改运动。1948年，他先后任冀察热辽《群众日报》副总编兼《大众日报》负责人、《天津日报》编委兼编辑部主任。次年，他在中南地区从事宣传工作，并以"马铁丁"的笔名写作大量杂谈。

1955年，郭小川以饱满的激情开始歌唱新中国，创作了诗歌《投入火热的斗争》、

《向困难进军》、《在社会主义高潮中》、《闪耀吧，青春的火光》等组诗。其中，1957年，创作的叙事诗《白雪的赞歌》、《深深的山谷》、《一个和八个》最引人瞩目。1960年，郭小川为了鼓励人民度过困难时期的信心，创作了一系列出色诗歌，最著名的包括《厦门风姿》、《乡村大道》、《甘蔗林——青纱帐》和《秋歌》等。另外还有反映各个岗位火热战斗生活的《林区三唱》、《西出阳关》、《昆仑行》和《春歌》等脍炙人口的诗篇。

贺敬之曾评价郭小川的诗：一位毕生为祖国和人民事业而斗争的忠诚战士的心灵中发出来的歌。

白色花

㉚㉛㉜ 内容梗概

《白色花》是"七月派"诗人的作品集，出版于 1981 年，代表了"七月派"诗人的诗歌成就。

抗日战争爆发后，胡风先后主编了《七月》、《希望》杂志和《七月诗丛》、《七月文丛》等刊物，创作了大量的文艺理论、评论文章。随后，艾青、田间、邹荻帆、阿垅、路翎等一批青年作家在胡风的帮助和指导下活跃于文坛，这些诗人形成了著名的文学流派"七月派"。他们是活跃在我国 20 世纪 40 年代诗坛的重要流派，把诗歌当成是战斗的武器，歌颂中华民族顽强的生命力，赞扬革命主义的高尚精神，对新诗的发展以及革命主义的传扬起到了重要作用。

《白色花》收录了著名诗人鲁藜、孙钿、徐放、牛汉、绿原等 20 位诗人的作品。由绿原、牛汉编著，人民文学出版社出版，绿原还为其作序。正如绿原的序中所说，由于非艺术的原因，胡风、艾青、田间、邹荻帆等诗人的作品并没有被收录在内，但是"他们当年的作品却更能代表这个流派早期的风貌"，更能代表"七月派"的艺术风格和文学成就。

主题思想

这 20 位诗人除了个别诗人外，大多是 20 世纪 40 年代初就开始写作，当时民族危机笼罩着整个中华民族。在这样矛盾尖锐的环境下，这些诗人有的在解放区，有的在国统区，有的在前线，有的在后方。但是无论在哪里，他们都有恳切和热烈的追求和向往，向往自由和平的生活，期盼革命可以改变社会的现状。所以，这些诗歌具有鲜明的倾向性，描述民族的历史灾难，抒发诗人的爱国激情，以及歌颂了广大人民顽强不屈的意志。

这些诗人的早期作品的创作背景是爱国主义热情尚未衰退的年代，感情比较单纯，韵律比较明快，色彩也比较明朗；而作品创作的后期，受到了更复杂历史环境的影响，面临民族危亡的关键时刻，作品的情调逐渐沉郁和悲怆。随着革命进程的推进，这些诗歌也带有了新的时代色彩，歌颂新中国的建立、人民群众的伟大。

"开作一枝白色花——因为我要这样宣告，我们无罪，然后我们凋谢"。可以说，这是《白色花》的主题思想，也反映了"七月派"诗人内心的独白，写进了"七月派"诗人的无奈和哀愁，但是也表现了他们的淡然。他们将人生中遭遇的所有苦难都化为无声的白色花，赋予了它永恒的生命、力量。

艺术手法

"七月派"将诗歌作为战斗的武器，追求诗歌与时代的紧密结合，并且具有鲜明的政治倾向和革命功利主义。这些诗歌的主要内容抒发了鲜明的主观战斗激情，并歌颂了民族的生命强力。该派的诗歌表现了革命现实主义的雄浑风格，又充满了每个诗人的个性特色。

在艺术形式上，他们跟随艾青的步伐，倾向诗歌的散文化，具有显著的自由体诗的特色。由于当时客观环境和时代背景的限制，这些诗歌的题材比较狭隘、言词较迁远，知识分子的感情气息也比较浓厚。

文学地位

"七月派"是中国现代文学史上具有探索精神又具有悲剧命运的文学流派，他们的诗歌以政治抒情诗为主，与社会现实保持着密切的联系，并且大量使用自由体形式，在中国现代文学史上具有不可替代的地位。

作者简介

绿原（1922–2009），原名刘仁甫，又名刘半九，湖北黄陂人，我国著名作家、诗人、翻译家。他17岁开始创作诗歌，半工半读开始写作，后发表了处女作、短篇小说《爸爸还不回来》。1941年，绿原在《新华日报》上发表诗歌《送报者》，并参与成立了诗垦地社。次年，他考入迁往重庆的复旦大学外文系学英文，其诗歌也开始崭露头角。这时，胡风正在编辑《七月诗丛》，不仅邀请他写作诗歌，还为他出版了首部诗集《童话》。因此，绿原成为"七月诗派"后期的重要代表诗人，其后相继出版两部诗集《又是一个起点》和《集合》。

1949 年 5 月，绿原参与了《长江日报》的创办并担任文艺组副组长；后担任中宣部国际宣传处组长，发表诗集《从一九四九算起》。之后，绿原经历了十几年的磨难，直到1980 年才恢复诗歌创作，于 1981 年与诗人牛汉合编"七月派诗人"选集《白色花》。

绿原始终热衷于诗歌的写作，生平著作众多，其中包括诗歌《童话》、《集合》、《又是一个起点》等，文集《绕指集》、《非花非雾集》、《苜蓿与葡萄》、《再谈幽默》、《寻芳草集》、《半九别集》、《绿原说诗》等。此外还翻译了《浮士德》、《里尔克诗选》、《叔本华散文选》等名著。

绿原是一位跨越中国现代、当代的著名诗人，具有独特的魅力和特色，曾荣膺斯特鲁加国际诗歌节"金环奖"、鲁迅文学奖优秀文学翻译彩虹奖等殊荣。

牛汉（1923–2013），原名史承汉，曾用笔名谷风，山西定襄县人。牛汉是"七月派"诗人的主要代表之一，从 1940 年开始发表诗歌和散文，曾担任《新文学史料》主编、《中国》执行副主编，中国作家协会全国名誉委员、中国诗歌学会副会长等职务。

1941 年，牛汉发表《鄂尔多斯草原》，从而在诗坛上引起瞩目。随后发表诗集《流火》、《彩色的生活》等作品。新中国成立初期，他曾在军队和大学工作，后因胡风案被审查。1979 年，牛汉重新迸发创作诗歌的热情，创作二三百部诗歌作品，包括《滹沱河和我》、《绵绵土》等作品，出版《牛汉诗文集》。

名家点评

林默涵称鲁藜是"我国当代卓有成效的著名作家"。

艾青则评价鲁藜：风风雨雨、坎坎坷坷，经漫长岁月冶炼，你属于纯金。

九叶集

20 世纪 40 年代中后期，《中国新诗》和《诗创造》周围集结了一批志存高远的青年诗人，他们吸取了西方现代派诗歌的优势，在发展新诗方面做了积极的尝试，并逐渐形成了一个现代诗歌流派。这就是后人所称的"九叶诗人"。主要代表人物有穆旦、辛笛、郑敏、唐湜、袁可嘉等人。

《九叶集》是九叶派诗人联合出版的诗歌合集，于 1981 年由辛笛编辑整理，并由江苏人民出版社出版。它代表了九叶派诗歌的最高成就。

主 题 思 想

九叶派诗人在诗歌创作上，坚持时代感受和艺术的创造性的统一，主张"不许现实淹没了诗，也不许诗逃离现实，诗在反映现实之余还要享受独立的而艺术生命"。

《九叶集》表现了诗人理性的思辨，体现了现代知识分子那种近乎冷酷的自觉性，反映了现代知识分子的挣扎与觉醒。穆旦是九叶诗人的代表，他的爱情组诗《诗八首》超越了传统情诗单纯书写爱情流于表面的忧伤和甜蜜，揭示了爱情的本质意义；并且皆由爱情这一永恒的主题，折射出生死、人生等哲学问题。而《诗八首》的思想特点也是《九叶集》中诗歌的共同点。

反映民族生活是《九叶集》的主要内容，剖析现实社会的症结、批判社会存在的弊病，更用激情的呼声来反映诗人的爱国主义、革命主义。如郑敏的《雷阿诺的〈少女画像〉》探讨了爱的含义，表达了诗人对冷酷罪恶世界的憎恶，对光明世界的向往。杜运燮的《追物价的人》表现了当时人们在污秽黑暗的社会苦苦挣扎的情景，体现了诗人对社会罪恶的反叛，对美好生活的追求。

艺 术 手 法

九叶诗人打破了传统诗歌真实描写和直抒胸臆的表现方式，在西方现代派，尤其是象征主义诗歌的影响下，强调以表面不相关、与实质事物相类似的事物来表达自己的思想情绪和内心情感。这些象征主义手法的运用，使得诗歌给人更加新奇的感觉。

诗人善于意境的营造，将眼前的景物和心中的主观情感融合在一起，通过比喻、象征、比拟的手法，赋予事物新的灵魂，以丰富的想象力扩充诗歌的内涵，从而使得诗歌富有更深的暗示和象征。《九叶集》还大量运用虚与实、具体与抽象等手法，通过词语的跳跃、词与词构成巨大的张力，增强语言的密度。

九叶派诗歌借鉴了西方现代派诗歌的艺术方法，又更注重创新性，这些吸收和创新为中国近代新诗的发展起到了重要作用。这些诗作对新诗的表达方式和诗学观念都有大的突破，主张人的文学，生命的文学，注重营造新颖奇特的意象和境界，是新诗发展史上的别有风格。

九叶派诗人在 20 世纪 40 年代的诗歌，呈现了当时处在青年时期的他们对丑恶社会的揭露，他们尝试运用西方现代诗歌的技巧来突出当时复杂的斗争。同时，这些作品也抒发了他们对祖国光明的期待。他们的诗歌是当时历史的真实表现，也使中国新诗发展历史向前迈出了重要的一大步。

作者简介

辛笛（1912-2004），原名馨迪，出生于天津，我国当代著名的诗人。辛笛是"九叶诗派"的代表诗人，致力于新诗歌的创作，在作品中追求现实与艺术、感性与理性之间的平衡。

1936 年，与弟弟辛谷出版第一本诗集《珠贝集》，其中包括之前的创作的《夜别》、《潭柘》、《丁香》、《灯和夜》、《航》等作品。同年，赴英国爱丁堡大学研读英国文学，诗歌创作趋向成熟，创作了很多脍炙人口的诗歌，如《挽歌》、《月夜之内外》、《巴黎旅意》、《杜鹃花和鸟》、《狂想曲》、《门外》等，这些作品后被收入《手掌集》。

1939 年，辛笛回国进入光华大学、暨南大学任教授，主要教授莎士比亚和英美诗歌。1946 年到 1948 年期间，辛笛开始创作现实题材的诗歌，如《手掌》、《寂寞所自来》、《憔悴》、《海上小诗》、《甘地的葬礼》、《尼亚加拉瀑布》等作品。这些作品后被收入《辛笛诗稿》中。这期间，辛笛还写作了一些专栏文章，主要介绍英美新书、辞典、评价诗集等。

新中国成立后，辛笛转入工业战线，投身于新中国的建设中，诗歌创作进入了沉默期。直到 1957 年才重新开始创作，发表《陕北道情》等新诗。1981 年，辛笛与几位"九叶派"诗人共同出版《九叶集》，迎来了诗歌创作的高峰。此后，他又接连出版《辛笛诗稿》、《印象·花束》、香港版《王辛笛诗集》、散文新集《琅嬛偶拾》、《20世纪中国新诗辞典》等作品。

龙泉明：他们不是醉心于狂乱的喊叫，而是把激情的呼吁渗透在对时代对现实的思考与剖析里面，为历史尽着"批判的武器"的义务。

艾青在《中国新诗六十年》中说："日本投降后……在上海，以《诗创造》与《中国新诗》为中心，集合了一批对人生苦于思索的诗人：王辛笛、杭约赫（曹辛之）、穆旦、杜运燮、唐祈、唐湜、袁可嘉以及女诗人陈敬容、郑敏等。他们接受了新诗的现实主义的传统，采取欧美现代派的表现技巧，刻画了经过战争大动乱之后的社会现象。"

北岛诗选

《北岛诗选》出版于 1986 年，由新世纪出版社出版，收录了北岛的代表作《问答》、《走吧》、《一切》、《你说》等诗作。其中流传最广、最著名的便是《问答》，"卑鄙是卑鄙者的通行证，/高尚是高尚者的墓志铭"。这句诗成了多少人的座右铭，运用朦胧诗的手法表达了诗人与旧时代决裂，以及对迎接新时代的渴望。"有希望就有未来"这就是诗人的心声，也是生活中最普遍而又深刻的哲理。

除此之外，还包括《太阳城札记》这样的小诗、短诗；《爱情》这样描写爱情的诗歌，表达了诗人渴望爱情、歌颂爱情恬静气氛的作品。北岛的诗具有深刻的哲理性，如《艺术》、《生活》等。《生活》这首诗只有一个字：网。简洁的一个字，甚至连标点都没有，却蕴含着深刻的哲理。人们的生活就是一个庞大的网，亲情网、朋友网、同事网，一切都逃不出这个"网"。一个人从出生到成长、到失望，整个人生就像是编织的一个网，有快乐、有痛苦、有失望、有期望……

主题思想

北岛的诗歌包含了诗人的全部思想内涵和内心情感，诗中的"我"就是诗人自我的化身，也是当时朦胧诗人的缩影。北岛将诗歌作为武器，表达其追求自由的思想。北岛在诗中也讨论了人的生与死，揭示了生命的真正意义。如《一切》中"一切失望都有冗长的回声"。同样在诗歌中，也体现了诗人在追寻探索真理的道路上遇到的问题，感到的渺茫和苦闷。如《恶梦》、《结局或开始》等。

北岛的诗还具有强烈的反叛精神，如《回答》中"我不相信天是蓝的/我不相信雷的回声/我不相信梦是假的/我不相信死无报应"。冷峻、深沉和清醒是北岛诗歌的背景和底色，而孤独、自由和拒绝则是他创作的主题。作为极度敏感的诗人，北岛具有独特的"冷抒情"的方式，即具有独特的冷静和思辨。

艺术手法

北岛的诗歌意象丰富，蕴藉深沉，运用抽象的对象，如"海湾"、"帆"、"风"等对象，表达具有深意的意象。这些意象的使用使得诗歌更加生动形象，给人更深刻的印象。同时诗人通过这些具体的意象，如"生命的湖"和"红帆船"等，表达了向往自由和美好生活的情感。

在诗歌中，北岛运用了多种艺术手法，北岛喜欢在同一首诗中采用重复的句子，或是重复采用句式相同或是相近的句子。如《回答》中连续运用几个"我不相信"，起到了增强情感的作用。诗人还运用了拟人的手法，"一只只疲倦的手中，升起低沉的乌云"、"站着思考的芦苇"。另外，北岛的思维逻辑极具跳跃性，时常跳动着思维的火花。

文学地位

北岛是近代朦胧诗派最典型的代表，曾获得诺贝尔文学奖提名，是近代最著名的诗人之一。他的《北岛诗选》是朦胧派诗歌最高成就的表现，曾获 1988 年中国作家协会第三届优秀诗集奖，以其冷峻、深沉、清醒的风格在中国诗坛具有重要的一席之地。

作者简介

北岛（1948-），原名赵振开，我国当代著名诗人，朦胧诗代表人物之一。

1978 年，北岛与诗人芒克创办了诗歌刊物《今天》，出版诗集《陌生的海滩》。1989 年，移居海外，曾在美国戴维斯大学任教，继续主编《今天》，使其成为世界汉语文学的重要宣传刊物。随后，先后担任加利福尼亚大学戴维斯分校、杜伦大学中文系讲师。

2007 年起，北岛受聘于香港中文大学教授，继续从事诗歌创作和教育事业，并且多次获得诺贝尔文学奖提名。主要作品包括诗集《北岛诗选》、《在天涯》、《零度以上的风景线》等小说，《归来的陌生人》、《蓝房子》以及散文集《城门开》、《青灯》等。

名家点评

路斯·西蒙斯：你用深邃的、充满力量、让人难以忘怀的诗句，向你的祖国和世界发出了声音，谱写自由和表达的乐章。

蓝棣之：他的诗里的意象体现了庞德所说：意象是感情和理智在瞬间结合成的复合体。他的诗不是流体，而是作者内心的岩层，由各种意象积成的地层。这地层中的意象化石在得到适度的安排时，给人的思考创造了盘旋的空间，但有时过密，过于拥挤；而意象的过度密集没有能增加艺术空间，仅起阻塞空间的后果。北岛的诗离开了直叙衷肠的浪漫主义，获得非个性的冷调。

舒婷的诗

内容梗概

《舒婷的诗》出版于 1994 年，由人民文学出版社出版，受到了读者的欢迎和好评，后被编入《蓝星诗库》出版。

这本诗集共分为三辑，即第一辑痛苦使理想光辉，第二辑你在我的航程上 我在你的视线里，第三辑我们被挟持着向前飞奔既无从呼救又不肯放弃挣扎。主要代表诗作有《致大海》、《祖国，我亲爱的祖国》、《海滨晨曲》、《珠贝——大海的眼泪》、《船》、《初春》、《人心的法则》、《中秋夜》、《镌在底座上》、《悼》、《也许?》、《小窗之歌》、《献给我的同代人》等作品。

主题思想

舒婷曾经宣称，爱是其诗歌的主题，这是她成为现代诗坛上受读者欢迎的主要原因。这种爱不是个人的情爱、友爱，而是具有广泛的内涵，体现在"爱人"之上的慈爱、博爱。不仅如此，舒婷还在诗歌中抒发了对祖国、对人生、对大自然的热爱，富有浪漫主义和理想的色彩。

舒婷的诗歌具有强烈的女性意识，体现了新时代女性关于生命本身的呼唤，呼吁广大女性自立、自强，大胆地追求幸福。如《致橡树》诗人提出了平等的爱情观，女性应该自立、自强的观点。

艺术手法

舒婷的诗歌擅长运用比喻、象征、联想等艺术手法来表达内心的情感，以女性的角度展现诗歌的独特魅力。虽然这些诗歌具有女性诗人的细腻、浪漫、柔美，但是也具有理性和冷静的色彩。

舒婷的诗歌是浪漫主义和现代主义风格完美结合的产物，朦胧而不晦涩。她注重自我的表现，追求心灵的自由，她运用暗示和局部的象征主义手法，侧重意象的组合和构成，令人领略到了诗歌的朦胧美、含蓄美。同时，这些诗歌中的意象之间变化多样，突出了诗人内心强烈的自我主义色彩。

舒婷的诗歌多用第一人称"我"，这样的表达方式可以达成倾诉式的抒情效果，拉近读者和诗人的距离，更容易让读者领悟诗人的情感。

文学地位

舒婷是中国当代著名女诗人，是 20 世纪 70 年代朦胧派诗歌的重要代表，她以新奇的艺术形象、真实的感情，以及具有独创性的艺术形式，使得诗歌具有"言有尽而意无穷"的诗意美。舒婷以独特的女性视角和鲜明的女性意识，在诗坛上拥有了自己的创作空间和重要地位。

作者简介

舒婷（1952-），原名龚佩瑜，出生于福建石马镇，当代女诗人，朦胧诗派的代表人物。1979 年，舒婷开始发表诗歌，《诗刊》发表了她的《致橡树》、《祖国啊，我亲爱的祖国》、《这也是一切》，这使得她的诗歌开始进入人们的视野。

1983 年，舒婷加入中国作协，相继出版诗集《双桅船》、《舒婷顾城抒情诗选》、《会唱歌的鸢尾花》、《始祖鸟》；散文集《心烟》、《秋天的情绪》、《露珠里的"诗想"》等，以及选集《舒婷的诗》、《舒婷文选》、《致橡树》等。

名家点评

况军：（舒婷的诗歌）整体象征，很少用直抒告白的方式，表达的意象有一定的多义性。

蔡强、张盛爱：舒婷最初一批散文作品是知青时代人生经历的回顾和反思。如《洁白的祝福》、《梦入何乡》、《在澄澈明净的天空下》等。不同的是，写那些诗时，舒婷面对紧迫、焦灼的现实压力，而经过时间沉淀，能够比较从容地从往事追怀中提摄更超越具体人事的情思和哲蕴。

卷三　散文作品

鲁迅杂感选集

《鲁迅杂感选集》是由瞿秋白编选的鲁迅不同时期的杂文选集，共收录了鲁迅创作的 75 篇杂文，时间跨度为 1918 年至 1932 年。其中包括鲁迅著名杂文集《华盖集》、《而已集》、《三闲集》、《二心集》中的多篇作品。1933 年 4 月 8 日瞿秋白选编完之后，还为其写了 1.5 万字的序言详细论述了鲁迅和他的杂文特点和文学价值，并对鲁迅前期思想进行了描述和概括。

选自《华盖集》的有《论雷峰塔的倒掉》、《灯下漫笔》、《这个与那个》等；选自《三闲集》的有《文艺与革命》、《路》等；选自《二心集》的有《中华民国的新"堂吉诃德"们》、《"友邦惊诧"论》等。

主 题 思 想

瞿秋白说鲁迅："他是站在战斗的前线，站在自己的哨位上。"鲁迅的杂文怀有一种明确的自觉意识，蕴含着他崇高而执着的思想和精神追求。正如他在《华盖集·题记》中所说："我早就很希望中国的青年站出来，对于中国的社会，文明，都毫无忌惮地加以批评。"他的杂文具有强烈的时代感和批判性，旨在揭示社会和时人的虚伪、黑暗，以及复杂的人性，对后世具有重要的警示作用。

鲁迅的杂文表现了社会底层弱小被压迫、被不公平对待的痛苦，所以将批判的锋芒指向了所有形式、所有人对弱小的奴役。另外，他批判的锋芒直指人的心灵深处，抨击时弊，抒发情感，具有重要的警示作用。如《热风》批判了封建礼教、封建制度，表达了人们对革命的强烈愿望；《而已集》中的文章，鲁迅以极其愤恨的情感揭示了反动军阀对革命党人和进步人士的恶行，以及无可奈何、无能为力的苦闷。

艺 术 手 法

鲁迅的杂文犀利、尖锐、苛刻，令人难以接受，但是却直指人的心灵和灵魂，其批判的锋芒指向了任何不合理、不公平的现象。

鲁迅具有丰富的想象力，他可以将一些看似不可能联系在一起的人和事联系在一起，以形成巨大的反差，这些天马行空的想象使文章更加深刻，达到更突出鲜明的效果。同时，他的语言也是极富创造力，将汉语的表意、抒情等功能发挥到了极致。文章中运用了口语和文言夹杂的句式，排比、重复交叉的形式，使文章更具感染力、力量感。长句和短句、陈述与反问的相差运用，使得他的杂文既有散文的朴实，又具有骈文的华美与气势。

文学地位

《鲁迅杂感选集》之前，人们将鲁迅当作是伟大的文学家来评价，而瞿秋白的序言则从思想家和精神战士的高度来研究鲁迅，指出了其在中国现代史上的重要地位。鲁迅是中国近代文学史上最伟大的文学家、思想家，他的杂文犀利、深刻。鲁迅以其博大精深的思想内涵和独特完美的艺术形式，使杂文攀上了中国文学的高峰，进入了"高尚的文学楼台"。

作者简介

鲁迅（1881-1936），原名周樟寿，后改名周树人，字豫才，浙江绍兴人。鲁迅出身破落的旧官僚家族，少年受到良好的传统教育，青年则受到进化论（达尔文）、超人哲学（尼采）和博爱思想（托尔斯泰）的影响。

1902年，鲁迅前往日本公费留学，先就读于仙台医学院，后弃医学文，师从著名国学大师章太炎先生，期间翻译大量西方文学作品。回国之后，鲁迅一边在大学执教，一边从事文学创作，同时积极参与革命活动。"辛亥革命"后，鲁迅凭借在革命过程中的贡献，进入南京临时政府教育部门任职。

1918年5月，鲁迅发表我国现代文学史上第一篇白话文小说——《狂人日记》，为新文化运动拉开了序幕。"五四"运动期间，鲁迅加入《新青年》杂志社，创作了大量文艺作品为革命青年站脚助威，成为了"五四"运动的文化主将。

1927年，鲁迅到上海定居，同时和自己的学生许广平同居。在此之后，鲁迅更加积极参与革命活动，除了继续创作文艺作品，还创立和参与了中国自由运动大同盟、中国左翼作家联盟和中国民权保障同盟等组织，在反对国民党政府独裁统治的同时，利用自己在文学界的声望积极营救革命志士。

新中国成立后，其作品被编为《鲁迅全集》（十卷）、《鲁迅译文集》（十卷）、《鲁迅日记》（二卷）和《鲁迅书信集》等。随后，鲁迅足迹到达过的北京、上海、绍兴、广州和厦门等地，先后建立鲁迅博物馆和鲁迅纪念馆。同时，鲁迅的作品被选入中小学教科书，部分作品还被改编拍摄成电影。

名家点评

法捷耶夫：鲁迅是真正的中国作家，正因为如此，他才给全世界文学贡献了很多民族形式的，不可模仿的作品。他又评价鲁迅为"中国的高尔基"。

郭沫若：鲁迅是革命的思想家，是划时代的文艺作家，是实事求是的历史学家，是以身作则的教育家，是渴望人类解放的国际主义者。

夏志清：大体上来说，鲁迅为其时代所摆布，而不能算是他那个时代的导师和讽刺家。

寄小读者

内容梗概

本书是冰心写给小读者的一本通讯集，时间在 1923 年到 1926 年，共有 29 篇。前 21 篇是她在美国留学期间所写，内容记述了海外的自然风光和奇闻趣事，表达了对祖国和故乡的思念之情。如慰冰湖、闭避楼、圣卜生疗养院，以及病友、朋友和孩子等，作者用温存的笔触将所见所闻娓娓道来，思乡爱国之情淳朴而笃厚。

以"通讯七"为例，作者对太平洋和慰冰湖的美景进行描绘，自然而然地流露出对母亲的依恋，从而引发了海外游子的愁绪共鸣。同时，作者又对自己的童年生活展开追忆，以自己对母亲的怀念，映射出对祖国的眷恋。具体来讲，这篇通讯共分为两部分，第一部分是作者从上海到日本神户的见闻和感想，第二部分则是作者到达美国之后，游览慰冰湖的见闻和感想。

众所周知，冰心是我国著名的儿童文学作家，一生当中创作了大量儿童文学作品。在本书中，她更是不无动情地写道："有一件事，是我常常用以自傲的，就是我从前曾是一个小孩子，现在仍是一个小孩子。"可以说，冰心之所以能够创作出大量优秀的儿童文学作品，与她始终保持的一颗童心密不可分。

此外，为了全面了解冰心的儿童文学作品，目前流传于世的《寄小读者》版本，不仅收录了最初的 29 篇通讯，同时还收录了其他一些儿童文学作品。这些作品主要以散文形式为主，语言灵动活泼，文笔细腻浓厚，字里行间充溢着作者对孩子的关怀，以及对生活和生命的热爱。

主题思想

本书的内容以歌颂为主，对象包括童真、母爱、自然和祖国等，通过对这些事物的描写和歌颂，表达了作者对美好事物的向往。在此过程当中，作者也建立了一套独特的关于爱的哲学，同时这也是冰心最为核心的文学创作思想。

艺术手法

作者在本书中运用的一个主要艺术手法，就是"心物相映，情景交融"，即通过对眼前景象和事物的描写，孕育出自己的思想感情，并且在"情"和"景"之间自然流转，达到水乳交融的效果。

当然，作者在具体的文体上采用"通讯"方式，并且以小孩子的视角和口气进行创作，读起来就像是在和小孩子谈天说地，童真和童趣跃然纸上。本书作为冰心的代表作，将她的爱的哲学淋漓尽致地显露出来，让一代代孩子们的心灵得到了抚慰，同时也让他们得到了良好的文学启蒙。

文学地位

《寄小读者》是我国近现代文学史上最早一批儿童文学作品，并且以引领时代的姿态成为其中的代表作品，同时也奠定了冰心在我国儿童文学领域的崇高地位。可以说，本书在为儿童读者带来无穷文学乐趣的同时，也极大地丰富了我国的文学作品形式，是整个文学史上不可替代的佳作。

作者简介

冰心（1900-1999），原名谢婉莹，冰心是她的笔名，我国现代著名女作家、诗人，福建长乐人。1918年，冰心考入北平协和女子大学（后并入燕京大学），于次年发表人生中的第一篇小说《两个家庭》。受泰戈尔影响，冰心在大学期间创作了大量无标题自由体小诗，后整理成《繁星》和《春水》出版，其独特的语言形式被称为"春水体"。

1923年，冰心于燕京大学毕业，前往美国威尔斯利女子大学就读，期间创作了本书的主要内容。1926年，冰心获得英文文学硕士学位，归国任教于燕京大学和清华大学，"抗战"期间积极组织参与文化救亡活动。"抗战"胜利后，冰心前往东京大学执教，1951年归国后先后担任《人民文学》编委、中国作家协会理事和中国文联副主席等职。

此外，由于冰心享年百岁，又被后人称为"世纪老人"。

名家点评

郁达夫：冰心女士散文的清丽，文字的典雅，思想的纯洁，在中国算是独一无二的作家了……（她）对父母之爱，对小弟兄、小朋友之爱，以及对异国的弱小儿女、同病者之爱，使她的笔底有了像温泉水似的爱情。

巴金：一代代的青年读到冰心的书，懂得了爱：爱星星、爱大海、爱祖国，爱一切美好的事物。我希望年轻人都读一点冰心的书，都有一颗真诚的爱心。

沈从文：冰心的文字是那样的清新隽丽，笔调是那样轻倩与灵活，画意与诗情，真如镶嵌在夜空里的一颗颗晶莹的星珠。犹如一池春水，风过后，漾起锦似的涟漪。

雨天的书

内容梗概

《雨天的书》发表于 1925 年，收录了周作人不同时期的 50 多篇文章，其中包括《苦雨》、《鸟声》、《死之默想》、《唁辞》、《北京的茶食》、《生活之艺术》、《无谓的感慨》、《神话的典故》、《读欲海回狂》、《若子的病》、《体操》、《怀旧》、《日本的海贼》、《我们的敌人》等散文，以及杂文《山中杂信》、附录汪仲贤的《十五年前的回忆》。

这部散文集大多以谈茶、养鸟、赏花为题材，仅有几部批评社会、时政的文章。这些表现作者对闲适生活的小品，只是"为消遣或调剂之用，偶尔涉笔而已"，也是周作人早期散文的共同点。

《喝茶》是这类小品文的代表作。周作人写过很多有关茶的文章，"茶"可说象征了他恬淡超脱的生活情趣，成了一种高雅的文化象征。喝茶在他已成为"再鉴赏其色与香与味，意未必在止渴泊然更不在果腹了"。那瓦屋纸窗、清泉绿茶所营造的闲适清幽的氛围，与碌碌红尘作对比，体现了作者对士人精神世界的深刻关怀。

主题思想

第一次国内革命失败后，周作人逐渐脱离时代，主张"闭户读书"，过着隐居般的生活。在文学创作上，开始创作闲适清雅的小品文，沉浸于花、鸟、树、木、茶之中。他的这种"资产阶级情调"与兄长鲁迅的"横眉冷对千夫指"有着巨大的差别，所以在当时也受到了进步知识分子的批判和指责。

这些文艺小品文虽然脱离了时代背景，却给人美的感受，给人风轻云淡的情趣。《喝茶》是这部散文集的代表作，周作人认为茶是其恬淡超凡生活情趣的象征，也是高雅淡然的文化体现。"喝茶当于瓦屋纸窗之下，清泉绿茶，用素雅的陶瓷茶具，同二三人同饮，得半日之闲，可抵上十年的尘梦"。在闲适清幽的环境中品一壶淡淡的清茶，与外界社会的烦扰和混乱相比，真是惬意无比。这也体现了周作人对士人理想世界的向往和追求。

周作人这段时期的散文大多是闲谈体，追求自然、隽永的风格，富有闲谈的艺术意蕴。那些看似平常的花草，经过作者的笔墨，便透露出无限的情趣。《雨天的书》其艺术风格犹如其书名一般，宁静隽永，作者娓娓而谈，运用丰富的想象，跳跃的思维，使读者与作者置身于同一闲适的氛围之中。

周作人善于极力淡化本该浓厚的深情，转而讲述一种淡淡的温情，从而使得散文平淡而不枯燥，腴润而不肥腻。这就是周作人散文的独特艺术特色。

《雨天的书》是闲适小品的主要代表，是周作人最脍炙人口的散文著作。它的出版标志着周作人的散文已经形成了独树一帜的风格，其散文已经走向了成熟。周作人作为《语丝》周刊的主编创作了大量散文，风格清隽幽雅，对其后俞平伯、废名等人的散文创作产生了重要影响，形成了"很有权威的流派"。

作者简介

周作人（1885-1967），原名槐寿，字星杓，笔名遐寿、仲密、岂明，号知堂、药堂，中国现代著名散文家、文学理论家、评论家。周作人是鲁迅先生的弟弟，不仅是新文化运动的重要代表，也是中国民俗学的开拓者。

周作人早年留学日本，研读希腊文、俄文、梵文《远征记》等文学名著，与鲁迅出版了《域外小说集》第一、第二部分。1917年，周作人担任北京大学教授，教授欧洲文学、近代散文、佛教文学等课程，并广泛地参加社会活动，支持进步学生的爱国运动。"五四"运动后与郑振铎、沈雁冰、叶绍钧、许地山等人创立"文学研究会"，随后与鲁迅、林语堂、孙伏园等人创办了《语丝》周刊，担任主编和主要撰稿人。

周作人是一个颇有争议的人物，前期参加和领导新文化运功，在支持学生爱国运动、保护北大文化财产、爱国者方面做出了巨大贡献。然而在抗日战争时期，他在汪伪政权担任职务，沦为令人唾弃的汉奸文人。

但是周作人的文学贡献却不可忽视，他在新文化运动中发表了影响深远的《人的文学》、《平民文学》、《思想革命》等论著。还专注研究欧洲文学，出版了《欧洲文学史》、《近代欧洲文学史》等作品。以及散文集《谈龙集》、《谈虎集》、《瓜豆集》、《木片集》等代表作品。

周作人是著名的翻译家，曾翻译古希腊喜剧《财神》、《伊索寓言》、《欧里庇得斯悲剧集》、日本现存最古的史书《古事记》、滑稽本《浮世澡堂》等作品。周作人的另外一大贡献便是出版了关于鲁迅的著作，包括《鲁迅的故家》、《鲁迅的青年时代》、《鲁迅小说里的人物》等，为后人研究鲁迅提供了宝贵资料。

郑振铎：五四以来的中国文学有什么成就，无疑地，我们应该说，鲁迅先生和他（周作人）是两个颠扑不破的巨石重镇；没有了他们，新文学史上便要黯然失光。

野草

《野草》创作于 1925 年 1 月 24 日,是鲁迅唯一一部散文诗集,最初发表在《雨丝》周刊上。其中收录了鲁迅于 1924 年到 1926 年期间创作的 23 篇散文诗以及书前题辞一篇,主要包括《这样的战士》、《淡淡的血痕中》、《影的告别》、《死火》、《墓碣文》、《希望》、《死后》等诗作。

当时,"五四"运动已经退潮,《新青年》散伙,当初积极宣传新文化、新思潮的战友们也各奔东西。面对残酷的现实,反动派的白色统治,鲁迅在思想上感到了"走在沙漠"中的孤寂和迷茫。正如鲁迅在《〈自选集〉自序》中说的"后来《新青年》的团体散掉了,有的高升,有的退隐,有的前进,我又经验了一回同一战阵中的伙伴还是会这么变化。有了小感触,就写些短文,夸大点说,就是散文诗,以后印成一本,谓之《野草》"。

这部散文详细地记录了鲁迅在"五四"运动退潮之后的心理变化历程,抒发了当时的苦闷和孤独。如《这样的战士》、《淡淡的血痕中》等作品反映了作者对白色恐怖下现实生活的失望和愤慨,《死火》、《墓碣文》等作品反映了作者在现实中探索、摸索之后的孤寂和迷茫。

同时,《野草》中也有几篇描写景物的散文诗,比如《秋夜》、《雪》、《腊叶》,还有一首打油诗《我的失恋》,一出诗剧《过客》。

散文诗集《野草》是鲁迅当时心路历程的详细记录,更加直接地深入内心地剖析作者最隐晦的心声。对死亡和生命的探索、思考,一直是鲁迅作品的主题,并将其视为人生悲剧的巅峰。《野草》的主题是多元的、矛盾的,字里行间既弥漫着对生存的焦虑、对生命的迷茫和挣扎,又反映了作者的抗争精神,以及心中充满的希望、渴望。

鲁迅以极其敏锐的洞察力和眼光，揭示了当时人们的生存状态，在黑暗现实中的悲惨命运。同时又体出现了鲁迅对生命价值的认识，超然了对死亡的恐惧。在《野草》中，鲁迅认为死亡并不是生命的终点，而是生命的必然过程，从哲学角度思考了生命的价值。

《野草》中不乏一部分晦涩难懂的篇章，但是细细品读便可以领略鲁迅的人生哲学。在黑暗的时代，人们失去了抗争的勇气和意识，但是鲁迅却对现实生活具有独特的洞察力。虽然身处孤寂、迷茫之中，但却没有失去反抗、探索的勇气，并且对人生、未来有着执着地追求和憧憬。

 艺术手法

鲁迅小说选材具有极其独特的眼光和视角，始终关注着"病态社会"里知识分子和农民的精神"疾苦"，思考和反思旧社会人物的悲惨命运，对当时的社会现实进行了批判和嘲讽；他的杂文极具批判性，对封建礼教的批判、对旧传统的批判，以及对国民党反动派法西斯专政的批判……鲁迅的杂文显示了一种"不克厥敌，战则不止"的不屈精神，将自己批判的锋芒直指人的心理和心灵深处；与前两者相比，鲁迅的散文则另有一番风味，其中《朝花夕拾》记录了童年、青少年的美好回忆，表达了明朗、纯真的情味。而《野草》则多了一些朦胧、神秘，甚至是荒诞、神秘的感觉，隐晦地表达了他在白色恐怖下孤军奋战的孤寂、迷茫，以及想要冲破迷雾的希望之情。

《野草》包含了多样的文体形式，作者通过诗体、戏剧体、叙述体等文体手法，抒发自己的情感，发达内心的思想。作者运用现实主义和象征主义相结合的方式，大量运用暗喻、象征的描写手法，为我们呈现了寓言式奇幻、神秘的人生景象。同时，作者运用精致的语言，饱含深情的情感，呈现了内心深处的苦闷与彷徨、希望与绝望，以及不屈的战斗精神。

鲁迅的语言风格一向冷峻犀利，但是《野草》的语言却丰腴、饱满，而其邃密的语言风格则体现了其心理的成熟。

文学地位

《野草》是鲁迅唯一一部散文诗集，虽然是一本最薄的小册子，但是却隐含着最深邃的哲理，用鲁迅自己的话说：自己一生的哲学都包含在这里了。它凝聚了鲁迅在"五四"运动退潮后思想处于彷徨时期对人生、人的存在价值以及社会发展的深刻思考，反映了鲁迅从启蒙的文化批判者到启蒙后的战斗者的重大转变。

作者简介

鲁迅（1881–1936），原名周樟寿，后改名周树人，字豫才，浙江绍兴人。鲁迅出身破落的旧官僚家族，少年受到良好的传统教育，青年则受到进化论（达尔文）、超人哲学（尼采）和博爱思想（托尔斯泰）的影响。

1902年，鲁迅前往日本公费留学，先就读于仙台医学院，后弃医学文，师从著名国学大师章太炎先生，期间翻译大量西方文学作品。回国之后，鲁迅一边在大学执教，一边从事文学创作，同时积极参与革命活动。"辛亥革命"后，鲁迅凭借在革命过程中的贡献，进入南京临时政府教育部门任职。

1918年5月，鲁迅发表我国现代文学史上第一篇白话文小说——《狂人日记》，为新文化运动拉开了序幕。"五四"运动期间，鲁迅加入《新青年》杂志社，创作了大量文艺作品为革命青年站脚助威，成为了"五四"运动的文化主将。

1927年，鲁迅到上海定居，同时和自己的学生许广平同居。在此之后，鲁迅更加积极参与革命活动，除了继续创作文艺作品，还创立和参与了中国自由运动大同盟、中国左翼作家联盟和中国民权保障同盟等组织，在反对国民党政府独裁统治的同时，利用自己在文学界的声望积极营救革命志士。

新中国成立后，其作品被编为《鲁迅全集》（十卷）、《鲁迅译文集》（十卷）、《鲁迅日记》（二卷）和《鲁迅书信集》等。随后，鲁迅足迹到达过的北京、上海、绍兴、广州和厦门等地，先后建立鲁迅博物馆和鲁迅纪念馆。同时，鲁迅的作品被选入中小学教科书，部分作品还被改编拍摄成电影。

名家点评

钱理群：《野草》里有最不遮蔽的鲁迅。

张一平：作为一部散文诗集，鲁迅的哲学全部都在其中。

夏济安：《野草》为"熔化的金属尚未找到一个模子"。

法捷耶夫：鲁迅是真正的中国作家，正因为如此，他才给全世界文学贡献了很多民族形式的，不可模仿的作品。他的语言是民间形式的。他的讽刺和幽默虽然具有人类共同的性格，但也带有不可模仿的民族特点。鲁迅为中国的高尔基。

背影

《背影》是朱自清第一部散文集，1928 年由开明出版社出版，并有一篇序言《论中国现代的小品文》，是一篇纪实散文。这一部散文集，全部都是朱自清个人真切的见闻和独到的感受，语言平淡朴素，文笔优美、清丽。

主要有《飘零》、《白采》、《荷塘月色》、《一封信》、《梅花》后记、《怀魏握青君》、《儿女》、《旅行杂记》、《说梦》、《海行杂记》等散文。最具代表性的就是《背影》、《荷塘月色》和《桨声灯影里的秦淮河》。

朱自清最具代表性的散文《背影》表现了在特定场合，父亲对儿子的关怀、体贴、爱护，不仅使儿子极为感动，更震撼了无数读者的心。父亲的背影虽然肥胖、步履蹒跚，却令人感到无比的高大、伟岸。《儿女》则从父亲的角度出发，体现了作者自己做父亲的心情。

朱自清的散文主要是叙事性和抒情性的小品文。主要分为三个题材，即描写社会生活、抨击和揭露现实社会的黑暗，如《生命价格——七毛钱》、《白种人——上帝的骄子》和《执政府大屠杀记》等。第二种题材是描写个人和家庭生活，表达强烈的个人感情，父子、夫妻和朋友间的深厚感情，如《背影》、《儿女》等。最后一种题材则是描写自然景色，借助大自然的美景抒发个人的感情，如《绿》、《荷塘月色》等。

《背影》描述了父亲送儿子上学的情形，表现了真挚、深沉，感人至深的父子之爱，更表现了作者在厄运面前的挣扎和对人情淡薄的抗争。

朱自清的散文追求一个"真"字，以真挚的感情，写自己的所见所闻、所思所想，并力求逼真的艺术效果。朱自清的散文语言非常朴实，又具有典雅的特点。

如散文《背影》用白描的手法记叙事实，不做任何修饰、渲染，没有一个像"关心"、"呵护"这一系列抽象的词语，更没有华丽的词藻，却表达了最真挚、质朴的感情。朱自清的语言平实简洁，却传达了无限的深情，那些普通平实的叙述，却在字里行间渗透出一种深切的怀念之情。

文学地位

朱自清的散文《背影》与《悼亡妇》，被称为"天地间第一等至情文学"，在淡淡的笔墨中流出一股深情，没有半点矫揉造作。特别是《背影》一直被视为现代散文的经典之作。散文集《背影》以其娴熟高超的技巧和缜密细致的风格，显示了新文学的生命力，因此，朱自清也被称作为新文化运动中成绩卓著的散文家。《背影》的出版不仅奠定了朱自清在散文史上的地位，也使得情真意切、平和淡雅的散文风格兴起。

作者简介

朱自清（1898-1948），原名自华，号秋实，后改名自清，字佩弦。朱自清是我国现代杰出的散文家、诗人、学者，更是富有爱国热情的民主战士。

朱自清 1919 年开始发表诗歌，2 月出版处女诗集《睡吧，小小的人》，以清新明快的诗作，成为诗坛上一颗冉冉升起的新星。之后，出版了与几位诗人的合集《雪朝》第一集。1922 年商务印书馆出版了文学研究会 8 位诗人的合集，内收朱自清的诗作 19 首，抒情长诗《毁灭》等作品。1924 年，诗和散文集《踪迹》出版，从此之后朱自清开始文学研究，创作也以散文为主。1928 年，第一本散文集《背影》出版，以清新的文笔描述了个人经历，抒发了真实的情感。

1934 年后，朱自清发表了散文《春》、《欧游杂记》、《匆匆》、《伦敦杂记》等优秀作品，其中《匆匆》成为最脍炙人口的名作，反映了作者对光阴的珍惜，对人生的反思。

20 世纪 40 年代，朱自清的精力主要投入在文学论文和诗论的研究上，发表了论文集《国文教学》、《经典常谈》、《语文拾零》，杂文集《论雅俗共赏》、《标准与尺度》以及诗论《诗言志辨》、《新诗杂谈》等作品。

朱自清是位具有强烈爱国情怀的民主战士，他始终保持高尚气节和情操，坚决不向反动派屈服，最后在反饥饿、反内战的斗争中不幸去世，时年 50 岁。

 名家点评

吴晗：《背影》虽然只有一千五百字，却历久传诵，有感人至深的力量，这篇短文被选为中学国文教材，在中学生心目中，"朱自清"三个字已经和《背影》成为不可分割的一体了。

杨振声：现代散文的运用就在它打破了过去的桎梏，成为一种综合的艺术。它写人物可以如小说，写紧张局面可以如戏剧，抒情写景又可以如诗。不，有些地方简直就是小说，就是戏剧，就是诗。它的方便处，在写小说而不必有结构，写戏剧而不必讲场面，写诗而不必用韵脚，所以它本体还是散文。朱自清的散文不但做到，而又做得好。所以他的散文，在新文学运动初期，便已在领导着文坛。

叶圣陶：《背影》做到了文质并茂，全凭真感受真性情取胜。

缘缘堂随笔

内容梗概

《缘缘堂随笔》是丰子恺的重要散文集，一本小小的册子，所收录的文章也不多，但是篇篇精到。散文集出版于 1931 年，收录了丰子恺从 1925 年到 1930 年期间的 20 篇作品。其中著名篇章有《剪网》、《秋》、《渐》、《艺术三昧》等作品。还有一篇附录：告缘缘堂在天之灵。

"缘缘堂"是丰子恺住所的名字。1927 年，丰子恺的老师弘一法师为丰子恺的住所取名为"缘缘堂"。后丰子恺几经前夕，最后于 1933 年，在故乡石门湾老屋后，再次建造"缘缘堂"。

主题思想

丰子恺的散文像其漫画一样充满着童真童趣，且对众生饱含怜悯之情。丰子恺敏锐细腻，常常以极其平常的文字率真地展开对人生的思考、对理想的追求。他的情感又极其感伤，他可以由晨梦联想到人生如梦，感叹人生和生死的真正价值。丰子恺的内心有些悲观的情绪，如《渐》中认为造物主是骗人的手段，将慷慨豪情的青年变成冷酷的成人。但是这些散文记录了他青年时期的思想情绪变化，善良和善、率真、单纯。这些细腻的感伤背后同时饱含着对社会、大众的关心怜悯，对和谐社会的憧憬。

艺术手法

丰子恺的散文风格雍容恬静，富有诗意，语言清淡，意境深远，再加上江南水乡的自然风貌，民风民俗，时时刻刻拨动读者的心弦，读起来异常亲切。他的散文自成一格，率真、朴素，意境平和悠远，文字细腻不失张力。他的文字看似随性，却蕴含着其对人生和社会的哲理性思考。他用超脱的角度，规避了现实的种种，有一种独善其身的索然。

文学地位

这是丰子恺的第一部散文集，脱俗自然的风格，平淡中见深味，奠定了作者在现代文学史上散文大家的地位。

 作者简介

丰子恺（1898–1975），原名丰润，号子颙，后改为子恺，师从弘一法师李叔同，以中西融合画法创作漫画以及散文而著名，是我国近代著名的漫画家、散文家。

丰子恺从小就喜欢绘画，1914 年进入浙江省立第一师范学习，跟随李叔同学习绘画和音乐。李叔同对丰子恺的人生具有重大影响，1918 年李叔同在杭州虎跑寺出家，丰子恺创作了《怀念李叔同先生》。1921 年，他留学日本学习绘画、音乐和外语，次年回国后担任绘画、音乐教师，并且结识朱自清、朱光潜等人。随后，先后担任上海大学、复旦大学、浙江大学美术教授，同时从事绘画、文学创作、编译等工作。

1931 年，出版第一本散文集《缘缘堂随笔》。抗战爆发后，丰子恺辗转西南各地，在一些高校教书，出版《漫画日本侵华史》、画作《人散后，一钩新月天如水》。1943 年后，丰子恺专心绘画和写作，先后出版了《音乐的常识》、《音乐入门》、《近世十大音乐家》、《孩子们的音乐》等通俗读物、画册《子恺漫画选》等。

同时，他的散文在新文学史上也有具有较大影响，主要作品有《缘缘堂随笔》、《辞缘缘堂》、《缘缘堂再笔》《告缘缘堂在天之灵》、《随笔二十篇》、《甘美的回忆》、《艺术趣味》、《率真集》、《护生画集》（共 9 部）等。

 名家点评

俞平伯：一片片的落英，都含蓄着人间的情味……

湘行散记

内 容 梗 概

《湘行散记》是沈从文的散文集代表作之一，是他根据湘行书简改写而成，曾经发表在当时的报刊上。《湘行书简》是沈从文一些书信的集成，1934年，沈从文的母亲病危，他匆匆赶回湘西探望母亲。临行前，他与夫人张兆和定下约定，每天都会给妻子写一封信。其后，沈从文果然履行这一约定，将沿途的所见所闻写信给妻子。这就是《湘行书简》的由来，后来沈从文将这些书信改写成了散文。

1936年，他出版了《湘行散记》，收录了《一个戴水獭皮帽子的朋友》、《桃源与沅州》、《鸭窠围的夜》、《一九三四年一月十八》、《辰河小船上的水手》等11篇散文。从《湘行书简》到《湘行散记》，为我们提供了由书信资料到散文创作的极好范例，这些文章记录了作者当时的情绪变化。

主 题 思 想

《湘行散记》是沈从文散文的经典之作，它虽然是一本游行杂记，但是并不同于其他出行游记的愉快心情。他回乡探望母亲期间，见证了湘西地区的满目疮痍，美丽的农村变成一片荒凉。这使得作者的内心悲愤无比，记下这些文字，表达其无以言表的哀愁。同时，母亲病危，沈从文的内心也是无比的焦急和忧虑，所以文字间渗透出对童年往事、母亲的回忆，对妻子的思念。

在这里沈从文描写了故乡清澈的河水，船夫们歌唱动听的民族橹歌，说着粗话却勇敢有力的水手以及善良淳朴却沦为妓女的妇人。通过这些我们看到了战乱、无序的年代，普通人的辗转迁移、妻离子别，以及无数的生生死死，表现了普通人在命运的交锋中求生存的无奈和痛苦。沈从文给我们展现了当时社会一些真实的缩影。

这些散文展现了湘西迷人的自然风光和独特的风土人情，以及对劳动人民悲惨生活的同情，作者发自内心的抗争意识。

艺术手法

《湘行散记》侧重纪实叙事，语言清丽、风格隽永，具有浓厚的乡土色彩，字里行间带有浓浓的乡愁和醇酒般的诗意。沈从文用自然淳朴的文笔，行云流水般，描绘出神秘的"湘西世界"。

如《鸭窠围的夜》是一篇游记散文，作者通过旅途中夜宿鸭窠围的见闻和思绪，突出了湘西地区特有的自然景色，独特的人性形态，寄托了作者对生命的感叹。作者通过文字的描绘、渲染、想象、点化等手法，火光与杂声的综合，勾勒出一个幽静的背景，形成一首优美的小夜曲。

文学地位

《湘行散记》中收录的散文，既能各自独立成篇，又从总体上具有内在的统一性。这种散文长卷的独创，扩展了散文的表现形式，开拓了散文的意义空间。

作者简介

沈从文（1902-1988），原名沈岳焕，笔名休芸芸、甲辰、上官碧、璇若等，乳名茂林，字崇文。他是湖南凤凰县人，中国著名作家，历史文物研究专家。

1917年，沈从文曾参加过游击队，后决心弃武从文，1923年在北京大学作旁听生，并且开始尝试写作。次年，他的作品先后在《晨报》、《语丝》、《晨报副刊》、《现代评论》上发表。1928年，在上海与胡也频、丁玲创办了《红黑》杂志和出版社。后在青岛大学任教，出版了《石子船》、《虎雏》、《月下小景》、《八骏图》等作品集。

1933年，沈从文与杨振声合编《大公报·文艺副刊》，后创作长篇小说《边城》，使得其小说创作达到一个高峰。抗日战争爆发后，沈从文前往昆明任西南联合大学教授，战争胜利后担任北京大学教授，任《大公报》、《益世报》等文学副刊的编辑。这期间，他的主要作品包括小说集《老实人》、《蜜柑》、《神巫之爱》、《龙朱》、《月下小景》、《八骏图》、《如蕤集》、《雪晴》、《黑凤集》等；散文集《记胡也频》、《记丁玲》、《湘行散记》、《湘西》、《废邮存底》、《沈从文散文选》、《不知为什么忽然爱上你》等作品。

1948 年后，沈从文的重心开始转移到文物研究之上，主要研究中国古代服饰。20世纪六七十年代，沈从文发表了《龙凤艺术》等作品，并于 1981 年出版《中国古代服饰研究》专著，这部作品倾注了他 15 年的时间和研究成果。

曾志清：他是中国现代文学中最伟大的印象主义者。

金介甫：在西方，沈从文的最忠实读者大多是学术界人士。他们都认为，沈是中国现代文学史上少有的几位伟大作家之一。

人生采访

内容梗概

《人生采访》是萧乾早期的散文作品，1947 年由文化生活出版社出版。收录萧乾 1934 年到 1946 年期间所采写的新闻特写，以及前往世界各地采访的所见所闻所感所想。这些作品曾刊登在《大公报》的文艺副刊上。

上半部是国外部分，是他在西欧、美国、南洋等地的采访经历和所见所闻。《人生采访》的上半部，真实地为我们展现了"二战"初期的后方，以及战争结束后那些国家政要、士兵的百态，使我们近距离观察欧洲、美国。

下半部分是国内的内容，描述了作者前往雁荡、滇缅、岭南、鲁西等地的采访见闻，包括"血肉筑成的滇缅路"、"南海的春天"、"宿羊山麓之哀鸿"等内容，讲述了抗战初期中华民族遭受到灾难，以及人民群众的觉醒、抗争。

主题思想

《人生采访》上半部分描述了"二战"时期西欧、美国、南非等地人民面对战争即将来临的不同行为和表现。他描述了当时人民勇敢抗战、大无畏的精神，也描述了人们逃避战争时的恐慌和不安。下半部分则讲述了 1934 年到 1946 年期间，人民遭到的压迫、苦难，侵略者给中华民族带来的巨大灾难，以及人民群众的自强不息的精神。

艺术手法

萧乾散文的题材虽然重大，但是却不是从政治、军事等方面入手，而是从一些细节入手，娓娓道来，展现了战争时期人民英勇不屈的精神，使得文章更震撼人心。在其中一篇作品中：战火正酣，炮声震耳欲聋，而音乐家却在艺术馆演奏音乐，听众站在一边吃汉堡。这种强烈的反差，体现了人民群众精神上的胜利。《血肉筑成的滇缅路》中运用这些细微的描写刻画了社会现实的苦难，以及贫苦人民自强不息的精神。

文学地位

《人生采访》是中国新闻史上一部独特的著作，作品内容丰富、文笔精妙，无论在社会影响上还是在文学价值上，都是一部经典之作。它在中国近代文学史、新闻史上有占据着极其重要的位置，对以后新闻从业者起到了重要的启示作用。

作者简介

萧乾（1910–1999），原名肖秉乾、萧炳乾，中国现代著名记者、文学家、翻译家。1931年到1935年间，他与美国人埃德加·斯诺等人合作编译了《中国简报》、《活的中国》等刊物和文学集。1935年，萧乾毕业于燕京大学新闻系，开始了新闻从业生涯，先后在天津、上海、香港三地担任《大公报·文艺》副刊主编。

1939年，萧乾进入剑桥大学攻读硕士学位，担任伦敦大学东方学院讲师，兼任《大公报》驻英记者。1943年，他作为欧洲战场上唯一的中国战地记者，报道了欧洲战场的战事，记录了英军横渡英吉利海峡，美军第七军挺进莱茵、盟军解放柏林等重大历史事件。还曾报道第一届联合国大会、审判纳粹战犯等历史性事件。

1949年，萧乾回到了祖国的怀抱，主要从事文学翻译工作，先后担任《人民日报》特约记者、中央文史研究馆长等职务。还出版了《一个中国记者看二次大战》、与妻子文洁若合译爱尔兰作家詹姆斯·乔伊斯的名著《尤利西斯》。萧乾的著作还包括《篱下集》、《梦之谷》、《人生采访》、《一本褪色的相册》等作品。翻译《莎士比亚戏剧故事》、《好兵帅克》等国外著作。

名家点评

舒乙：萧乾先生的人生道路就是一种典型的路，它是中国当代文学走向成熟的象征。而这成熟的标志，就是精深而豁达，就是尖锐而不刻薄，就是通情达理，就是有理有节，就是乐观大度。

巴金：我佩服这几个人的才华，一是曹禺，一是沈从文，一是萧乾，我自愧不如他们。才能要差好儿倍。

冰心：你真能写，哪都有你的文章，我篇篇都看。你真是快手！

画梦录

内容梗概

《画梦录》是何其芳最优秀、最优美的散文集，出版于 1937 年。主要包括《秋海棠》、《雨前》、《黄昏》、《独语》、《梦后》、《画梦录》、《哀歌》、《货郎》、《魔术草》等作品。

何其芳为自己编织了一个"美丽而温柔"的梦，来慰藉自己的心灵。这些散文都是他内心的体现，以此来驱散长期盘踞在生活中的阴影。

主题思想

何其芳的一番话道出了《画梦录》的主题思想："在万念灰灭时偏又远远的有所神往，仿佛天涯地角尚有一个牵系。"

何其芳虽然遭遇了失败的爱情、寂寞的生活、被开除学籍等一系列挫折，但是他没有彻底地失望、放弃。他仍对美好的生活充满着希望，所以才饱含激情地探索散文的艺术美，积极不懈地创作了《画梦录》。

这些散文尽管有些有感伤、消极的情绪，但是却体现了作者的执着和追求。它包含了作者的幻想、理想和希望。这些"梦"虽然有绝望的冷漠、有极端的寒冷，但是却蕴含着炙热的情愫，也洋溢着美好的幻想和希望。他的画梦也是对美好、理想的一种梦想和追求。

艺术手法

何其芳的美文散文看似扑朔迷离，实际上新奇别致，富有飘忽的幽思。《画梦录》则在散文艺术的自觉追求与散文的抒情美和形式美上的创造上具有重大的文学价值。何其芳早期的散文具有强烈的渴望，对人生充满了热情，加上气质浓厚，所以《画梦录》带有颓丧色彩的缥缈幽思，在光影、梦幻中追求美的感受。

文学地位

何其芳被称为"汉园三诗人之一"，以现代诗著称，其美文散文集《画梦录》也称美一时，开创了美文散文的先河。它不仅是何其芳最出色的作品，更是中国近代散文不可多得的佳作。《画梦录》曾以"纯粹的美丽"、"超达深渊的情趣"荣获1937年《大公报》文艺奖。

作者简介

何其芳（1912–1977），出生于重庆万州，我国现代著名诗人、散文家、文学评论家。

1935年，何其芳毕业于北京大学哲学系，次年与卞之琳、李广田出版诗歌合集《汉园集》。1937年，出版散文集《画梦录》，这部散文集获得了《大公报》文艺金奖。1935年到1938年期间，他先后到各地任教，并创办了刊物《工作》，发表大量诗歌和争论文章，如《夜歌》、《预言》、《夜歌与白天的歌》等，表达了对反动派的愤慨与痛恨。

1938年，何其芳前往延安鲁迅艺术学院任教，同年加入中国共产党，后担任鲁艺文学系主任，发表了大量充满时代气息的文章，反映了诗人强烈的爱国情怀，如代表作《生活是多么广阔》、《我为少男少女们歌唱》等。1944年到1947年期间，何其芳先后担任中共四川省委委员、宣传部副部长，《新华日报》社副社长等职。新中国成立后，何其芳主要从事文学批评、文学理论的研究以及教授工作，同时担任文艺界领导工作。20世纪五六十年代，何其芳与胡风发生了激烈的争论并不幸遭到迫害，最终于1977年因病去世。

何其芳为革命文艺工作做出了巨大贡献，出版了大量散文和论文，其中包括散文集《画梦录》、《还乡日记》、《星火集》、《星火集续编》、《一个平常的故事》；论文集《关于现实主义》、《西苑集》、《关于写诗和读诗》、《诗歌欣赏》等。

名家点评

艾青：《画梦录》几乎是何其芳"倔强的灵魂"的温柔的，悲哀的，或是狂暴的独语的记录，梦的记录，幻想的记录。

林非：它极其"悲观"、"颓丧"，说它"不过是一个可怜的集子"，"充满着忧郁和颓废的情调"。

周扬：他热爱人生，他对人生不是消极的、悲观的，他有理想，是个朦胧的理想主义者。

雅舍小品

内容梗概

《雅舍小品》中的"雅舍"就是梁实秋的居室。在抗战期间,为了躲避战火他来到四川的北碚,与吴景超夫妇合资建造了一幢房子。这座房子在路边的山坡上,采用了吴景超夫人龚业雅的名字,取名为"雅舍"。后来,他在重庆的《星期评论》设文学专栏"雅舍小品",使用笔名"子佳"。后来,《星期评论》停刊,"雅舍小品"却继续创作下去,发表在重庆、昆明的一些刊物上。

1949年,梁实秋出版初版《雅舍小品》,收录了小品散文34篇;1973年出版续集,收录作品32篇;三集于1982年出版,收作品37篇;最后于1986年出版四集,共收录作品40篇。1986年,出版了四集合订本,共收录文章143篇。主要有《握手》、《理发》、《衣裳》、《女人》、《男人》、《先澡》、《牙签》等作品。

主题思想

这部散文集描述的都是梁实秋身边琐事、生活随笔,既不涉及政治思想,也不谈论时政,也不讨论文化问题。况且整本书的文章没有统一的主题,但是每篇短小的文章都蕴含着知识分子的生活情调,以及生活哲理。

艺术手法

《雅舍小品》中的散文都是短篇,没有太大的连贯性。其中有大部分文章是作者所熟识的朋友繁杂琐事,所以生活随笔,题材众多。这些题目虽然看似平凡,却别有韵味、情趣。他的作品清丽隽永,令人爱不释手,达到了炉火纯青、出神入化的境界。

虽然是身边琐事,但是却不呆板、简单,温柔敦厚中又能力求儒雅简洁,在平凡中见真诚,在细节中蕴含哲理。文章富有格调、淡雅,亲切易懂,且有幽默的文笔。

文学地位

梁实秋创作散文开始于 20 世纪 40 年代，而《雅舍小品》无疑奠定了他作为散文大家在中国现代文学史上的历史地位。与此同时，《雅舍小品》较为全面地体现了梁实秋的文学观——独立、人性、理性，这种文学观至今仍然影响深远。

作者简介

梁实秋（1903–1987），原名梁治华，出生于北京，曾使用子佳、秋郎、程淑等笔名。他是我国著名的散文学家、文学批评家、翻译家，也是国内第一个研究莎士比亚的权威学者。1987 年 11 月 3 日病逝于台北。

1915 年，梁实秋进入清华大学学习，后在《清华周刊》增刊上发表第一篇翻译小说《药商的妻》。1921 年，梁实秋在《晨报》上发表第一篇散文诗《荷水池畔》，两年后前往美国留学，获得了哈佛大学文学硕士学位。

1927 年，梁实秋与胡适、徐志摩、闻一多等人创办新月书店、《新月》月刊，期间发表了大量散文集、论文集。其中包括《冬夜草儿评论》、杂文集《骂人的艺术》、评论集《文学的纪律》、《浪漫的与古典的》等作品。

1930 年后，梁实秋先后担任山东大学教授、北京大学研究教授兼外文系主任，先后主编《益世报》副刊《文学周刊》、《世界日报》副刊《学文》和《北平晨报》副刊《文艺》，创办《自由评论》。

抗战爆发后，梁实秋曾经主持重庆的《平明副刊》，担任国民参政会参政员、编译馆翻译委员会主任委员等职务。1949 年，梁实秋前往台湾，担任台湾师范学院英语系教授、文学院院长。随后出版了大量的著作，有《实秋自选集》、《谈徐志摩》、《清华八年》、《文学因缘》、《关于鲁迅》、《谈闻一多》等。

梁实秋一生笔耕不辍，为中国文学史留下了大量的著作，其散文代表了中国近代散文的最高成就。最著名的有散文集《雅舍小品》、怀乡散文《北平年景》、《秋室杂忆》、《看云集》、《槐园梦忆》等。他还是一位最出色的翻译家，翻译了400 多万字的莎士比亚全部剧作和三卷诗歌、100 万字的《英国文学史》、120 万字的《英国文学选》以及 124 册《世界名人传》编成 30 多种英汉字典和数十种英语教材。所以说梁实秋无论在数量上还是艺术成就上，都竖起了一座不朽的文化丰碑。

冰心：一个人应当像一朵花，不论男人或女人。花有色、香、味，人有才、情、趣，三者缺一，便不能做人家的一个好朋友。我的朋友之中，男人中只有实秋最像一朵花。

傅雷家书

1958 年，傅雷长子傅聪留学波兰，期间傅雷及夫人经常写信给儿子，这些信件除了表达了傅雷对儿子的思念、疼爱，还讨论了艺术、人生等问题。

《傅雷家书》摘选了傅雷、傅聪父子间从 1954 年至 1966 年 5 月的 186 封书信，1981 年由三联出版社出版。字里行间充满了父亲对儿子的挚爱和期望。在这些书信中，除了生活琐事之外，傅雷教导儿子如何做人、如何对待生活中遇到的问题；以自身经验教导儿子做人要谦虚、做事要严谨、要注重礼仪；时刻保持对国家的忠诚和热爱，要富有国家和民族的荣辱感。同时，傅雷还与傅聪讨论了艺术、如何理财、如何做到劳逸结合、如何处理爱情婚姻等问题。

书信中有傅雷对儿子的鼓励，"以演奏而论，我觉得大体很好，一气呵成，精神饱满，细腻的地方非常细腻，音色变化的确很多。我们听了都很高兴，很感动。好孩子，我真该夸奖你几句才好。……希望你从此注意整个的修养，将来一定能攀登峰顶"。这其中不仅包含了他对儿子演奏的精细分析和赞赏，更提出了对儿子的希望。这样的教育方法不仅可以增加孩子的信心，还为孩子指明了前进的方向，对我们后人有明确的指导意义。

此外，还包括傅雷妻子给儿子的信件，与傅雷相比母亲的书信比较温情，时时刻刻在最细微的地方关心儿子，如感情问题、生活问题，教导他如何处理感情和事业的问题，与父亲形成鲜明对比。

主题思想

《傅雷家书》不仅是一部苦心孤诣的教子名作，也是傅雷思想的体现。他不仅凝聚了傅雷对祖国和儿子深厚的爱，更反映了他为人处世的哲学。傅雷是一位博学多才、具有高尚情操的艺术家，因此他教育儿子也要保持艺术和人格的尊严，做一个

"德艺兼备、人格卓越的艺术家"。

傅雷就像是儿子的良师益友，抱有拳拳爱子之心，爱国之心。正如傅聪所说：
"父亲很关心国家、关心世界、关心人类"。这些书信表现了傅雷的正直、严谨、慈
爱，凝聚了独特的"傅雷精神"。

这些书信虽然是一些家常话，但是却表现了他对儿子深沉的爱。这种爱没有那种
普通的温情脉脉，却始终将道和艺术放在首位，其次才是舐犊之情。

《傅雷家书》是傅雷思想的体现，是傅雷毕生最重要的著作。它对人们的道德、
思想、文学、情操起到了深远的启迪作用，获得了全国首届优秀青年读物一等奖。这
是一部最好的艺术修养读物，也是充满父爱的教子篇，是现代教育的典范。它为后人
提供了如何教育子女的最好的范例，也是指导后人为人处世、培养高尚情操的典范。

作者简介

傅雷（1908-1966），字怒安，号怒庵，生于江苏南汇，中国近代著名翻译家、教
育家、美术评论家。傅雷早年留学巴黎大学，接受了西方先进的文学思想，并对法国
文学有较深的研究。早期发表了短篇小说《梦中》、《回忆的一幕》等作品。

1931年，他回国后担任上海美术专科学校（现上海大学美术学院）教授，教授美
术史及法文。期间翻译了大量的法国著名作家的作品，其中包括巴尔扎克《欧也妮·葛
朗台》、《高老头》、《幻灭》、《巴尔扎克全集》等十几部作品，以及梅里美的《嘉
里美科隆巴》；罗曼·罗兰的《托尔斯泰传》、《米开朗基罗传》、《约翰·克利斯朵
夫》；伏尔泰的《老实人》、《扎第格》、《伏尔泰小说选》。傅雷在巴尔扎克的翻译方
面做出了卓越贡献，因此于20世纪60年代被法国巴尔扎克研究会吸收为会员。

抗战时期，他参加了中国民主促进会，曾发表亲美言论。新中国成立后，曾担任
上海市政协委员、中国作协上海分会理事及书记处书记等职。

傅雷博学精深，在美术评论和音乐理论方面还有很高的造诣。先后发表了大量理

论著作：《乔治·萧伯纳评传》、《从〈工部局中国音乐会〉说到中国音乐与戏剧底前途》、《独一无二的艺术家莫扎特》、《与傅聪谈音乐》、《世界美术名作二十讲》等。翻译了丹纳的《艺术哲学》，英国罗素的《幸福之路》和牛顿的《英国绘画》等著作。

 名家点评

楼适夷：傅雷的艺术造诣是极为深厚的，对古今中外的文学、绘画、音乐各个领域都有极渊博的知识。但总是与流俗的气氛格格不入，他无法与人共事，每次都半途而去，不能展其所长。

杨绛：傅雷满头棱角，动不动会触犯人又加脾气急躁，止不住要冲撞人，他知道自己不善在仕途上圆转周旋，他可以安身的"洞穴"，只是自己的书斋。

李仲阳、陈子轩：《傅雷家书》是一本"充满着父爱的苦心孤诣、呕心沥血的教子篇"，也是"最好的艺术学徒修养读物"。

燕山夜话

《燕山夜话》是邓拓创作的杂文集。1961 年，他以"马南邨"的笔名在《北京晚报》开设《燕山夜话》专栏陆续，期间发表了大量杂文、散文。这部杂文集共分为 5 集，共 150 多篇文章，代表作包括《说大话的故事》、《三种诸葛亮》、《一个鸡蛋的家当》、《爱护劳动力的学说》、《从三到万》等。

对于为什么开辟这个专栏，邓拓说道："燕山是北京的一个主要的山脉；夜话，是夜晚谈心的意思。马南邨取马兰村的谐音，这是当年办报（即《晋察冀日报》）所在的一个小村子，我对它一直很怀念。"

邓拓的知识渊博，文章涉及历史、科技、农业、文艺、体育、风俗等各个方面，真是无所不包、无所不容。他引用了《礼记》、《史记》、《汉书》、《说苑》、《朱子全书》、《本草纲目》等古籍，还引用了贾岛、欧阳修、黄庭坚、诸葛亮等历史名人的事迹和诗文，还包括许多外国寓言、著作。同时他还详尽地介绍了北京历史上的一些重要人物、事迹。

这些作品寓意深刻、发人深省，不仅帮助读者开阔了眼界，增长了见识，更对人们起到了警示作用。同时，这部作品用丰富的历史事件和精辟的议论，对当时的各种错误思想、作风进行了尖锐的批评。

主题思想

《燕山夜话》中的文章旗帜鲜明、爱憎分明，并且保持着原有的风格，丝毫不跟风、不浮夸，切实地反映了社会现实。这些文章具有鲜明的时代色彩，文字朴实简单，流露出真诚、真挚的感情。

每篇文章都是以短小的篇幅阐述精炼的道理，给人思考的空间。注重事实、善于引用典故和语言故事，增强了文章说服力和活跃性。并通过这些典故、哲理性故事使读者学会为人处世的道理。

艺术手法

他的杂文爱憎分明、切中时弊，注重历史、史论，并且抓住时代特点，富有较深的寓意。文章虽短小却精悍，妙笔横生，旁征博引，可以说是雅俗共赏。

文学地位

《燕山夜话》中的杂文敢于讽刺当时的各种不正之风，说别人不敢说的话，极其警示意义。作者融合了思想性、知识性、趣味性于一体，旁征博引，语言亲切，帮助当时的读者开拓了眼界，可以说是当时的"百科全书"。

作者简介

邓拓（1912-1966），原名邓子健，笔名叫马南邨、邓云特。他是我国近代杰出的新闻工作者、政论家、历史学家，也是出色的无产阶级战士。

1930年，他加入中国共产党，"抗战"爆发后，先后担任晋察冀边区任《抗战报》社长兼主编、新华通讯社晋察冀总分社社长等职。1945年后，他曾经主持《毛泽东选集》编辑出版。新中国成立后，先后任《人民日报》总编辑、社长，中科院科学部委员、北京市委文教书记兼《前线》杂志主编，中华全国新闻工作者协会主席等职务。

1961年，他以"马南邨"的笔名，在北京晚报副刊《五色土》开设《燕山夜话》专栏，共153篇文章。另有《中国救荒史》、《论中国历史的几个问题》等论著。

名家点评

林语堂：一个人发现他喜爱的作家，是他知识发展的最重要的事情。邓拓就是这样的人。

《中国文化报》李冬：有人说"阅读是最好的纪念"。当我再次品读此书（《燕山夜话》），更佩服作者的博学与胆识，更喜爱他的淳厚和朴实。他的热心与爱心，在我读书求学时，就感动了我，就滋养了我，而且影响我的工作学习达四十年之久，今日再读此书，倍觉暖意盈怀！

随想录（1－5）

内 容 梗 概

1978 年底，巴金在香港《大公报》开辟《随想录》专栏，从 1978 年 12 月 1 日到 1986 年 8 月 20 日，历经八年的笔耕不辍，完成了 150 篇、长达 40 多万字的散文巨作。第一篇是《谈〈望乡〉》，最后一篇则是《怀念胡风》。

《随想录》共分为 5 集，分别是《随想录》、《探索集》、《真话集》、《病中集》和《无题集》。这些真实记录了错误政治运动给他和家人以及朋友带来的巨大灾难，以及饱受的身心摧残。如感人至深的名篇《怀念萧珊》、《怀念老舍同志》等；揭示了其恶性威力和响应，如《"毒草病"》。这些作品包含了巴金的痛苦回忆，以及对自己心灵的无情拷问、自我忏悔。所以说，自我忏悔、从全人类的角度看待错误政治运动、倡导建立相关历史博物馆，是《随想录》在当时思想史上最重要的贡献。

主 题 思 想

《随想录》被誉为是中国的"忏悔录"，巴金在年过八旬的年纪，真实地剖析自己的心路历程，对心灵和灵魂深处进行忏悔。巴金曾说"笔当作手术刀一下一下地割自己的心"，"要拿刀刺进我的心窝"，这真诚的忏悔，足以震撼人心。

巴金以巨大的勇气重新认识自己所走过的人生道路，尤其是最后一篇《怀念胡风》。他详细地剖析了自己明哲保身而不惜任意表达时的痛苦心情，这时的忏悔之情给他内心带来了巨大的痛苦，使自己感到恶心、耻辱。

《随想录》是巴金用全部人生经验倾心创作的，凝结了他一生的心血，堪称一本伟大的书。它以巨大的勇气"说真话"，为中国知识分子树立了一座丰碑。

艺 术 手 法

《随想录》用真实语言来表达心灵深处的感情，"真"、"情"、"美"就是这部巨作的特点。巴金将真实视为散文的生命，利用自己和亲朋好友的人生经历，义无反顾地"讲真话"、"述真情"。巴金的语言朴素平淡，但是字里行间流露出真挚的感情。如最著名的佳作《怀念萧珊》中，"正气磅礴，情如泉涌，全然是用血和泪流成的'圣文'"。

《随想录》是一部很美的散文集，文笔清新、朴素、含蓄，个性张扬的思想，娓娓道来，寓意丰富。文章中语言虽然没有华丽的辞藻，却流淌着亲切的韵味，朴素中蕴含优美。

文学地位

巴金的《随想录》，内容朴实、感情真挚，是作者忏悔和自省的典型作品，因为这部作品的发表巴金被誉为"二十世纪中国文学的良心"。《忏悔录》是巴金人生最后一部作品，也是最重要的作品。它问世后受到了社会各界的广泛关注，被誉为"当时散文的里程碑式的作品"，"是继鲁迅以来，我国现代散文史上又一座高峰"。

作者简介

巴金（1904-2005），原名李尧棠，著名作家、翻译家以及社会活动家。

巴金在早期受到了"五四"新思潮的影响，1927年他前往巴黎求学，阅读了大量西方哲学和文学作品，并时刻关注中国。

1928年到1935年期间，先后主编《文学季刊》、《文化生活丛刊》、《文学丛刊》、《文学生活小丛刊》等。"抗战"爆发后，他任《救亡日报》编委，与茅盾共同主编《呐喊》（后改为《烽火》）杂志，从事抗日文化宣传。20世纪三四十年代，发表著名小说《家·春·秋》三部曲、《雾·雨·电》三部曲、《新生》等；短篇小说《复仇集》、《光明集》、《电椅集》、《抹布集》、《将军集》、《沉默集》等。还有众多散文集、文学译注、理论著作。

20世纪50年代，任上海文联副主席、《收获》主编，并出版《巴金文集》14卷本。20世纪80年代后，出版了《随想录》之《病中集》、《无题集》，随笔集《再思录》、《巴金全集》（二十六卷）等。后被授予"人民作家"称号。

名家点评

鲁迅：巴金是一个有热情的有进步思想的作家，在屈指可数的好作家之列的作家。

贾平凹：巴老是我国当代文学巨匠，他的道德和文章，都是当代作家的一面旗帜。

毕淑敏：他是一位伟大的文学家，他的正直、光辉，包括他提议建相关历史纪念馆，让整个民族反思、自省，都让我们敬佩。我要向巴老学习，做一个有良知的作家，学习他是一种精神的星火传承。

刘锡庆：巴金的"怀人"楚楚动人，特别是《怀念萧珊》，正气磅礴，情如泉涌，全然是用血和泪流成的"圣文"。不仅祭奠了亡妻，同时也祭奠了所有在浩劫中殇逝的英魂。

干校六记

内 容 梗 概

《干校六记》是 1981 年杨绛出版的散文集，记录了 1970 年 7 月至 1972 年 3 月她在社会动荡年代，在干校生活劳动的情形，其中有个人的衣食住行；同志之间的相处、友情以及她对丈夫钱锺书的思念之情。

杨绛和钱锺书的遭遇，虽然比很多知识分子要幸运得多，但也是极其不公平的遭遇。面对这段经历，杨绛没有愤怒地呐喊，而是体现了中国传统文化的"怨而不怒"。通过一些平缓、幽默、反讽的语言风格，对人性的丑恶进行了有力的讽刺，对当时社会进行了批判、揭示。

本书主要包括钱锺书写的《小引》、《下放记别》、《凿井记劳》、《学圃记闲》、《"小趋"记情》、《冒险记》、《误传记妄》。杨绛以一种冷幽默的方式描述了一幅"干校奇景"，将动乱年代中知识分子的辛酸、情怀娓娓道来。本书真实地展示了在辛苦的劳动、巨大的精神折磨下，知识分子对祖国的热爱和高尚的情操。

主 题 思 想

这部散文表现了杨绛不同寻常的平常心和乐观主义，即便在艰难的困境下，还保留了一份温情，对生活充满了期待，对丈夫充满了眷恋。比如，她为丈夫收拾行装，拆了一张木床寄去时，口吻竟有一些得意；当遭遇雨后的泥泞时，她心中有些狼狈和懊恼……这些原本沉重的话题，在杨绛的笔下竟变得轻松、随意，体现了她乐观的心态。

作者没有正面描写知识分子的遭遇，而是以个性化的角度反映那个特殊年代知识分子的命运。在《学圃记闲》中记录了杨绛在干校学习种菜的经历，却从侧面反映了当时种种不人道的现实。德高望重、年纪老迈的知识分子每天做着不能胜任的体力劳动；菜园外新添的坟墓越来越多；辛辛苦苦种的菜没有任何作用。这些细节的描写表现了那个时代的惨痛与哀愁，折射出深刻的历史内涵。

杨绛的语言简洁、幽默，文笔淡雅细腻，在冷静的叙述中，给人思考的空间。作品的笔调"怨而不怒，哀而不伤"，平淡却又耐人寻味，形成一种独特的艺术魅力。字里行间除了对人性丑恶的讽刺，还尽可能表现积极的一面，展现了杨绛的赤子情怀，为散文创作提供了一种新的审美。

这部散文写得恬淡自然，避开了社会政治的重大事件，以边缘人的诙谐、幽默，表现了杨绛在逆境中洒脱镇静的人生观，体现了现代学者的人生智慧。这部散文在艺术上有一个显著的特色，保持了幽默、泰然的艺术风格。在回忆自己所经历的种种遭遇时，处处带有话家常般的从容，娓娓道来、妙语连珠。正是因为如此，这部独特的纪实散文，才具有无穷的韵味，赢得无数读者的喜爱、称赞。

杨绛的《干校六记》与其说是一部散文集，不说是一部教人如何面对困境的哲学书。杨绛面对困境时的平常心、乐观心态，文章写得恬淡自然，从容大度，以边缘化的角度，表现其为人的洒脱镇静，学者的智慧。

作 者 简 介

杨绛（1911–），本名杨季康，出生于北京，中国著名的作家、戏剧家、翻译家。

1932 年，在清华大学借读期间遇到丈夫钱锺书，后一同赴英国、法国留学。1938年回国后，先后担任上海震旦女子文理学院外语系教授、清华大学西语系教授。主要作品有剧本《称心如意》、《弄假成真》、《游戏人间》，散文集《干校六记》、《隐身衣》、《回忆我的父亲》、《回忆我的姑母》、《记钱锺书与围城》、《我们仨》等，论文集《春泥集》、《关于小说》等。杨绛通晓英语、法语、西班牙语，在翻译国外著作方面做出了巨大贡献，《堂吉诃德》、《吉尔·布拉斯》、《小癞子》、《斐多》、《一九三九年以来英国散文作品》等。其中《堂吉诃德》被认为是最优秀的佳作。

名 家 点 评

卢翎：杨绛的散文平淡、从容而又意味无穷。可谓"不着一字，尽得风流"。读她的散文更像是聆听一位哲人讲述些烟尘往事，在平静、平淡、平凡中有一种卓越的人生追求。

周国平：这位可敬可爱的老人，我分明看见她在细心地为她的灵魂清点行囊，为了让这颗灵魂带着全部最宝贵的收获平静地上路。

钱锺书在《小引》中说："'记劳'，'记闲'，记这，记那，那不过是这个大背景的小点缀，大故事的小穿插。"

蒲桥集

内容梗概

《蒲桥集》是汪曾祺的第一本散文集，出版于 1989 年，收录了作者 60 多篇文章，其中包括 《下水道和孩子》、《果园杂记》、《葡萄月令》、《钓鱼台》、《藻鉴堂》、《午门》、《桥边散文》、《沈从文先生在西南联大》、《一个爱国的作家》、《星斗其文，赤子其人》等作品。

这部散文虽然不是鸿篇巨著，但是内容丰富、涉猎广泛，显示出汪曾祺的博学多识、渊博和腹笥。这里有记述所熟识的朋友、同事的文章，如沈从文、老舍、金岳霖等；也有作者外出旅行的所见所闻、旅游杂记，如《天山行色》、《湘行二记》、《旅途杂记》、《滇游新记》、《严子陵钓台》；还包括了他畅谈我国传统文化、抒发个人观点的文章；以及涉及草木虫鱼、瓜果食物等生活中随处所见事物的文章。汪曾祺平时喜欢读书，最感兴趣的便是关于民俗民情的部分，特别是各地民间小吃。《蒲桥集》中有很多谈吃、谈小吃的文章。

汪曾祺的这些文章风韵疏淡，亲切有趣，在平常中给人悠长的回味，蕴含着深厚的感情。人们常说"散而庄，澹而腴"才是汪曾祺散文的真味。

主题思想

《蒲桥集》清新淡雅、古朴醇厚，但是背后却蕴含着汪曾祺内心的深厚感情，隐约可见他在滚滚红尘中苦心经营、日渐远去的背影。

他的散文不注重观念的灌输，却通过生活中常见的小事、小物，揭示一些深刻的哲理，令人深思。如《吃食和文学》、《苦瓜是瓜吗》，汪曾祺从苦瓜谈到历史，谈到文化，从人们对味道苦涩的苦瓜的喜恶，北京人由不接受苦瓜到接受，谈到了文学创作上，告诫人们不要轻易否定自己不了解的事物。汪曾祺一生经历了许多轰轰烈烈的大事，如抗日救亡、民主革命、十年动荡、改革开放等。正因为如此他经历了人生的沧桑坎坷，所以向往美好、宁静的生活，并且已经看淡了世事变迁。他通过一些旅游杂记、生活小事以及朋友趣事的描写，表现了自己向往宁静、闲适、恬淡生活的心态。

通过这些文章我们可以看到汪曾祺的人生态度，对文学的研究态度，以及浓郁的人文关怀。

艺术手法

汪曾祺的散文平淡质朴，如同与读者闲话家常一般，虽然是细小琐碎的题材，却使日常生活审美化。他以含蓄的叙述，让人重温了已经消逝的古典散文的魅力，让恬淡重新回归散文。他以深厚的文化底蕴、空灵唯美的文字，以及浓郁的人文情怀，使得文章更加吸引人、引人入胜。从那些古朴醇厚的文字背后，我们看到了作者内心蕴含的丰富感情。

文学地位

汪曾祺被誉为"抒情的人道主义者"，"中国最后一个纯粹的文人"，"中国最后一个士大夫"。汪曾祺擅长小说，《蒲桥集》是他的第一本散文集，堪称是一部精美的小品文。他在自序中说："我写散文，是搂草打兔子，捎带脚。"不过，这部散文却突出了丰富的学识。

作者简介

汪曾祺（1920-1997），生于江苏省高邮市，中国当代作家、散文家、戏剧家、京派作家的代表人物，在短篇小说创作上颇有成就，在戏剧与民间文艺上也有突出成就。

由于抗战爆发，1939 年夏，汪曾祺考入西南联大中国文学系，期间创办校内的《文聚》杂志，并不断在杂志上发表诗歌、小说。1944 年，他在昆明北郊担任老师，写了小说《小学校的钟声》、小说《复仇》，后由沈从文推荐给郑振铎在上海主办的《文艺复兴》杂志发表。此外，还写了小说《职业》、《落魄》、《老鲁》等。

"抗战"胜利后，在民办致远中学任教两年，写作《鸡鸭名家》、《戴车匠》等小说。

新中国成立后，汪曾祺从武汉回到北京，任北京市文联主办的《北京文艺》编辑。其后一直从事文学创作，主要作品有短篇小说《受戒》、《鸡鸭名家》、《异秉》、《羊舍一夕》，小说集《邂逅集》、《晚饭花集》、《茱萸集》、《初访福建》，散文集《逝水》、《蒲桥集》、《孤蒲深处》、《汪曾祺小品》。汪曾祺参与主持改编的京剧剧本《沙家浜》反响热烈，受到了各界的好评。

贾平凹："汪是一文狐，修炼成老精。"

卷四　戏剧作品

曹禺剧本选

这部《曹禺剧本选》收录了著名剧作家曹禺最著名的三部剧本《雷雨》、《日出》、《北京人》，以及后记。

《雷雨》是一幕人生大悲剧，讲述了资本家周家与普通平民鲁家数十年的纠葛和恩怨情仇。30 年前，周朴园与侍萍之间的感情纠葛，使得两家关系错综复杂。而命运捉弄人的是，30 年后，周朴园的小儿子周冲喜欢上了四凤，鲁大海代表工人阶级与自己的父亲、哥哥发生了激烈矛盾。而周萍与继母繁漪发生了不伦之情。最后，在雷雨交加的晚上，四凤、周冲触电去世，周萍也不堪屈辱开枪自杀。周鲁两家的复杂感情纠葛，体现了工人阶级与资产阶级的矛盾。

《日出》是 1935 年创作的四幕话剧，讲述了旧社会大都市交际花陈白露受银行家潘月亭供养，周旋于达官贵人之间，玩世不恭地生活，最后未来渺茫、服毒自杀的悲剧故事。

《北京人》是一部三幕剧，讲述了 20 世纪 30 年代的北平，没落士大夫家庭曾家三代人的生活，家人之间的矛盾，落后思想与新时代的冲突，以及年轻一代摆脱家庭束缚、封建礼教的束缚的曲折经历。

主题思想

曹禺的这三部剧本具有一个共同点，反映了 20 世纪 30 年代旧中国普通人的生活悲剧，封建旧制度对底层人们的束缚和迫害。同时揭示了旧社会制度的黑暗和腐朽，以及普通人们的觉醒、反抗，无可奈何。

《雷雨》侧重于揭示以周朴园为代表的带有封建色彩的资产阶级的生活悲剧，以及以鲁妈为代表的城市平民被命运捉弄，被权贵操控的悲惨命运。曹禺表达了自己对被压抑、被侮辱的善良人们的同情，对丑恶社会种种罪恶的愤恨，并预示着旧制度必然灭亡的命运。

《日出》通过对大都市所谓达官贵人的丑陋和底层人民被侮辱被剥削的描写，反映了 20 世纪 30 年代半殖民地中国大都市光怪陆离的社会生活图景，揭示了剥削者的贪得无厌、醉生梦死。工于心计的银行家潘月亭、卑躬屈膝的李石清、俗不可耐的顾八奶奶等。同时也反映了小人物的善良、忠厚与坚强。

《北京人》则描述了没落士大夫家庭的经济衰落，体现了善良与丑恶、新生与腐朽，光明与黑暗的冲突，这些鲜明的冲突反映出封建主义制度对人性的吞噬，人们在这种精神下的人生追求，以及预示着这种精神必然灭亡的结果。

艺术手法

曹禺的剧作结构严谨，戏剧冲突尖锐。其具有动作性、抒情性。《雷雨》中长达 30 年的纠葛、矛盾在短短一天内爆发，血缘关系使得矛盾冲突尖锐，整部话剧跌宕起伏。作品中的人物具有鲜明的个性和特色，蘩漪、周朴园、陈白露、李石清和曾文清、愫方等都是典型的人物。他善于处理戏剧冲突，深入人物的内心世界，表现人与人之间的内心交锋，或是个人内心的自我交战。为矛盾冲突做铺垫。

追求诗性是中国现代话剧的发展方向，曹禺曾说《北京人》是当诗来创作的，而《雷雨》虽然没有刻意为之，却存在浓厚的诗意，这使得《雷雨》的环境氛围虽然郁闷却富有深意。曹禺的话剧受到了传统文化和西方戏剧的影响，注重诗意和剧作的结合。

他的语言通俗易懂，精炼深刻，没有特别拗口的词语，而且语言抒情、诗意。在语言技巧上，具有浓厚的抒情性，意蕴深厚，发人深省。他绝不独立地、静止地写人物的台词，让人身临其境地讲话，刻画人物的内心活动。

文学地位

曹禺将欧洲近代戏剧的写作技巧运用到中国话剧上，塑造了鲜明独特的人性形象，尤其是女性形象，《雷雨》中的四凤、续弦繁漪。同时，曹禺的剧本富有激情和诗意，特别在悲剧艺术上颇有建树。

曹禺的《雷雨》、《日出》、《原野》、《北京人》都是中国近代剧本上的经典制作，促使中国现代话剧走向成熟。可以说，他既是现代话剧的奠基人，也是现代话剧艺术的一座高峰，在国内外都有深厚的影响。

作者简介

曹禺（1910–1996），原名万家宝，是中国现代话剧史上成就最高的剧作家。其作品《雷雨》、《日出》、《原野》、《北京人》的出现也标志着中国现代话剧艺术的成熟，被人称为“中国的莎士比亚”。

1929年，进入清华大学西洋文学系，潜心钻研戏剧，阅读了大量古希腊悲剧、莎士比亚、契诃夫、易卜生、奥尼尔的剧作，为他后来的戏剧创作带来巨大影响。

1933年后，创作著名戏剧《雷雨》、《日出》、《原野》等巨作。随后，在复旦大学教授英语和外国戏剧，改编了巴金的《家》、翻译莎士比亚名作《罗密欧与朱丽叶》。1940年，创作《蜕变》、《正在想》、《北京人》。

新中国成立，先后担任全国文学艺术工作者联合会委员、北京人民艺术剧院院长等职务，发表历史剧《卧薪尝胆》、《王昭君》。还有戏剧理论《编剧术》、《曹禺论创作》、《论戏剧》，散文集《迎春集》等，作品集《曹禺剧本选》、《曹禺选集》等。

名家点评

于是之：他是剧作家，更是一位诗人，一位现实主义的戏剧诗人。他的作品情理交融，诗意浓郁，鲜明地表现出在追求戏剧的诗的境界。

余秋雨：曹禺作为一位戏剧大师，不仅是中国话剧艺术的奠基者，而且是20世纪世界话剧艺术发展的一个杰出代表。

上海屋檐下

内容梗概

本书是一部悲喜剧，共分三幕，创作于 1937 年，两年之后由"怒吼社"在重庆首演，后被香港导演冯淬帆改编为同名电视剧。

剧情时间设定在"抗战"爆发前夕，5 户人家挤进一处住宅，窗外是晴雨不定、灰暗无光的"黄梅天"，以此映衬政治环境和民众生活的绝望心境。如风尘女施小宝被迫卖淫，有心抗争却无力回天；报贩子"李陵碑"老年丧子，终日酗酒以致精神错乱；洋行职员黄家楣贫病交加，又丢了工作，从老家赶来投奔的老父失望而归；小学教员赵振宇本安贫乐道，却终日遭受妻子恶语相向等。

该剧的主要人物是匡复、林志成和杨彩玉。其中，匡复不仅是杨彩玉的前夫，同时也是林志成的好友，因革命入狱 10 年，且音讯全无，林志成和杨彩玉都以为他已经亡故，因而相爱同居。匡复回来后，三人之间立即陷入一段复杂感情经历，女主人公一方面喜欢匡复本人，一方面又倾向于林志成给她的安定生活，由此始终深陷矛盾和痛苦之中。

不过，该剧并没有一味地展现绝望，而是在绝望当中蕴含了一丝希望，并且将这丝希望寄托到了孩子们的身上。当一群孩子高唱《勇敢的小娃娃》时，作者用浓重的笔墨渲染了他们的潮气蓬勃，以此映射未来的美好和希望，重新激发了主人公匡复的革命意志，使他重新走上救亡图存的人生道路。

主题思想

该剧通过描写一群小人物的悲惨命运，揭露了国民党政府统治下的黑暗社会，同时以小人物的喜怒哀乐，阐明了大家对新生活和新命运的向往。剧情从令人烦闷的"黄梅天"开始描写，有意识地打造了阴晴不定的环境，以此暗喻"西安事变"之后，对于中华民族何去何从的命运担忧。

在整个剧作中，作者提到雨声 30 余次，表明天色越来越黑。但在此过程当中，作者又多次写到"一闪"和"一亮"等给人希望的光芒，隐约让读者感到一丝向往。可以说，作者虽然没有挑明政治事件，甚至没有出现相关词语，却以一群小人物在时代背影下的肖像和心理描写，表现出强烈的时代氛围和政治主张。

比如剧中提到的"黄梅天"，本是一种梅雨纷纷的天气，但是它给人带来的压抑感，却像极了当时的政治环境。作者将主要笔墨用于描写"黄梅天"，比直接描写当时的政治气候更简单，同时也能够给读者和观者带来更直观的感受。如果说每个时代都有一幅意向图景，那么本剧作者所描绘的"黄梅天"图景，显然就是代表了当时的社会意向。

可以说，人物命运的不幸，天气变化的不定，以及对黑暗环境的映衬，都是作者对国民党反动派所做的强烈控诉。

艺术手法

该剧是一幅自然真实的民众生活图景。作者巧妙选取了上海弄堂房子的横截面，采用凝练而明快、交错而有序的叙事手法，浓墨淡彩地描绘了一群小人物的形象，并且不着痕迹地道出了他们的灵魂所在。他们的面容虽然有些模糊不清，但是背后却蕴藏同样一种深沉而巨大的力量，就像梅雨纷纷中，从远方传来的轰轰烈烈的雷声。

具体来讲，该剧的人物可以分为 5 家，即林志成家、黄家楣家、李陵碑家、施小宝家和赵振宇家。他们之间并无直接联系，情节的延续基本处于齐头并进状态，但主线是林志成一家，以及匡复、林志成和杨彩玉之间的感情纠葛。至于其他 4 户人家，虽然在剧中和主人公一家有必要的联系，但是在故事情节上完全独立。因此，该剧又被誉为"小人物的生活交响曲"，并且由此选用"上海屋檐下"为剧名。

文学地位

该剧是我国话剧运动史上的重要作品，作者以现实主义手法，细致入微地刻画了"抗战"爆发前的上海一角，其运用的"横截面"舞台技法，直到今天仍被人们称道和效仿。而这部写实主义剧作，也凭借在话剧领域的独树一帜，奠定了夏衍在我国话剧史上的崇高地位。

夏衍（1900-1995），原名乃熙，字端先，浙江杭州人，我国"五四"运动以来最负盛名的作家、剧作家，中国革命文学运动的组织者和领导者。1915年，夏衍考入浙江甲种工业学校，从此开始接受先进文化和思想影响，并参与创办了《浙江新潮》。

毕业之后，夏衍前往日本留学，期间接触到马克思主义思想，参加了日本的左翼运动。归国后在上海组织工人运动，同时翻译西方著作，代表作有高尔基的《母亲》。1927年，夏衍进入文艺界，与郑伯奇等人组建了上海艺术剧社，首次担任导演工作。"左联"成立后（1930年3月2日），夏衍被推选为执行委员，随后进入"明星"电影公司做编剧，期间创作剧本《上海屋檐下》。

新中国成立后，夏衍先后出任文化部部长、文联副主席、电影家协会主席等职，1994年10月被国务院授予"国家有杰出贡献的电影艺术家"称号。除本剧外，夏衍还有著名作品《心防》、《法西斯细菌库》和《秋瑾传》，以及改编剧本《狂流》、《春蚕》、《祝福》、《林家铺子》等。

名家点评

李月红：《上海屋檐下》是无可争议的中国现代艺术经典。

徐璐明：读懂夏衍，也就读懂了那个时代。

屈原

《屈原》取材于战国时期，楚国爱国诗人屈原伟大而悲壮的一生，并且以楚怀王对秦外交上的表现为副线，将爱国的屈原和楚怀王的昏庸卖国做对比，显示了强烈的戏剧冲突。

这部戏剧创作于 1942 年初，正值抗日战争的相持阶段，也是国民党反动政府统治最黑暗的阶段。面临国破家亡、山河凋敝的情景，郭沫若义愤填膺，借助屈原的爱国主义情怀、不堪屈辱以死报国的动人故事，鞭挞国民党反动派的黑暗统治和自己强烈的爱国精神。

其中展现了很多感人的情节，包括屈原给弟子宋玉讲解《橘颂》、力劝楚王坚持联齐抗秦、祭奠婵娟、与战士人民一起与秦军顽强战斗、最后义愤投江。创作完成不久，《屈原》在重庆首演，当时的媒体报道说："上座之佳，空前未有，此剧集剧坛之精英，经多日筹备，惨淡经营，堪称绝唱。"

主 题 思 想

屈原是战国时期伟大的诗人和政治家，他具有崇高的爱国主义思想和忘我的斗争精神。面对强大秦国的威胁，他力主抗秦，拒绝屈辱求和，衷心希望楚国可以强盛起来。他高尚的情操和不屈不挠的斗争意志，是中华民族的灵魂。

郭沫若借助屈原的形象，赞扬了中华民族顽强的斗争精神以及壮烈的气节和风骨。通过楚怀王卖国求荣、屈辱求和的形象，讽刺了国民党反动政府的软弱、腐败；更通过奸臣陷害忠良的历史事实，批判了国民党反动派发动"皖南事变"、迫害民主爱国志士、共产党战士的卑鄙行为。这部戏剧展示了作者强烈的爱憎和战斗的革命风格。

它是一部影响巨大的浪漫主义现代戏剧，以磅礴的气势、浪漫主义色彩，表达了郭沫若强烈的爱国主义情操，对当时时政极具讽刺、警醒作用。

艺术手法

这部戏剧气势磅礴、充满浪漫主义色彩,将屈原的可歌可泣、跌宕起伏的一生集中体现,剧情紧张激烈、波澜壮阔。整部戏剧通过一系列的对比,正义与邪恶、光明与黑暗、忠臣与奸佞,具有强烈的戏剧冲突,

在人物塑造上,郭沫若不拘泥于历史真实人物,舍弃了琐碎的细节,将人物理想化,放大人物的某一面,使人物特质强烈地突出出来。他的语言有诗的意境、节奏和韵味,不时穿插抒情诗和民歌,是接近诗剧的剧作。

文学地位

《屈原》这部作品被公认为是郭沫若历史剧中成就最高、影响最大的一部。它不仅是当时革命历史剧最辉煌的代表作,在整个现代文学史上,也是不可多得的艺术瑰宝。

作者简介

郭沫若(1892-1978),原名郭开贞,字鼎堂,号尚武,出生于四川乐山,现代文学家、历史学家。

1914年,郭沫若留学日本,1921年,发表第一本新诗集《女神》,它是中国新诗的主要代表作,郭沫若也成为新诗的重要奠基人之一。同年,与郁达夫等人创立"创造社",积极参加新文化运动,"五四"运动期间创作《天狗》、《凤凰涅槃》、《莺之歌》、《星空》、《前茅》等诗歌。

1930年,郭沫若撰写《中国古代社会研究》,以马克思主义为指导编著了中国古代历史,开创了唯物史观派,该学派在以后占据了中国学术史的主流地位。1937年抗日战争爆发后,郭沫若积极组织文化抗战运动,积极号召文学界抗战救国。并创作了大量鼓舞人心的剧本,最著名的包括《屈原》、《虎符》、《棠棣之花》、《南冠草》、《孔雀胆》、《高渐离》等6部历史剧。

新中国成立后,郭沫若担任全国文学艺术会主席,一直从事文学、历史学研究,在诗歌、古史研究、古文字研究等方面取得了巨大成就。除此之外,著有《中国古代社会研究》、《甲骨文研究》、《卜辞研究》、《殷商青铜器金文研究》、《奴隶制时代》、《文史论集》等专著。

黄炎培：观剧《屈原》作诗二首：（一）不知皮里几阳秋，偶起湘累问国仇。一例伤心千古事，荃茅那许别薰莸。（二）阳春自昔寡知音，降格曾羞下里吟。别有精神难写处，今人面目古人心。

风雪夜归人

 内 容 梗 概

吴祖光的话剧《风雪夜归人》剧名出自唐诗《逢雪宿芙蓉山主人》："日暮苍山远，天寒白屋贫。柴门闻犬吠，风雪夜归人。"

这部作品创作于 1942 年，中国正处于日寇侵略者的铁蹄下，人民饱受侵略者的迫害和荼毒。魏莲生作为京城花旦，红极一时，达官贵人、男男女女都倾慕他的声音。而他却有一颗博爱之心，经常接济贫苦的邻居。法院院长苏弘基，过着醉生梦死的生活。他的四姨太玉春通过学戏认识了莲生，相同的悲惨命运遭遇使得两人惺惺相惜，并决定一起私奔。不料，苏弘基发现了两人的事情，玉春被抓回，莲生也被驱逐出境。20 年后，年纪衰老的莲生回到家乡，但已是物是人非，玉春被苏弘基送给天南盐运使徐辅为妾。莲生感慨万分，在风雪交加的夜晚，悄然死在海棠树上。

吴祖光通过一个浓墨重彩的爱情故事，探讨了人生的命运无常，批判了旧社会的残酷，底层人民遭受的迫害，不过也反映了小人物的觉醒。

主 题 思 想

《风雪夜归人》中描述的是魏莲生和玉春的爱情故事，但是却表现了爱情的无常、命运的变迁。在当时动荡的社会背景下，小人物显得那么微不足道，悲惨的命运、权贵的剥削，使得他们只能被迫地忍受。在如此风雨飘摇的背景下，吴祖光没有写时代的惨烈，也没有写战争的残酷，而是通过北平名伶魏莲生的爱情故事、人生遭遇，以及周围人的悲欢离合，讲述了时代背景下小人物的觉醒和反抗。

玉春是当时饱受社会侮辱与迫害的传统妇女的典型人物，幼小年纪就被卖到烟花之地，被权贵买作姨太太。虽然这样的生活让她衣食无忧，她从一个牢笼进入另一个牢笼，可是内心世界却空虚、寂寞、痛苦无比。所以她向往美好的生活、美好的爱情，能够真正地为自己而活。所以她遇到有才华的莲生时，毅然想要努力挣脱牢笼。而莲生是一个善良的人，虽然过着纸醉金迷的生活，却同情和呵护身边的弱小，在云春的影响下也开始反省自己的生活，想要脱离那个畸形的社会和生活。

作者对底层人民的麻木进行了审视，并且提出了"为自己活"的问题。玉春虽然是达贵的姨太，以往有悲惨的遭遇，但是她不甘压迫，具有初步反抗意识，想与莲生私奔。而莲生在她的启发下，也开始觉醒、反抗。

艺术手法

在作品中，吴祖光运用了人物"陌生化"的处理，虽然魏莲生和玉春都是低微卑贱的人，但是他却让读者看到两个活生生的人，没有给两人标签化。吴祖光的语言运用了唐诗的苍茫，意境比较深远，描述了一个感人至深的爱情悲歌。《风雪夜归人》以其现实主义和诗意并存的演绎，平和舒缓的风格，打动了无数观众的内心。

正如著名作家肖复兴所说：这部剧虽然没有绚烂的色彩，却朴实细密，"簪花袭人，暗香浮动"。

文学地位

《风雪夜归人》是一部爱情悲剧，却深刻地反映了旧社会黑暗对人性的压抑，对命运的无法掌握，具有深刻的现实批判意义。它是一部极具文学价值的舞台剧，也是一部极其感人、优美的悲剧。吴祖光在描绘社会黑暗、残酷的同时也点亮了希望之光，对当时的麻木的人们起到了启蒙作用。

作者简介

吴祖光（1917—2003），别名吴召石、吴韶，江苏常州人，中国著名戏剧家、书法家。早年受到了戏剧艺术的启发，后进入中法大学文学系。1937年，吴祖光创作了话剧处女作《凤凰城》，受到了广泛称赞。到1947年间，他共创作了11部话剧，以独特的艺术魅力在现代戏剧史上确立了重要地位。其中包括《正气歌》、《风雪夜归人》、《林冲夜奔》、《牛郎织女》和《少年游》等。

1945年后，先后主编《新民晚报》、创办《新民晚报》"夜光杯"副刊和《清明》杂志。同时创作《捉鬼传》和新剧《嫦娥奔月》，在香港编导了《国魂》、《莫负青春》、《山河泪》、《春风秋雨》和《风雪夜归人》等电影，在文坛和社会上引起了重大影响。

新中国成立后，他创作了电影《红旗歌》和儿童剧《除四害》，并导演了《梅兰芳舞台艺术》、《洛神》、《荒山泪》。

吴祖光在戏剧界、文学界、书法界以及电影界都极负盛名，一生创作了大量作品，还有《三打陶三春》、《三关宴》等京剧剧本。

王延松：这部剧整体相当干净、清透，艺术特色以写实为底，但又在写实的基础之上勾勒出一些诗意唯美的线条。整体节奏把握极有大家风范。

丁明拥：《风雪夜归人》的整体感觉是一种云淡风轻的风格，不疾、不徐、不燥、不烈，两个多小时的观剧过程轻松愉悦，观后给人以花逝雪埋、红尘不再的淡淡忧伤。

吴霜：这部作品系父亲数易其稿，尤其是结尾部分修改了很多次，而国家大剧院版则采用了最初的表达方式，整体更加强调了人性层面的意义，并且弥漫着淡淡的诗意，这点让我非常欣赏。

白毛女

在 1940 年左右，河北西北地区流传着"白毛仙姑"的故事，这个故事据说是有真人真事依据的。

后经过人们的修正、充实和加工，之后，晋察冀边区的文艺工作者根据这个故事改编成小说、话本、报告文学等作品，受到边区百姓和战士们的欢迎。由于这个故事在边区广泛流传，深受广大军民的喜爱，所以在 1944 年 5 月，在上级党组织的支持下，贺敬之和丁毅对这个故事进行了再创作，著名的歌剧《白毛女》终于得以问世。

故事情节大概如下：一个贫苦的佃农杨白劳深受恶霸地主黄世仁的迫害，除夕夜被逼迫偿还田地租子，并悲惨死去。杨白劳心爱的女儿喜儿被强抢霸占为小妾，受尽凌辱后被始乱终弃，不得不躲进了深山老林。这个年轻的姑娘长期躲在深山中，头发变白，被人们误认为"白毛仙姑"显灵，直到八路军解放了她的故乡，她才获得新生，过上了幸福的生活。

1945 年初，贺敬之与丁毅执笔重写，马可、张鲁、瞿维作曲，由王滨、王大化、张水华等人导演，创作人员们边写边排演边修改，终于完成了歌剧的创作。歌剧《白毛女》在延安演出 30 多场，反响空前，场场爆满，引起了边区百姓的共鸣，对旧社会地主的强烈仇恨，更激发了人们参加革命的积极性。

主题思想

《白毛女》这部歌剧揭露了旧社会地主阶级对贫苦农民的压榨和迫害，揭示出"旧社会把人逼成'鬼'，新社会把鬼变成人"的鲜明时代主题。

喜儿的悲剧是旧社会旧中国广大农民尤其是劳苦妇女的缩影，她由开始的屈服、忍耐，逐渐觉醒，变得懂得反抗，最后顽强地反抗旧恶势力的压迫，表现了中国人民在凶恶黑暗势力下不屈不挠的反抗意识。

杨白劳也是一个疼爱女儿、希望幸福生活的老人，每年过年时都会带回三样东西：两斤白面、一根红头绳和两张门神。这展现了他虽然生活贫苦，但是也想要与女儿过个新年的美好愿望，然而就是这个朴素、简单的愿望都没有能够实现。作者通过对杨白劳的描写，控诉和揭露了恶霸地主的暴行。

而黄世仁则为富不仁、恶毒凶狠，他每天想的是如何更多地放高利贷，如何剥削贫苦百姓，根本不管其他人的死活，甚至为了达到目的而逼死穷人。这揭露了旧社会的丑恶和黑暗。

艺术手法

歌剧《白毛女》是一部体现时代特色的"民族新歌剧"，在音乐上极富有民族音乐的特色，又具有现代性。它没有局限传统旧形式，也没有无条件地照搬外来歌剧，运用了民歌、小调、地方戏曲的曲调，也借鉴了西洋歌剧注重表现人物性格的优势。在创作过程中，众位主创人员多次修改，不断完善，注重革命化、民族化和群众化，与时代紧密结合。

这部歌剧具有浪漫主义色彩，保留了原来民间传说关于"白毛仙姑"的传奇情节。同时，作者引用了秦腔、河北梆子等高亢悲愤的音调，突出情节的剧烈变化。

文学地位

《白毛女》是中国歌剧的代表作，以其独特的魅力，不仅征服了当时的观众，在解放区也引起了轰动。《白毛女》引起反响后，先后数十部新歌剧问世，形成了"第一次歌剧高潮"。同时，它在以后很长的时间内为中国近代歌剧创作指明了方向，成为我国新歌剧发展史上最出色的代表作。它标志着中国歌剧找到了自己独特的发展道路，形成了鲜明的美学风格。

作者简介

贺敬之（1924- ），山东峄县人。1939年在四川参加抗日救亡活动，开始发表作品，后前往延安，进入鲁迅艺术学院文学系学习。1941年，加入中国共产党，宣传抗日救国运动，并发表了多篇散文、小说和诗歌，充分表现了对侵略者的痛恨，对革命事业的向往。抗战胜利后，他随文艺工作团华北联合大学文学院工作，参加了土改、支前等群众工作。

1945 年和丁毅执笔集体创作我国第一部新歌剧《白毛女》，获 1951 年斯大林文学奖。这是我国新歌剧发展的里程碑，作品生动地表现出"旧社会把人逼成'鬼'，新社会把鬼变成人"这一深刻的主题。

随后，贺敬之一直从事文学创作，著作主要有歌剧《白毛女》，秧歌剧《栽树》、《秦洛正》，诗集《朝阳花开》、《乡村之夜》、《并没有冬天》、《放歌集》、《笑》，长诗《雷锋之歌》、《中国的十月》、《八一之歌》等。

丁毅 (1920–1998)，笔名顾康，山东济南人。毕业于延安鲁艺，1936 年参加革命工作，先后担任战地剧团副团长，八路军战线剧社副社长，总政歌剧团、文工团团长，中国歌剧研究会主席等职务。

著作主要有歌剧剧本《侍弄自己的土地》、《白毛女》(合作)、《青春之歌》及《西洋著名歌剧剧作选》等，组歌《人民解放军联唱》、《老耿赶队》、《一个解放军战士》，电影文学剧本《延水长流》、《夺印》、《傲蕾·一兰》、《董存瑞》、《抱住枪杆不撒手》、《打击侵略者》，歌曲《我爱我的祖国》等。曾经获得 1952 年斯大林文学艺术奖。

名家点评

周而复评论说：看《白毛女》前四幕，几乎让剧情压得透不过气来，等到第五幕八路军出现，才像是拨乌云而见青天，才像是万道光芒平地起，一扫灰暗沉闷的空气，深深地缓了一口气。农民和八路军共产党一结合，在共产党坚强的领导之下，很快就翻了身，鬼变成了人，人成了主人，过着从未有的自由平等幸福的生活。

汪毓和：《白毛女》在后来的演出过程中不断完善、修改，注重革命化、民族化、群众化，与现实生活紧密结合，终于创造出了为人民大众喜闻乐见的"音乐化的戏剧"形式。

茶馆

内容梗概

话剧《茶馆》是老舍创作的一部不朽名作，创作于 1957 年，次年由北京人民艺术剧院首排。以北京一个茶馆为背景，讲述了社会中各种人物，三教九流的生活图景。一个茶馆就是一个社会，老舍通过半个世纪的世事变迁，70 多个出场人物，展现了中国清末戊戌变法失败后、民国初年北洋军阀割据时期、国民党政权覆灭前夕三个时代的生活场景，揭示了中国当时各个阶层的矛盾、冲突，以及半殖民地半封建中国的历史命运。

茶馆老板王利发一心想让父亲的茶馆兴旺起来，为此他四处应酬、接触三教九流的人物，但是严酷的现实却使他屡屡受挫，最终被冷酷的现实吞没；民族资本家秦仲义雄心勃勃地想要搞好实业，也遭受一系列的打击，使得事业寸步难行；八旗子弟常四爷在清政府开始覆灭时落魄潦倒、不知所措，最后走上了自食其力的道路。话剧还描述了一些普通的小人物。

《茶馆》通过在小小茶馆中不同人物的生活片段，描写了一幅气势磅礴的历史长卷，表现了旧中国必然灭亡的历史规律。

主题思想

老舍将矛盾的焦点指向旧时代的中国，人与人之间的矛盾暗示了各个阶层的人们与旧制度、旧时代的深刻矛盾，表现了帝国主义、军阀混战给社会带来的黑暗，给人民带来的巨大灾难。作者通过这种"剪影"式的手法，深刻地揭示了帝国主义对中国的渗透、军阀旧势力的腐朽；农民、工人的破产，以及新兴资产阶级的苦难重重，暗示了旧社会末日的即将来临。这部作品表现了作者强烈的爱国主义热情，和对劳动人民的同情。同时，也通过了松二爷的怀旧情绪，讽刺了辛亥革命的不彻底。

艺术手法

《茶馆》人物塑造形象，具有浓厚的生活气息，语言精彩、简洁、生动、隽永，达到了炉火纯青的艺术境界。老舍善于将深邃的思想寓于朴实无华的艺术之中。

老舍的语言是幽默的，在微笑中蕴含着严肃和悲哀，这种寓庄于谐的幽默风格，给读者留下了深刻的印象和深远的回味空间。如唐铁嘴夸耀自己抽大烟的场景看起来滑稽可笑，却激发了人们对帝国主义残害百姓的仇恨。

《茶馆》在结构上不以戏剧的冲突为发展线索，不追求完整的故事，情节曲折，却大胆地采用众多人物的速写组成众多时代的剪影，通过老舍巧妙地编织，构成剧本的结构主体。这种结构开拓了戏剧的广度，反映了生活的丰富性和多样性，使得作品更加鲜明突出。

老舍塑造了生动的人物形象，一个个性格迥异、形象鲜明、有血有肉的人物，构成了一个世道演变的故事。

文学地位

由于《茶馆》突破了公式化、概念化的倾向，远离政治和英雄人物，为话剧注入了新的活力，超越了时代的限制，成为"十七年文学"的扛鼎之作。《茶馆》标志着老舍戏剧创作的最高峰，是中国现代戏剧舞台上最杰出的作品，其文学价值和影响受到了人们的认可。它还多次到西欧一些国家演出，在国际上引起了轰动，被誉为"东方舞台上的奇迹"。后世评论家表示，《茶馆》之所以能够在西方取得如此大的反响，是因为"老舍剧作有一种超越民族和国家的永恒的艺术穿透力，有一种能引起人类共鸣的世界相通的审美境界"。

作者简介

老舍（1899-1966），原名舒庆春，字舍予，北京满族人，是中国现代著名作家，剧作家，也是新中国第一位获得"人民艺术家"称号的作家。

1921年，在《海外新声》上发表《她的失败》第一部白话小小说，也是最早的作品。1924年，赴英国，在伦敦大学亚非学院担任讲师，两年后在《小说月报》上连载长篇小说《老张的哲学》，第二期开始以"老舍"笔名发表。在英国的 5 年内，他共发表了三部长篇小说，即《老张的哲学》、《赵子曰》、《二马》。

1930 年，老舍回国后先后担任齐鲁大学教授、山东大学文学系教授，一边任教一边写作，发表长篇小说《小坡的生日》、《猫城记》、《离婚》和《月牙儿》等优秀作品。1936 年，老舍专心从事写作，期间完成了《骆驼祥子》的创作。随后他继续在大学任教，担任中华全国文艺界抗敌协会常务理事兼总务部主任，支持文协工作。1944 年到 1946 年，老舍完成了《四世同堂》的创作，并由良友复兴印刷公司出版。

20 世纪 50 年代，老舍先后任中国民间文学研究会副理事长、全国文联主席、作协副主席，并被授予"人民艺术家"的称号。1957 年，在《收获》杂志上发表话剧《茶馆》。

1968 年，老舍获得诺贝尔文学奖提名，且获投票第一，但是由于他已经去世，只能遗憾了之。主要著作还包括大量的短篇小说、诗歌集、话剧剧本，还搜集整理了几十部戏剧作品。

名家点评

曹禺：《茶馆》是一个无可奈何的悲剧。在那种年代，坏人嚣张好人只有死路。而那些想拯救中国，又终无前途的人，他们的悲剧是没有看到真理的悲哀，这都显示了老舍先生剧作深刻的革命性。

胡絜青：大家看到的三幕话剧是以一个茶馆为中心，通过七十多个人物和一系列小故事描写了五十年的变迁。在三幕戏里葬送了三个不同的时代——大清帝国、军阀混战和国民党的反动统治。

刘厚生：《茶馆》的出现是话剧舞台上现实主义的巨大胜利。作者所规定的场景，所选择的人物，极为准确地显示了中国近代史和现代史中沧桑变幻的社会缩影。

关汉卿

内容梗概

《关汉卿》是田汉为了纪念我国元代戏剧家关汉卿戏剧活动 700 周年创作的 12 场话剧，创作于 1958 年，同年由北京人民艺术剧院首演。

剧本以关汉卿创作《窦娥冤》和上演中遇到的困境为中心，塑造了关汉卿、朱帘秀、王和卿、王显之、阿合马等栩栩如生的人物形象。朱小兰是一位单纯善良的少女，因为抗拒恶奴的凌辱而被诬陷，昏庸腐败的官员收了贿赂，不问青红皂白便判小兰死罪。

关汉卿得知此事义愤填膺，在歌伎朱帘秀的支持下根据小兰的事情写成了悲剧《窦娥冤》。权贵阿合马生怕关汉卿揭露贪官的剧本引起强烈反响，所以责令修改。关汉卿不屈服权贵，坚持按照剧本演出，而深明大义的朱帘秀承担了主演的责任。阿合马恼羞成怒，立即禁演，关汉卿、朱帘秀双双锒铛入狱，另一位演员赛帘秀被挖去双眼。

田汉塑造了关汉卿正直、勇敢的大无畏精神，以及朱帘秀的深明大义和敢于牺牲自己的精神，无情地鞭笞了当时的黑暗统治。

主题思想

《关汉卿》生动地表现了元朝统治者与普通人们之间的尖锐矛盾，抨击了贪赃枉法、横征暴敛、为所欲为的元代官吏和权贵，歌颂了关汉卿不惜牺牲自己，同情人民、赞扬人民的高尚精神。

剧本的结尾，关汉卿锒铛入狱，而赛帘秀也被挖去了双眼。从表面上看，关汉卿的命运不如赛帘秀悲惨，但是他的命运却让人感到悲凉。虽然关汉卿经过了艰苦的斗争，却得到了悲惨的结局，黑暗的统治势力没有一点动摇，黑暗的社会没有一点希望。

那个时候元朝的统治是最黑暗、最腐朽的时代，在特殊的环境下，关汉卿的笔可以成为直刺黑暗的利剑，人民群众也不是麻木的看客，他们在作品的启发下产生了反抗的意识。关汉卿是一个失败的英雄，但是对人们却有着强烈的激励作用，对后世也具有深远的历史价值。田汉通过对关汉卿的歌颂，表达了自己战斗的意识。

田汉成功地塑造了以关汉卿为首的艺术家的战斗精神，热情地赞美了他们用戏剧为百姓说话、为人民申冤，不畏权贵、不屈不挠的高尚精神。

艺术手法

田汉戏剧是现实主义和浪漫主义的高度融合，他的浪漫主义显示出一种温馨和轻柔的韵味。在人物塑造上，他不注重细腻的描写，而是看重内心感受的抒发。他不追求剧本的严谨结构，而是以气势见长，不论题材的大小都能形成广阔的意境。与当时其他的剧作家相比，田汉在作品中着意凸显国难深重的时代氛围。

《关汉卿》便是在历史真实事件的基础上，运用大胆的想象，浪漫主义的渲染，呈现了关汉卿所处时代的黑暗和腐朽。田汉在构思上，从关汉卿的创作入手，可以成功地组织剧本中的人物形象，更容易从关汉卿与局中人、角色之间的关系展开，运用虚实结合的手法，给读者展现出关汉卿与人民同生共死、历史与现实紧密联系的画面，从而升华剧本的主题思想。

文学地位

《关汉卿》在历史真实的基础上，运用了大胆的想象，其炙热的感情、精练的语言和细腻的描写，给我们呈现了一个感人至深的故事，在当时震撼了现代剧坛。在北京人民艺术剧院演出时，吸引了成千上万的观众，演出获得了巨大的成功。《关汉卿》被公认为田汉戏剧创作的高峰，堪称中国话剧史上一座不朽的丰碑。

作者简介

田汉（1898-1968），学名寿昌，湖南省长沙县人，我国现代著名剧作家、诗人、文艺批评家，中国现代戏三大奠基人之一。

早年留学日本，1919 年，加入李大钊创办的少年中国学会，开始创作诗歌和评论。1921 年，与郭沫若、郁达夫、成仿吾等人组织"创造社"，倡导新文学。1922 年，田汉回国后在多所学校任教，与妻子易漱瑜创办《南国》半月刊、创办南国电影剧社。1927 年，创作话剧《苏州夜话》、《名优之死》等。

1928 年，与徐悲鸿、欧阳予倩创建南国艺术学院、南国社，同时主编《南国月刊》。南国社对于推进新剧运动起到了重大作用。1930 年 3 月，与众人创办中国左翼作家联盟，并成为 7 人执行委员会委员之一，随后参加中国自由运动大同盟。同年将左翼剧团联盟改组为左翼戏剧家联盟。

1932 年，田汉加入中国共产党，参与文艺工作的领导工作，与夏衍创作《三个摩登的女性》、《青年进行曲》等进步电影剧本。随后，创作三幕话剧《回春之曲》及电影故事《风云儿女》，歌剧《扬子江的暴风雨》。《风云儿女》的主题歌《义勇军进行曲》在当时广泛传唱，激励了无数英雄儿女，后成为新中国的国歌。

抗战爆发后，他创作了 5 幕话剧《卢沟桥》，之后积极从事抗战宣传工作，组织成立中华全国戏剧界抗敌协会、出版《抗战戏剧》半月刊、筹办了《抗战日报》。同时对中国戏剧的发展起到了推动作用。1949 年后田汉先后任文化部戏曲改进局、艺术局局长。

田汉是著名的剧作家，主要代表作有《关汉卿》、《月光曲》、《文成公主》、《秋声赋》等剧本，《白蛇传》、《西厢记》等京剧，理论著作《文学概论》、《南国的戏剧》，散文集《银色的梦》等。

名家点评

曹禺：田汉的一生就是一部中国话剧发展史。他对中国话剧的主要贡献表现在：第一，他是中国话剧运动的卓越的组织者和领导者；第二，他在中国话剧史上，是一位具有开拓性的剧作家和中国话剧诗化现实主义艺术传统的缔造者。

夏衍：田汉是现代的关汉卿，我私下把他叫作中国的"戏剧魂"。

卷五　报告文学作品

萍踪忆语

1933 年，邹韬奋因为创办《生活》周刊，宣传进步爱国思想，受到了反动派的迫害。7 月，他不得不开始了第一次流亡，乘坐意大利轮船佛尔第号离国出走欧洲。虽然身处困境，但是他利用这次机会考察各国的政治经济和社会状况，特别是各国新闻事业的发展。他以新闻记者目击的事实，深刻揭露了资本主义制度的腐朽，探讨"世界发展大势是怎样"、"中华民族的出路在哪里"等问题。

他将国外的见闻、感想随时寄给《生活》周刊，这些文章后被收集成册，即《萍踪忆语》。主要散文包括《弁言》、《帝国主义麻醉下的种族成见》、《从伦敦到纽约》、《物质文明与大众享用》、《掌握全美国经济生命的华尔街》、《梅隆怎样成了富豪?》、《世界上最富城市的解剖》、《金圆王国的前途》、《美国劳工运动的大势》、《美国的失业救济》、《劳工侦探》、《利润和工资》、《金圆王国的劳动妇女》、《金圆王国的劳动青年》、《教会和劳工》、《美国劳工的社会保险》、《德谟克拉西的教育真相》、《杂志国》、《美国的新闻事业》等。

"世界的大势怎样?""中华民族的出路怎样?"这两个问题是邹韬奋流亡欧洲期间所思考的。当时中华民族受到帝国主义的压迫，受到反动派的奴役，看着少数分子过着穷奢极欲的生活，而广大人民却生活在水深火热之中，邹韬奋感到了无比的愤慨，继续找到民族解放、国家强大的出路。另外，他还通过这些文章，反映了资本主义的腐朽和堕落，认为中国只有通过社会革命才能更强大。

邹韬奋提倡将文章用畅达简洁而隽永的文笔表达出来。文章吸引读者不仅要内容精彩，而且要用最生动的词语表达需要表达的内容。

他以新闻记者目击的事实，深刻揭露了资本主义制度的腐朽，探讨"世界发展大势是怎样"、"中华民族的出路在哪里"等问题。对于西方先进的新闻、教育事业，邹韬奋进行了考察和探讨，这对于他以后发展新闻事业起到了重大贡献。他是中国新闻事业发展史上举足轻重的人物，也是坚定不移的爱国主义志士。

作者简介

韬奋，即邹韬奋（1895-1944），原名恩润，韬奋是他主编《生活》周刊时使用的笔名，我国近代著名的教育家、出版家、文学家。除了发表大量抨击时政、爱国主义的文章外，还出版了大量作品集，包括《韬奋漫笔》、《萍踪寄语》、《萍踪忆语》、《抗战以来》、《患难余生记》、《对反民主的抗争》、《个人自由与国家自由》、《痛念亡友雨轩》、《风雨香港》、《深挚的友谊》、《我的母亲》等。

1921年，邹韬奋毕业于圣约翰大学，一心想要进入新闻界，却一时得不到机会，只能在上海一家公司担任英语秘书。他没有放弃对新闻的追求，时常写作、翻译些作品，后终于获得了大好机会，于1922年担任中华职业教育社编辑部主任，主编《教育与职业》月刊。1926年，他担任《生活》周刊编辑，终于实现了自己的新闻梦，从此之后全身心地投入工作之中。

"九一八"事变后，《生活》周刊发表了大量抨击侵略者、国民党妥协退让的文章。邹韬奋怀着强烈的爱国情怀，支持各地的爱国运动，为爱国志士筹集资金，奔走呼喊。所以，邹韬奋受到了国民党反动派的迫害，《生活》周刊被查封。从此，邹韬奋踏上了流亡的道路，踏遍欧洲各地，但是他并没有放弃抗日救亡活动，积极寻找中华民族的出路。

1935年，邹韬奋回到祖国，全身心地投入爱国民主运动中，在上海创办了《大众生活》周刊。随后，他又与沈钧儒等人，组织成立了全国各界救国联合会，有力地推动了全国救亡运动，为民族解放运动做出了重大贡献。邹韬奋的爱国主张再次遭到了迫害，使得他不得不再次远走香港，并创办了《生活日报》继续宣传爱国思想。

1936年，国民党反动政府逮捕了邹韬奋、沈钧儒、李公朴、沙千里、史良、章乃器、王造时等爱国志士，这便是震惊中外的"七君子"事件。被关押将近一年后，他被释放出狱，后创办了《全民抗战》三日刊、《抗战画报》六日刊等刊物积极宣传抗战救国，争取民主权利。1941 年邹韬奋因病去世，临死前还不忘抗战救国，赶写了《患难余生记》一书（未完成的遗著）和《对国事的呼吁》。

郭沫若：你是活着的，永远活着的，从中国历史上，从我们人民的心目中，谁能够把邹韬奋的存在灭掉呢？

包身工

本文是一篇报告文学，创作于 1935 年，内容记述了上海等地包身工的非人遭遇，痛斥了资本家的残忍和贪婪，目前已选入我国高中语文教材。

所谓报告文学，是一种特殊的文学体裁，它介于新闻报道和文学作品之间，经常用于新闻素材的文艺加工，并且多与政治息息相关。由于报告文学集合了通讯、速写和特写的创作手法，因而又有"文学创作轻骑兵"的评价，它通常取材于现实生活中具有代表性的真人真事，通过适当的文学艺术处理，迅速反映出社会生活和作者思想。

至于包身工，是旧社会的一个极不合理的劳动群体。他们被资本家雇佣，不仅劳动报酬仅能维持基本生存需要，而且被严重剥夺了人身自由，资本家甚至可以将他们自由买卖。这种劳资关系最早出现于美洲殖民地，简言之就是殖民者给亡国奴的工作待遇。西方列强敲开中国大门之后，这种劳资关系随即被引入我国，又被日本殖民者发展到了极致。

主题思想

作者通过对"抗战"爆发前夕国民党统治区的社会描写，再现了普通劳苦大众的悲惨生活，鞭挞了国民党统治的黑暗和腐朽，同时表达了对自由和幸福生活的向往。

艺术手法

在本文当中，作者融入了小说、散文和戏剧等多种文艺手法，刻画了一批栩栩如生的人物形象，同时以强烈的艺术渲染力，描绘了"抗战"前夕国民党统治区的罪恶，从而揭露其吃人的本质。

具体来讲，本文的艺术手法有以下三个特点：

1. 以人为本。作者运用大量笔墨，塑造了一批呼之欲出的人物形象，然后以此展开对整个社会环境的描写。众所周知，文学又被称为人学，尤其是叙事性文学，无论如何也离不开人物的刻画。作者正是牢牢抓住了这一点，在人物塑造上下足了功夫，力求人物形象的饱满，从而对读者形成了强烈的感染力。

2. 构造精妙。作者改变了以通讯、报道和速写为主线的传统手法，转而以包身工一天的生活劳动为主线，纵横交错地展开各个情节。这种手法既不失情节严谨，又有利于内容全面，同时也可以加入丰富的文化元素，在起伏不定中变化莫测，从而给读者带来多姿多彩的阅读体验。

3. 不是客观。通常来讲，文学报告是作者的一种主观表达，无论是写人还是叙事，首先都要建立自己的理性或感性认知，然后以此为基础展开全文。但是在本文当中，作者却将主观和客观有机地结合在一起，并且运用叙述、描写、议论和抒情等多种方法，极大地增强了文章的说服性。

此外，为了加强本文的纪实性，作者深入东洋纱厂做工，与包身工们同吃同住数月，并倾听他们最真实的心声。当时，世界范围内爆发了资本主义经济危机，为了转移国内社会矛盾，日本帝国主义发动了丧心病狂的侵华战争。由于国民党政府的无能，即使在未被日寇占领的国统区，日本资本家仍然采用包身工制度，作者深入到这样的工厂当中，无疑获得了全面和一手的创作材料。

文学地位

本文开创了我国报告文学史的新纪元，它虽然介于小说和新闻之间，却又在二者之间划出了明确的界限，并充分体现了报告文学的属性特点，从而为后来的报告文学作者树立了体裁典范。当时，学术界曾对《包身工》做出评价，一致认为作者拉近了小说和报告文学的距离，称其是真正意义上的报告文学。

作者简介

夏衍（1900—1995），原名乃熙，字端先，浙江杭州人，我国"五四"运动以来最负盛名的作家、剧作家，中国革命文学运动的组织者和领导者。1915年，夏衍考入浙江甲种工业学校，从此开始接受先进文化和思想影响，并参与创办了《浙江新潮》。

毕业之后，夏衍前往日本留学，期间接触到马克思主义思想，参加了日本的左翼运动。归国后在上海组织工人运动，同时翻译西方著作，代表作有高尔基的《母亲》。

1927 年，夏衍进入文艺界，与郑伯奇等人组建了上海艺术剧社，首次担任导演工作。"左联"成立后（1930 年 3 月 2 日），夏衍被推选为执行委员，随后进入"明星"电影公司做编剧，期间创作剧本《上海屋檐下》。

新中国成立后，夏衍先后出任文化部部长、文联副主席、电影家协会主席等职，1994 年 10 月被国务院授予"国家有杰出贡献的电影艺术家"称号。除本剧外，夏衍还有著名作品《心防》、《法西斯细菌库》和《秋瑾传》，以及改编剧本《狂流》、《春蚕》、《祝福》、《林家铺子》等。

名家点评

唐达成：《包身工》虽然发表于六十多年前，但是只要这世界还存在着类似的暗无天日、惨无人道、以吮吸人血为业的生活角落，我深信，它就会始终具有呼唤理性，呼唤正义，扫除压榨的社会冲击力。

张春宁：《包身工》的成就，概括起来说，就是重大社会问题的深刻揭示和生动感人的艺术形象的完美结合。

张宝华：《包身工》可称在中国的报告文学上开创了新的纪录。这"新的纪录"自然不是数字的突破，而是质的变化，它是真正意义上的报告文学，它比较充分、完美地体现出报告文学的属性特色，既缩短了报告文学与小说的距离，又在报告文学与小说之间划出了严格的界限。

哥德巴赫猜想

内容梗概

《哥德巴赫猜想》是徐迟发表于 1978 年《人民日报》的长篇报告文学。它以生动的文笔描述了我国著名数学家陈景润如何攻克世界数学难题的动人事迹。文章共分为三个部分，介绍了陈景润的人生经历，在错误政治运动中遭受到巨大打击，如何埋头钻研、攻克数学难关、勇摘数学领域桂冠的事迹。除此之外，徐迟还对陈景润的科学成就，以及坚韧、顽强，热爱祖国、热爱数学的高尚精神进行了报道。

在创作这篇报告文学时，徐迟进行了深入的采访和大量的调查研究，先后采访了许多著名的数学家，其中包括陈景润的老师、同事等人，深入了解陈景润的研究经历、性格特征，甚至是缺点。他还花了很多时间研究陈景润的学术论文，让整篇文章更具有学术价值。《哥德巴赫猜想》一经问世，立即引起社会各界人士的关注，各地报纸、广播电台纷纷全文转载和连续广播。它使得很多人从那个年代觉醒、反思，起到了不可估量的社会效应和历史价值。

主题思想

徐迟真实地刻画了一位活生生的科学家形象，陈景润是一位纯粹的科学家，在那个动荡的年代，知识分子遭受了太多的不平和屈辱，是他却淡然处之，专注地进行数学研究，真正做到了"两耳不闻窗外事，一心只读圣贤书"。在数学研究中，陈景润的性格比较孤僻、内向，每天躲在小书库中、煤油灯下，苦苦地演算。而这份孤寂和内向的性格下，却显示了这位伟大科学家的纯真、善良和至诚。

其次，文章委婉地揭露了那个年代对知识分子的迫害，客观地反映了十年动乱对科学领域的横行与肆虐。

 艺术手法

这篇报告文学引用了大量的陈景润的数学方程式，起到了强有力的例证，也使得它显示出浓厚的学术性。徐迟非常重视在细节的描写上下功夫，有力地烘托人物的性格、文章主题。如"领导为陈景润送水果"这一情节，组织的关心使得陈景润惊慌失措，这从侧面反映了他内向、敏感的性格。

徐迟的语言很具有特色，时而优美、如行云流水一般；时而慷慨激昂，如战斗的宣言一般；时而娓娓道来，如与人话家常一般。这样的语言特色深深地吸引了读者，令人赞叹不已。徐迟是一位诗人型的报告文学作家，作品中有诗人的激情高昂，也有诗歌的清新和文采。

文学地位

徐迟倾心于科技题材的报告文学，为伟大的科学家立传，歌颂科学精神，这在题材的拓展和主题的发掘上具有重要的文学意义。《哥德巴赫猜想》第一次对一个有争议的科学家进行了深情地讴歌，使人们认识了陈景润这个新时代的科学家。

作者简介

徐迟（1914-1996），原名商寿，浙江湖州人，我国现代著名散文家、评论家。1932年，到燕京大学借读，在《燕大月刊》发表处女作《开演之前》，也创作一些短诗。后在《矛盾》、《时代画报》、《妇人画报》上发表诗歌和散文。

抗战爆发后，徐迟发表了第一本诗集《二十岁人》，音乐散文集《歌剧素描》、《世界之名音乐家》及《音乐家和乐曲的故事》，警世幻想小说《三大都市的毁灭》。与戴望舒、叶君健合编《中国作家》，协助郭沫若编辑《中原》。

晚年发表了报告文学《地质之光》、《哥德巴赫猜想》、《在湍流的涡漩中》、《生命之树常绿》等。徐迟是一位出色的记者、编辑，曾任《人民中国》（英文版）编辑、《诗刊》副主编。为中国现代报告文学的发展做出了突出贡献，其中《哥德巴赫猜想》、《地质之光》获1977年中国优秀报告文学奖，《刑天舞干戚》获1981年中国优秀报告文学奖。2002年，中国报告文学学会设立中国报告文学最高奖"徐迟报告文学奖"，以表彰报告文学中出色的作品。

名家点评

李苏卿：徐迟对写作的作品，要求很高，每篇作品，都以精品对待。为人本分、率真、清正，是一个纯粹的作家诗人。

图书在版编目(CIP)数据

百年百部文学经典导读 / 家伟编著. —北京:中国华侨出版社,
2016.1

　ISBN 978-7-5113-5900-1

　Ⅰ.①百… Ⅱ.①家… Ⅲ.①中国文学–文学欣赏
Ⅳ.①I206

　中国版本图书馆 CIP 数据核字(2016)第022885 号

百年百部文学经典导读

编　　著 / 家　伟
责任编辑 / 文　喆
责任校对 / 王京燕
经　　销 / 新华书店
开　　本 / 787 毫米×1092 毫米　1/16　印张/22　字数/335 千字
印　　刷 / 北京怀柔溢漾印刷有限公司
版　　次 / 2016 年 5 月第 1 版　2016 年 5 月第 1 次印刷
书　　号 / ISBN 978-7-5113-5900-1
定　　价 / 36.00 元

中国华侨出版社　北京市朝阳区静安里 26 号通成达大厦 3 层　邮编:100028
法律顾问:陈鹰律师事务所
编辑部:(010)64443056　　64443979
发行部:(010)64443051　　传真:(010)64439708
网址:www.oveaschin.com
E-mail:oveaschin@sina.com